Roman Kempf

Roter Stein

Roman Kempf

Roter Stein

*Pater Abels
zweiter Criminalfall*

LOGO VERLAG Eric Erfurth
Obernburg am Main

I

Es war Mittwoch, der 27. Tag des Monats Juli anno 1785. Pater Abel, Cellerar der Benediktinerabtei Amorbach im Odenwald, dachte seit Tagen nur noch an die bevorstehende Ernte. Der Ertrag für das Kloster würde dieses Jahr vortrefflich sein. Zwar hatte im Januar Bruder Barnabas seine Hand nach dem Regen ausgestreckt, die halbblinden Augen zum Himmel erhoben und gedroht: »Ist's im Januar nur warm, wird der reichste Bauer arm.« Doch Abel hatte gelacht und den Alten einen Abergläubischen genannt. Der Bruder Gärtner hatte gebrummt, seinen Stecken in den Kiesweg gebohrt und war davongeschlurft.

Und tatsächlich: Gott schien es in diesem Jahr gut zu meinen mit der Benediktinerabtei im Mainzer Obererzstift. Goldgelb stand das Getreide auf den Feldern, die Trauben zogen die Weinstöcke fast zu Boden und die Äste der Obstbäume mussten gestützt werden, damit sie nicht unter der Last der Früchte brachen. Die Erlöse würden ausreichen, die Arbeiten am Konventbau bis zum Winter voranzutreiben. Aber dann müsste sich Abel erneut Geld leihen. Er hatte es dem Abt bereits angekündigt.

Noch waren sie im Plan. Im Frühjahr 1784 hatten sie den Grundstein für den Neubau gelegt und mit Gottes Hilfe würde im Herbst 1786 der letzte Maurer Amorbach wieder verlassen. Im Juli hatte es bislang noch nicht geregnet und es machte Freude, zu sehen, dass der Neubau nun Gestalt annahm. Wie jeden Tag ging Abel abends noch einmal über die

Baustelle. Vom Gerüst an der Westecke aus, wo die Arbeiter vor zwei Tagen die Decke des neuen Kapitelsaals geschlossen hatten, sah er das Feuer bei den Bauhütten. Er ging hinüber und setzte sich zu den Männern. Der Bauleiter Jakob Dumont, ein Steinmetzmeister, spielte auf seiner Violine und der Weinbecher kreiste. Abel liebte solche Vergnügungen, auch wenn er sich dabei so manchen derben Spruch anhören musste. Als er sich zu vorgerückter Stunde verabschiedete, legte Dumont sein Instrument zur Seite und folgte ihm.

»Was habt Ihr?«

Der Steinmetz blieb stehen, hielt Abel am Ärmel fest und zeigte nach Süden in die Dunkelheit. »Die Burg dort hinten, kennt Ihr die, Pater?«

»Wildenberg?«

Dumont nickte.

»Eine Ruine? Was ist mit ihr?«

»Würde mich gerne einmal dort umsehen.«

»Sie gehört Mainz!«

»Ich weiß. Sie wird in Fachkreisen gerühmt. Staufische Baukunst — in Vollendung!«

»Was für eine Baukunst?«

»Staufische, Pater. Die Stauferkaiser haben Burgen gebaut wie niemand zuvor und danach. Könnte sein, dass ich dort Anregungen finde, die auch für die Abtei von Nutzen sind.«

»Fragt den Amtsrichter, er hat das Sagen.«

»Hab ich.«

»Und?«

Dumont stockte. »Hat abgelehnt.«

»Wundert mich nicht.«

»Pater!«Der Steinmetz hielt Abel immer noch am Ärmel. »Pater, sprecht für mich noch einmal vor. Bitte!«

»Ich gehöre nicht zu den Freunden des Amtsrichters.«

»Aber Ihr vertretet die Abtei. Euch kann er nicht so einfach aus dem Haus werfen lassen.«

»Er hat Euch hinausgeworfen?«

Dumont zog die Schultern hoch.

»Das sieht ihm ähnlich. Trotzdem, ich kann Euch nicht helfen.« Abel wandte sich ab und ging.

»Sollte Euch auch interessieren!«, rief ihm der Steinmetz hinterher.

Abel drehte sich um. »Mich interessieren? Die Baukunst ist Euer Metier. Ihr werdet dafür bezahlt!«

»Es geht nicht nur um die Staufer.«

Abel ging auf den Steinmetz zu. »Dumont, hört, Ihr habt getrunken! Das ist weder die richtige Zeit für Euer Anliegen, noch bin ich der richtige Mann.«

»Ich spreche von einer Urkunde, einer alten Urkunde. Könnte etwas mit Eurer Abtei zu tun haben.«

»Ein andermal.«

Der Steinmetz senkte die Stimme. »Ist vor langer Zeit dort oben eingemauert worden.«

Abel trat einen Schritt zurück. »Dumont, es reicht! Geht jetzt und schlaft Euren Rausch aus!«

»Ich bin nicht betrunken, Pater. Ihr könnt es nicht wissen, aber es gab einmal eine Zeit, da herrschten die Amtsleute von Mainz nicht hier in der Stadt, sondern dort oben auf der Wildenberg — bis sie vertrieben wurden. Wichtige Dokumente sind damals verloren gegangen. Aber eine Urkunde aus der Zeit der Schutzvögte wurde gerettet. Sie befindet sich noch immer dort oben.«

»Dumont! Alte Urkunden, das ist etwas für Bibliothekare. Wir haben ein Bauwerk zu erstellen!« Abel ließ den Steinmetz endgültig stehen.

Beim Weckruf zur ersten Gebetsstunde fielen Abel die Worte des Steinmetzen wieder ein. Er hätte seinen Bauleiter nicht so hart zurückweisen sollen. Nach der *laudes*, dem Morgenlob, als es draußen schon dämmerte, suchte er Abt Külsheimer auf.

»Ihr? So früh bei mir?« Külsheimer saß hinter seinem Schreibtisch und schenkte sich Tee nach. Zum ersten Mal fiel Abel auf, wie harmonisch der Abt das dunkle Blau des seidenen Morgenmantels mit dem Muster des Frühstücksporzellans abgestimmt hatte. Külsheimer stand zwar zusammen mit allen anderen Mönchen auf, ging zum Morgengebet aber in die Hauskapelle. Erst zwei Stunden später, wenn mit der *prima* der Tag eingeläutet wurde, nahm auch er teil am allgemeinen Klosterleben.

»Es geht um eine alte Urkunde«, sagte Abel.

»Eine alte Urkunde?« Der Abt lächelte gütig. »Warum fragt Ihr nicht den Bibliothekar?«

»Der Steinmetz Dumont sagt, er weiß, wo es eine bedeutende Urkunde aus der Zeit der Schutzvögte zu finden gibt.«

So schnell hatte Abel den Abt noch nie aufspringen gesehen. »Alte Urkunde? Wo?«

»Auf Wildenberg. Vielleicht.«

»Was heißt ›Vielleicht‹? Mein Gott, Abel, lasst Euch doch nicht jedes Wort aus der Nase ziehen!«

Abel berichtete von dem Gespräch mit Dumont.

»Und, glaubt Ihr ihm?«, fragte der Abt.

Abel hob die Schultern. »Ich kenne ihn als redlichen Mann und hervorragenden Steinmetzen. Aber ich weiß nichts über diese Urkunde.«

Külsheimer ging zum Fenster. Unten im Hof rumpelte ein Wagen über das Pflaster. Ein paar Rufe drangen herauf. Külsheimer drehte sich wieder um.

»Setzt Euch!«, sagte er, deutete auf den Besucherstuhl und nahm selbst wieder Platz.

»Es gab einmal einen Rechtsstreit mit Mainz. Er liegt bereits ein halbes Jahrhundert zurück. Es ging um Land, viel Land. Unsere Brüder hatten immer geglaubt, dem Kloster habe von jeher nicht mehr gehört als der Grund und Boden, auf dem die Abtei steht, die Wiesen und Felder außen herum sowie die Sprengel Beuchen, Boxbrunn, Reichartshausen und Weilbach. Ihr kennt das ja alles.«

Külsheimer hielt inne und dachte nach. »Bis vor genau einundfünfzig Jahren. Die Abtei feierte damals ihr tausendjähriges Bestehen. Zu diesem Anlass hatte Pater Ignaz Gropp den Auftrag erhalten, eine Chronik zu verfassen. Gropp kam aus Würzburg, hat, wie sein Bischof, die Mainzer nicht leiden können und hat unsere frommen Brüder eines Besseren belehrt.« Külsheimer war wieder aufgestanden und begann umherzugehen.

»Man wusste, dass die Abtei 734 gegründet worden war, aber man kannte nicht die schreckliche Geschichte vom Einfall der Hunnen um das Jahr 910. Die barbarischen Horden hatten auch das Kloster nicht geschont und es ebenso niedergebrannt wie die Stadt. Über hundert Jahre war die Abtei danach verwaist. Als dann wieder Leben in das Gemäuer eingekehrt war, übertrug Kaiser Barbarossa seinem Gefolgsmann Rupert von Dürn die Schutzherrschaft für das Kloster und dessen Besitzungen. Kein ungewöhnliches Verfahren für die damalige Zeit. Man kennt dies auch von anderen Klöstern. Neu für unsere Brüder war aber vor allem die Feststellung Gropps, dass die Ländereien der Abtei zu Zeiten der Dürns sehr ausgedehnt gewesen sein sollen. Im Süden hätten sie bis zur Stadt Walldürn gereicht, im Norden nahezu bis Miltenberg an den Main. Wollte ein Reiter dieses Gebiet von der Westgrenze bis nach Osten durchreiten, er wäre von morgens bis in die Nacht hinein unterwegs.«

»Und warum ist dies heute nicht mehr so?«

Külsheimer gewann wieder sein gütiges Lächeln. »Ihr müsst wissen, dass die Herren von Dürn ihren Schutzauftrag dazu benutzt haben, sich am Besitz unserer Abtei zu bereichern. Und der Kaiser hat dies auch noch geduldet!«

»Und unsere Brüder haben tatenlos zugesehen?«

Külsheimer warf die Hände in die Luft. Sein Morgenmantel rutschte nach hinten und gab den Blick auf zwei weiße Ärmchen preis.

»Die wenigen Mönche, die damals mit dem Wiederaufbau der Abtei beschäftigt waren, hatten nichts von den alten Rechten gewusst. Und hätten sie es gewusst, sie wären zu schwach gewesen, diese gegen ihren Schutzherrn durchzusetzen.«

Külsheimer senkte die Arme, blieb am Fenster stehen und schaute in die aufgehende Sonne. »Was gäbe ich dafür, dabei gewesen zu sein, damals bei der Tausendjahrfeier. Unsere Abteikirche war voller honoriger Gäste. Einer davon war Philipp Karl von Eltz, der Fürstbischof aus Mainz. Er muss große Augen gemacht haben, als mein Vorgänger ihm unsere Chronik unter die ehrwürdige Nase hielt und seine Forderung nach Rückgabe der Ländereien stellte.«

»Wieso dem Fürstbischof? Ich dachte, das Geschlecht von Dürn hätte das Land geraubt?«

»Mainz hatte von dem hoch verschuldeten Ulrich III. aus dem Hause Dürn die Burg und das geraubte Land übernommen. 1270 oder 1271 muss das gewesen sein. Deswegen unsere Forderung an Mainz. Doch der Fürstbischof wäre kein Fürstbischof gewesen, hätte er unserem Begehren nachgegeben. Er ließ es auf einen Rechtsstreit ankommen und gewann diesen auch, weil, bei allen Hinweisen auf die Rechte der Abtei, das Entscheidende fehlte: die Königsurkunde von 849. Nach Gropp waren dort sowohl die Größe der ursprünglichen Ländereien als auch die königlichen Privilegien der Abtei verbrieft. Aber niemand weiß, wo diese Urkunde sich befindet. Rupert von Dürn muss sie uns gestohlen haben. Die Mainzer behaupteten, es habe sie nie gegeben.«

»Und der Steinmetz will jetzt herausgefunden haben, wo sie ist? Kaum zu glauben.«

Der Abt drehte sich wieder Abel zu. »Cellerar«, sagte er, »es klingt wenig wahrscheinlich, was der Steinmetz erzählt.

Trotzdem, ich will wissen, was an dieser Geschichte wahr ist. Der Schaden ist zu groß, der unserer Abtei damals zugefügt wurde, als dass wir nicht jedem Hinweis nachgehen müssten. Helft dem Steinmetz! Aber seid vorsichtig!«

Abel ließ sich fast einen halben Tag lang Zeit. Erst gegen Mittag suchte er den Bauleiter auf. Er fand diesen auf dem Steinhauerplatz. Dumont verstand sein Handwerk wie kein Zweiter. Gerade war er dabei, mit dem Klüpfel das Scharriereisen über die Oberfläche eines Steinquaders zu treiben. Abel schaute ihm eine Weile zu. Das waren nicht die groben Hiebe eines Steinhauers, das waren die Anschläge eines Orgelspielers.

Dumont ließ sich zunächst nicht stören, richtete sich dann aber doch auf, strich sich eine Locke aus dem Gesicht und drückte dem jungen Burschen neben ihm das Werkzeug in die Hand. »Fest, aber nicht zu wild. Als hättest du eine Jungfrau in der Hand. Verstanden?« Der Bursche grinste und machte sich an die Arbeit. Dumont beobachtete ihn noch einen Augenblick, klopfte dann die Steinsplitter von seiner Schürze und wandte sich Abel zu. Mit einer Kopfbewegung bedeutete dieser, ihm zu folgen. Erst als keiner von den Arbeitern sie mehr hören konnte, begann Abel zu sprechen.

»Gestern Abend, das mit der Urkunde, war das Euer Ernst?«

»Pater, Ihr glaubt doch nicht, ich würde mit Euch spielen?«

Abel räusperte sich. »Na ja, es klang so …«

»… so unglaublich? Meint Ihr das?«

»Wie kommt Ihr darauf, dass dort oben … Das ist doch schon lange eine Ruine!«

Der Steinmetz lächelte. »Alte Gemäuer verbergen häufig Geheimnisse.«

»Woher soll ich wissen, ob Ihr die Wahrheit sagt?«

»Pater, wie lange arbeite ich schon für Euch? Habe ich Euch jemals enttäuscht?«

»Nein, natürlich nicht. Aber das hier ist etwas anderes.«

»Meine Quelle ist zuverlässig, Pater. Natürlich weiß ich nicht, ob sich die Urkunde noch dort befindet. Ich weiß auch nicht, was in ihr steht. Erst muss ich danach suchen können. In Ruhe!«

Abel schaute sich um, dann senkte er ein wenig die Stimme.

»Ich werde Euch helfen.«

Die Augen Dumonts wurden hell.

»*Ad maiorem gloriam dei* — Zur höheren Ehre Gottes!«

Abel streckte dem Steinmetz die Hand entgegen. Einen Augenblick lang schwieg dieser.

»Nicht ganz, Pater.«

»Wie bitte?«

»Einen Teil zur höheren Ehre Gottes, einverstanden. Aber ein kleiner Lohn sollte auch für mich möglich sein.«

Abel nickte. »An was habt Ihr gedacht?«

Dumont strich über seine Lederschürze.

»Es gibt da etwas, was Ihr für mich tun könnt.«

»Und das wäre?«

»Ich kann nicht darüber sprechen. Noch nicht.«

Abel lächelte. »Wenn ich nicht weiß, was Ihr von mir wollt, wie kann ich Euch da meine Hilfe zusagen?«

»Ihr könnt es. Ich verlange nichts Unrechtes.«

»Hat es etwas mit der Abtei zu tun?«

Der Steinmetz schüttelte den Kopf.

»Und es verstößt nicht gegen kirchliches oder weltliches Recht?«

»Nein.«

»Gepflogenheit und Moral?«

»Lassen wir das, Pater. Bitte! Ihr sollt für mich ein Wort einlegen. Ihr werdet dafür das ganze Gewicht Eures Amtes und Eurer Abtei brauchen. Genügt das?«

Abel begann, mit seinen Sandalen Kreise auf den Boden

zu malen. »Also gut, abgemacht«, sagte er nach einer Weile. »Wenn's Euch nützt und mir nicht schadet, meinetwegen.«

»Abgemacht«, sagte der Steinmetz und ergriff Abels Hand.

II

Zehn Tage später, es war der siebte Tag im August und der elfte Sonntag *post trinitatis*, nach dem Dreifaltigkeitsfest, machte sich Abel auf den Weg zur Wildenberg. Obwohl er gleich nach dem Gottesdienst losritt, brannte bereits die Sonne. Abel folgte mit seinem Wallach dem Tal des Baches Mud und schaute über Wiesen, Dinkelfelder und stattliche Buchen. Noch vor der Mittagsstunde würde er jene lang gesuchte, alte Urkunde in den Händen halten. Und die Abtei würde dies nicht mehr kosten als ein paar gute Worte.

Abels Blick verweilte an den Obstbäumen entlang dem Weg. Sollte er wirklich hier einmal das Sagen haben, würden diese anders dastehen. Nach dem Schnitt muss man einen Hut hindurchwerfen können, war eine eherne Obstbauernregel, die er sich gemerkt hat. Hier sah er zu viel altes, abgetragenes Holz. Der Amtsrichter könnte mit gut der doppelten Menge Obst als Zehntem rechnen, stünden die Bäume nur annähernd so gut da, wie die der Abtei.

Dafür habt ihr besseres Holz im Wald, dachte Abel und drückte dem Wallach die Fersen in die Flanken. Vom Wild war gar nicht zu reden. Die Leute des Bischofs waren rigoros. Die Bauern durften weder ihr Vieh in den Wald treiben, noch unerlaubt Holz lesen oder gar die Streu zusammenrechen. Die Bäume dankten es mit besserem Wuchs. Abel hatte versucht, diese Regelung auch für die Wälder der Abtei einzuführen. Aber die hungrigen Augen der Häusler hatten ihn dann doch davon abgehalten.

Jetzt summte Abel vor sich hin. Den Steinmetz Jakob Dumont hatte der Himmel wahrhaft zur rechten Zeit geschickt. Abel ließ das Pferd wieder in den Schritt fallen. Er wollte die Vorfreude noch etwas genießen. Und derjenige, der auf ihn wartete, hatte ebenfalls Zeit.

Für gewöhnlich erlaubte sich Abel keinen Müßiggang, auch nicht an einem Sonntag. Als Cellerar hatte er dafür zu sorgen, dass die Felder der Abtei ordentlich bestellt, Zehnt und Zins pünktlich erhoben und die Teller der Mitbrüder stets gefüllt waren. Die Rechnungen auf seinem Schreibtisch begannen sich bereits zu stapeln. Auch Mahnbriefe hatte er schon erhalten. Die Handwerker und Lieferanten waren nicht gewillt, der Abtei nur für Gottes Lohn zu dienen. Doch zu sehr gefiel Abel diese Arbeit, als dass er deren Belastung spürte.

Er ließ die Hände in den Schoß fallen und begann mit den Schultern zu kreisen. Die häufigen Reisen zu Pferd und die langen Inspektionsgänge über die Felder hielten seinen Körper rüstig und geschmeidig. Auch Abels Gesicht zeigte, außer den kleinen Lachfalten um den Mund, noch immer jugendliche Frische. Wäre da, statt der Tonsur, noch seine schwarze Haarpracht und trüge er, statt der Kutte, vornehme Reisekleidung, seine kräftige, aber nicht zu füllige Statur würde noch trefflicher zur Geltung kommen.

Mit seinen mittlerweile gut dreißig Jahren war er erfahren genug, seine Kräfte einzuteilen. Obwohl er seit Tagen nicht mehr richtig geschlafen hatte, spürte er keine Müdigkeit. Immer und immer wieder war er aus dem Schlaf hochgefahren und hatte an die Urkunde gedacht. Am liebsten wäre er schon gestern Abend mit Dumont auf die Burg geeilt. Doch der Steinmetz hatte abgewehrt. »Morgen nach dem Gottesdienst könnt Ihr losreiten. Ich werde in der Burg auf Euch warten.«

Abel schlug die Zügel um den Sattelknauf und begann mit den Fingern zu zählen. Es war eigenartig. Mit Zahlen, die jeden Hausvater schwindelig machten, konnte er schnell und sicher im Kopf rechnen. Aber bei einfachen Additionen musste er immer die Finger zu Hilfe nehmen. Keine zwei Wochen hatte es gedauert, bis der Steinmetz fündig geworden war.

Abel schaute links hinunter zum Bach, dann rechts den Abhang hinauf und tätschelte dem Wallach den Hals. Hier im Odenwald, an Mud und Main, fühlte er sich zu Hause.

Da! Plötzliches Geschepper ließ Abel zusammenfahren. Er riss das Pferd am Zügel. Da, jetzt wieder! Es kam aus dem Gebüsch rechts des Weges. Abel lenkte den Wallach zwischen den Weidensträuchern hindurch. Hinter dem Gehölzsaum öffnete sich eine Wiese.

Mitten darin stand ein Wagen. Eine schmutzige Plane spannte sich über das Gefährt. Etwas davon entfernt stapfte eine eigenartige kleine Gestalt durch das Gras. Das Leinenhemd war diesem Landstreicher viel zu groß und schien schon lange nicht mehr gewaschen. Die Hose schlotterte um die krummen Beine. Das Männchen ging auf einen am Boden liegenden Kupferkessel zu und trat nach diesem. In hohem Bogen flog der Kessel weiter. Erst jetzt sah Abel in ein dunkles, unrasiertes Gesicht. Zottelige schwarze Haare hingen dem Kesselflicker über die Augen, so dass Abel dessen Alter nur schwer schätzen konnte. Ungelenk versuchte dieser nun, sein Hemd in die Hose zu stopfen. Immer wieder verhedderte er sich in den Hosenträgern.

Abel sah weitere Kupferkessel am Wagen hängen, große und kleine, dazwischen Pfannen und Kannen.

»He, Kesselflicker!«, rief er. »Mit dem falschen Fuß aufgestanden, was?«

Der Fremde fuhr herum. Er rieb sich mit dem Handrücken über die rote Nase, zog Rotz nach oben und spuckte ins Gras. »Was geht's Euch an?«, fragte er. »Der verdammte Gaul. Fort! Einfach fort! Habt Ihr ihn gesehen?«

Abel schaute dem Kesselflicker in die blutunterlaufenen Augen. »Passt besser auf und sauft nicht so viel!«, sagte er. Dann wendete er sein Pferd. Abel tat, als hörte er den Fluch nicht, der ihm hinterhergerufen wurde.

Wenig später blieb Abel erneut stehen. Er kniff die Augen zusammen und hielt Ausschau. Der Weg führte auf einen Wald zu, machte dort einen Bogen nach rechts und lief in Richtung Westen weiter, immer am Gehölzsaum entlang. Es waren mächtige Buchen, die hier in den Himmel ragten, und hinter ihnen, soviel konnte Abel ahnen, stieg das Gelände steil an. Obwohl er sich beim Amtsrichter dafür eingesetzt hatte, dass Jakob Dumont sich auf der Burg umschauen durfte, war er selbst noch nie hier gewesen. Das war Bischofsland, hier hatte die Abtei weder Eigentum noch Rechte. »An der Biegung den Weg verlassen und in gerader Richtung nach Süden weiter«, hatte ihm der Steinmetz geraten. »Ohne Pferd!«

Abel ritt auf den Wald zu. Er dachte an den Kesselflicker. Hier konnte dieser lange nach seinem Pferd suchen. Er stieg von seinem Wallach und führte diesen am Zügel durch das Unterholz. Es war, wie er vermutet hatte: Vor ihm lag ein felsiger Steilhang. Die Baumkronen ließen nur wenig Licht bis auf den Boden durch, sodass außer den Buchen kaum etwas wuchs. Lediglich ein paar Farne reckten ihre dünnen Wedel zwischen den vermoosten Steinen nach oben.

Nach Jakobs Beschreibung musste hier irgendwo ein Pfad in die Höhe führen. Abel band den Wallach an einem Baum fest. Dann schaute er sich um. Es war unmöglich, von hier aus zu erkennen, wie hoch der Berg war. Da entdeckte er das feine Band, das sich den Hang hinaufzog. Dort musste der Weg sein. Steil und verwachsen, wie er von dem Steinmetz wusste, aber doch begehbar.

Ob sich die Mühe lohnen würde? Abel hatte sich erkundigt: Dumont war Freimaurer. Ohne jegliche Scheu hatte er es zugegeben. Abel hielt diesen Bund für etwas anrüchig, wenn er auch nicht viel darüber wusste. Aber von den Steinmetzen war nahezu jeder ein Logenbruder und selbst der Bischof war gezwungen, dies zu dulden, wollte er brauchbare Handwerker für seine zahlreichen Baustellen haben.

Abel hatte sich vorgenommen, vorsichtig zu sein. Daher hatte er Bruder Felix aufgesucht, der weitaus mehr Bücher kannte als nur die heiligen Schriften. Er wusste, dass im Kloster Sankt Gallen, wo sein Mitbruder die Lehrjahre als Bibliothekar verbracht hatte, die Mönche nicht nur fromme Texte lasen. »Immer dann, wenn wir genug von lateinischen Vokabeln und heiligen Büchern hatten, haben wir unter unseren Schreibpulten nach den verbotenen Texten gegriffen.« Bruder Felix ließ keine Gelegenheit aus, von diesen Heimlichkeiten zu berichten.

Abel hatte sich nicht getäuscht. Felix hatte einiges über die Freimaurer zu erzählen gewusst, obwohl Abel sich geweigert hatte, dem neugierigen Bruder den Grund seiner Nachfrage zu nennen.

»Au!« Abel rieb sich das rechte Knie. Er war auf einen losen Stein getreten und abgerutscht. Klackernd sprang der Brocken in die Tiefe. Abel blickte hinterher. Dann schaute er hinauf zu dem massigen Gemäuer, das sich jetzt hoch über ihm zwischen den Bäumen abzeichnete. Im Geiste hörte er das Fluchen und Stöhnen der Fronarbeiter, die hier all diese Steine einmal hatten hinaufschaffen müssen.

In diesem Augenblick kullerte erneut Geröll. Dumont, dachte Abel und sah den Pfad hoch. Doch der Mann, der den Abhang heruntergestürzt kam, war ihm fremd. »Grüner Rock und weißer Stecken«, murmelte Abel und trat hinter einen Felsvorsprung. Er hatte keine Lust, mit dem Feldschütz zusammenzustoßen. Solche Leute nahmen sich gerne wichtiger, als sie es in der Hierarchie der erzbischöflichen Verwaltung tatsächlich waren.

Der Mann hastete vorbei und verschwand im tiefer gelegenen Wald. Plötzlich hörte Abel den Wallach wiehern. »Der Kerl wird doch nicht …!« Dann vernahm er das Trommeln der Hufe. Wütend trat Abel gegen eine Baumwurzel. Das Pferd würde er wiederbekommen. Er wusste, wo es zu finden war. Aber den Heimweg müsste er zu Fuß gehen. Und eine glaubhafte Erklärung, was er hier, in einem fremden Wald, zu suchen hatte, musste er sich auch einfallen lassen.

Als Abel den Aufstieg geschafft hatte, war er wieder etwas ruhiger. Wer weiß, wozu es gut ist, dachte er. Der Fußmarsch zurück, zusammen mit Jakob Dumont, würde ihm Gelegenheit geben, diesen ein wenig auszufragen. Vor allem würde er gerne wissen, wie dieser auf die Spur der Urkunde gekommen war. Bisher hatte sich Dumont geweigert, Näheres darüber zu erzählen.

Die Buchen waren einem schütteren Nadelwald gewichen. Fichten und Kiefern bestimmten jetzt das Bild. Durch die Wipfel sah Abel die Sonne. Der gewaltige Bergfried fiel ihm zuerst auf. Weit ragte dieser über die Bäume und die etwa dreißig Fuß hohe Schildmauer heraus. Ob der Bergfried besteigbar war? Von dort oben musste man tief in das Amorbacher Tal hineinschauen können.

Unvermittelt war der Weg zu Ende. Abel blickte in einen sechs Fuß tiefen Graben. Deutlich waren die Reste von Brückenpfeilern zu erkennen. Hier musste einmal der Zugang zur Burg gewesen sein. Etwa zwanzig Schritte weiter stand der Torzwinger. Dahinter vermutete Abel den Burghof, wo er sich mit Dumont verabredet hatte. Abel sprang in den Burggraben und kletterte auf der anderen Seite wieder hoch. »Werde die Kutte schon wieder säubern lassen müssen«, sagte er und sah das mürrische Gesicht von Bruder Alban vor sich, der für die Wäsche im Kloster sorgte.

Vor dem Torturm blieb Abel stehen. Das war kein ärmlicher Landadel, der hier einmal seinen Sitz gehabt hatte, dachte er und schritt durch das dreifach abgetreppte Außenportal. Doch auf halbem Weg blieb er erneut stehen und blickte zu dem Gewölbe auf. Die Ecksäulen, auf welchen der Torbogen ruhte, die verzierten Kapitelle, die kräftigen Rippen des Torgewölbes, ihre von Zackenbändern gegürteten Konsolen, das waren Bauelemente, die er bei einer Burg nicht erwartet hätte. Abel konnte die Begeisterung Dumonts für dieses Bauwerk nachempfinden. Doch, wo war der Steinmetz?

Abel durchschritt das Tor und stand im Hof. Von hier aus sah der Bergfried noch viel mächtiger aus. Wenn er all die Steine hier abtragen und nach Amorbach schaffen lassen könnte, würden die Bauarbeiten sehr viel rascher vorangehen.

Abel blickte über den Hof. Da und dort standen ein paar knorrige Kiefern und Holunderbüsche, dazwischen einzelne Birken, sonst sah er nur Gras und Heidelbeeren. Er bückte sich, zupfte einige Früchte ab und kostete. Ihm lief das Wasser im Mund zusammen. Warmer Heidelbeerkuchen, dazu eine Suppe, so dick, dass der Löffel darin stecken bleibt. Wie lange hatte er so etwas schon nicht mehr gegessen? Schade, dass das Gelände dem Bischof gehörte, er hätte sonst einige Frauen hergeschickt, die Beeren zu ernten.

»Dumont?«

Abel formte die Hände zu einem Trichter, setzte sie an den Mund und rief erneut. »Jakob Dumont! Wo seid Ihr?« Keine Antwort. Ob er zu früh war? Oder hatte der Feldschütz den Steinmetz vertrieben? Wohl kaum, Dumont ließ sich sicher nicht von einem Büttel einschüchtern. Außerdem hatte er ja die Erlaubnis des Amtsrichters.

Abel ging an der Burgmauer entlang, schaute hoch zu den Zinnen, die nur noch als Stümpfe zu erkennen waren. Er fuhr sich über die Tonsur. Da lag diese Ruine seit Hunderten von Jahren direkt vor den Toren der Abtei und niemand hatte auch nur geahnt, was in diesem Gemäuer verborgen lag. Nicht nur die Tordurchfahrt und die Säulen, auch die Gesimse, die allgegenwärtigen Verzierungen, die sauber zugehauenen Steine, alles sprach dafür, dass hier einst Meister am Werk gewesen waren. Abel konnte sich dieses Urteil erlauben, hatte er doch durch die Bauarbeiten im Kloster gelernt, wie man die Anreißnadel setzt, wozu der Zweispitz dient und wie mit dem Klüpfel Zahn- und Flacheisen geschlagen werden.

Wahrhaftig, das musste einmal eine sehr große Baustelle gewesen sein. Abel wusste, wie lange ein Steinhauer brauchte, einen Buckelquader für den Bergfried zurechtzuhauen. Zehn Stunden, ein ganzer Arbeitstag im Sommer, für einen einzigen Stein!

Abel suchte nach den Steinmetzzeichen, von denen Dumont ihm berichtet hatte. Achtundvierzig Stück hatte dieser bisher entdeckt und auf Papier übertragen. Manchmal hatte sich Abel gefragt, was dem Mann wichtiger war, die Urkunde oder die Burg? Abel ging näher an die Mauer heran und befühlte die Steine. Jetzt sah er einen Kreis, dort noch einen, groß wie ein Hühnerei, in die Mitte des Steines eingemeißelt. Dort waren weitere Zeichen: Zacken, Fäustel, Leitern, einfache Kreuze … Abel zählte zwölf verschiedene Zeichen, alleine an der Mauer vor ihm.

Er ließ seinen Blick hinabgleiten zu dem Durchlass in der Quermauer, die den Hof teilte. Ob hier einmal richtige Ritterturniere stattgefunden hatten? Abel entdeckte einen Pfad, der zu dem Durchlass in der Mauer führte, und folgte diesem. Er sah einen weiteren, kleineren Hof und wieder eine Mauer. Er war sich sicher: Dahinter verbarg sich der Palas, das Herz der ehemaligen Burg. Der Zugang war durch eine Kiefer verdeckt, aber die Spur im Heidekraut zeigte ihm den Weg. Abel bog einige Zweige zur Seite, steckte den Kopf durch die Öffnung und rief erneut nach Dumont. Wieder keine Antwort. Wollte ihn der Steinmetz an der Nase herumführen?

Der Hof war voller Gestrüpp. Das Dach musste schon vor

ewigen Zeiten eingestürzt sein. Abel suchte nach Dumont und stutzte. War das einmal ein Kamin gewesen, was er da sah? Mindestens sechs Fuß tief reichten dessen Wangen in den Raum und bildeten eine Feuerfläche, die groß genug war, zwei Ochsen gleichzeitig zu braten. Das müssen ja Riesen gewesen sein, die hier gelebt haben, dachte Abel. Seine Augen suchten weiter und blieben an der Ostwand des Palas hängen. Das also war die Fenstergruppe, von welcher Jakob so begeistert gewesen war. Obwohl Abel noch viel zu weit entfernt war, erkannte er, was der Steinmetz mit staufischer Baukunst gemeint hatte. Er hob die Kutte und begann, über die Sträucher zu stapfen.

»Heiliger Benedikt!« Abel schreckte zurück. Beinahe wäre er in das Brombeergestrüpp gestürzt. Er fuhr sich mit der Hand an den Hals. »Gütiger Gott, lass es nicht wahr sein!«, flüsterte er. Abel hielt die Luft an und trat wieder einen Schritt nach vorne. Vor ihm lag der Steinmetz Dumont, rücklings am Boden, die Arme und die Beine weit von sich gestreckt. Starr blickten die Augen zum Himmel.

Abel hatte keinen Zweifel. Trotzdem bückte er sich und fühlte zögerlich den Puls. Nichts! Plötzlich begannen sich die Mauern zu drehen. Immer schneller kreisten sie. Abel riss die Augen auf und suchte Halt. Er bekam einen Brombeerzweig zu fassen und griff in die Dornen. Die linke Hand am Strauch, die rechte auf den Oberschenkel gestützt, gewann er wieder Halt und rang nach Luft.

Der Feldschütz, schoss es ihm durch den Kopf. Deswegen hatte er es so eilig! Der Feldschütz hatte Dumont für einen Wilderer gehalten und ihn erschossen, weil er nichts von der Absprache mit dem Amtsrichter wusste. Aber Abel hatte keinen Schuss gehört. Auch war der Tote schon kalt.

Abel bückte sich erneut und legte seinen Handrücken auf die Wangen Dumonts. Er hatte sich nicht getäuscht. Er schloss dem Toten die Augen, richtete sich auf und faltete die

Hände. »*Vater unser, der du bist im Himmel, geheiliget sei dein Name ...*« Abel blickte ins Blau. »*... und erlöse uns von allem Übel. Amen. Requiescas in pace* — Ruhe in Frieden!« Abel machte drei Kreuzeichen über den Toten. »*In nomine patris et filii et spiritus sancti. Amen!*«

Auch im Tod nahm Dumont durch seine Gestalt ein. Abel sah Jakob wieder vor Augen, wie dieser sich in der Abtei vorgestellt hatte: das dunkle, gewellte Haar bis auf die Schultern, kräftiger, aber nicht gedrungener Wuchs und ein Lächeln im Gesicht, dem man schwer widerstehen konnte. Dazu eine Stimme, wie Abel sie gerne im Chor gehört hätte. Der französische Einschlag gab Dumonts Worten einen Hauch von Weltläufigkeit, die man in seinem jugendlichen Gesicht nicht vermutet hätte.

Wie war der Steinmetz gestorben? Abel konnte auf den ersten Blick nichts erkennen. Wenn Dumont erschossen worden war, dann von hinten. Sollte er den Leichnam umdrehen? Abel richtete sich auf und blickte sich um. Niemand war zu sehen. Er kniete nieder und hob den Toten vorsichtig an. Abel war vom Gewicht des Leichnams überrascht. Er drehte diesen nur so weit zur Seite, bis er feststellen konnte, ob Dumont am Rücken verletzt war. Er sah nichts. Doch der Hinterkopf war blutverschmiert.

Wieso dachte er eigentlich an einen gewaltsamen Tod? Dumont konnte doch auch tödlich gestürzt sein. Abel schaute zu der Fenstergruppe, die einmal Licht in das obere Stockwerk des Palas gebracht hatte. An die ehemalige Balkendecke erinnerten nur noch die Konsolen, die wie Nasen aus dem Mauerwerk herausstanden. War Dumont dort zwischen den Fensterbögen herumgestiegen und hatte nach ihm Ausschau gehalten? Aber der Mann war das Arbeiten in großen Höhen gewohnt. Abel selbst hatte einmal bewundert, wie trittsicher Dumont sich auf den Gerüsten der Baustelle bewegte.

War es ein loser Stein gewesen, der ihn hatte abstürzen

lassen? Abel betrachtete den Mauerfuß genauer. Nirgendwo lagen Steine, die aussahen, als hätten sie sich erst kürzlich aus der Mauer gelöst. Abel ging an die Stelle, wo ein Teil der Außenmauer abgetragen und ein Aufstieg möglich war. Er kletterte hinauf. Steil ging es in die Höhe. Abel hatte keine Schwierigkeit mit dem drei Fuß breiten Mauerwerk. Nur hie und da ragte ein Birkenschössling hervor, der sich aber zur Seite drücken ließ. Abel wagte einen Blick hinunter ins Tal. In der Ferne sah er die Kirchenruine des ehemaligen Frauenklosters Sankt Gotthard. Weit dahinter mündete die Mud in den Main. Abel seufzte und wandte sich ab.

Oberhalb des Toten hielt Abel an und ging in die Hocke. So sehr er auch suchte, er sah nichts, was darauf hindeutete, dass hier vor Kurzem jemand abgestürzt war. Gut jedoch konnte er das weit um den Leichnam niedergetrampelte Heidelbeerkraut erkennen. Das konnte unmöglich nur er selbst gewesen sein. Abel kletterte zurück und ging in einem großen Bogen auf den Toten zu. Bei der Leiche kniete er sich hin und betrachtete den Boden. Die Heidelbeeren waren hier nicht nur niedergetreten, sondern an vielen Stellen geknickt. Abel blickte auf den Weg zurück, den er gekommen war. Mit seinen Sandalen hatte er kaum Spuren hinterlassen. Der Mann, der hier gestanden hatte, musste festes Schuhwerk getragen haben. War es der Tote selbst gewesen? Abel betrachtete dessen Füße. Stulpenstiefel bis unter die Knie. Gut möglich, dass Dumont das Kraut zusammengetreten hatte.

Da kam ihm ein anderer Gedanke. Konnte es sein, dass Dumont, entgegen der Absprache, das Versteck doch schon geöffnet und die Urkunde an sich genommen hatte? Abel schaute auf den Toten. Dieser hielt nichts in der Hand. Abel zögerte. Wäre das Leichenfledderei, wenn er Dumont durchsuchte? Wohl kaum. Denn worauf es ihm ankam, war ja für die Abtei bestimmt. Abel tastete die Jacke ab. Er spürte nichts. Dann suchte er die Außentaschen und fuhr hinein. Nichts.

»Herr, vergib mir!« Abel bemühte sich, Dumont nicht ins Gesicht zu schauen. Dann knöpfte er dessen Jacke auf und schlug sie zur Seite. Nichts! Er befühlte die Hose. Auch hier waren die Taschen leer. Er suchte in der Weste. Auch nichts. Abel zwang sich, die Leiche zu betrachten. Sollte er noch das Hemd öffnen? Doch es kam ihm vor, als würde er dem Toten damit Gewalt antun. Er knöpfte die Jacke wieder zu und stand auf.

Vorsichtig ging er den Weg zurück, den er gekommen war. Sorgfältig suchte er erneut das Gelände ab. Ein dunkler Streifen führte zum Durchlass. Das war der Pfad, dem Abel gefolgt war. Aber auch entlang der Mauer war das Kraut niedergetreten. Das mussten alte Spuren von Jakob sein. Wie oft wohl war der Steinmetz hier gewesen? Abel hatte ihm mehrmals nach der Mittagspause freigegeben. Mehr war nicht möglich gewesen, wollte er nicht den Argwohn der Arbeiter wecken. War Dumont erst bei seinem letzten Besuch auf das Versteck gestoßen? Oder hatte er von Anfang an gewusst, wo er suchen musste, und hatte ihn nur hingehalten, um sich ungestört seinen Studien auf der Burg widmen zu können?

»Ich hab ihn gefunden, den Schlussstein«, hatte er Abel gestern Abend gesagt. »Schlussstein!« Das war ein wirklich guter Vergleich: der letzte und wichtigste Stein. Er sollte das Gewölbe schließen, auf dem die Abtei ihre erneute Klage um Rückgabe ihres Landes gegen den Bischof aufbauen wollte.

Bischof? Abel biss sich auf die Lippe. Der Feldschütz, das war doch ein bischöflicher Beamter! Sollte Dumont diesen gekannt haben und so unklug gewesen sein, sich ihm anzuvertrauen? Sie hatten Geheimhaltung vereinbart! Oder hatte der Feldschütz Dumont beobachtet, vielleicht sogar im Auftrag des Amtsrichters? Warum aber ihn umbringen?

Abel strich sich über den Kopf. Nein, der Steinmetz war ein kluger Bursche und wusste, dass er vorsichtig sein musste mit allem, was nach Mainz roch. War alles Abels Schuld? War

Dumont doch abgestürzt, weil dieser seinetwegen zuviel gewagt hatte? Abel schaute nach oben zu den Fenstern. Befand sich dort das Versteck? Er drehte sich um. Es hatte keinen Sinn, sich jetzt Vorwürfe zu machen. Zunächst musste er zurück, den Tod melden. Dann würde er wiederkommen und sich selbst auf die Suche machen. Es war jetzt doppelt ärgerlich, dass er kein Pferd hatte. Er musste wohl oder übel zu Fuß bis nach Buch hinunter. In dem Weiler sollte sich ein halbwegs brauchbares Pferd finden lassen. Vielleicht hatte ja auch der Kesselflicker inzwischen seinen Gaul eingefangen.

Abel warf einen letzten Blick auf Jakob Dumont. Dann verließ er die Burg.

III

Christoph Freiherr von Urslingen — Abel konnte schon von Weitem erkennen, wer da auf ihn zugeritten kam. Es war der Amtsrichter von Amorbach, niederer Adel, der hoch hinaus wollte. Schon kurz nach seiner Einführung hatte ihm der Freiherr gestanden, dass ihm die Mauern seines Dienstsitzes Amorbach viel zu eng wären. Aus seinem Auftreten wurde stets deutlich, dass er sich zu Höherem berufen fühlte.

Gute drei Jahre war es jetzt her, dass der Bischof Urslingen nach Amorbach geschickt hatte, die Verwaltung des dortigen Amtes neu zu ordnen. Zusammen mit dem Amtsverweser und dem Amtskeller leitete Urslingen nun das neu geschaffene Oberamt. Von Anfang an hatte er die beiden wie Dienstboten behandelt. Bei den Gerichtstagen führte ausschließlich er das Wort. »Scharfrichter« nannten ihn die Leute.

Nie verließ Urslingen sein Amtsgebäude ohne Begleitung eines Herolds, der die Standarte als Hoheitszeichen seines Amtes mitzuführen hatte. Eine Ausnahme machte Urslingen lediglich, wenn er jagte. Vögel waren seine Leidenschaft. Da ritt er alleine aus und nur der Hund durfte mit.

Unübersehbar prangte auch jetzt das goldene Mainzer Rad auf dem samtroten Banner. War das Erscheinen des Amtsrichters Zufall, oder hatte er schon von dem Toten erfahren? Abel rieb sich die Augen. Da, neben Urslingens Rappen, das war doch sein Wallach! Natürlich, der Feldschütz.

»Gelobt sei Jesus Christus!« Abel trat an den Wegrand und deutete eine Verbeugung an.

Urslingen parierte sein Pferd, legte die Hände auf den Sattelknauf und sah auf Abel hinunter. »Ihr? Zu Fuß! Dann ist das also Euer Pferd hier?«

»Gewiss, Herr Amtsrichter. Der Feldschütz hatte es wohl etwas eilig und …«

Der Feldschütz blickte Abel an. »Wusste nicht, Pater, dass das Euer Pferd war, sonst hätte ich …« Mit einer Handbewegung bedeutete ihm der Amtsrichter zu schweigen.

»Was hattet Ihr im Wald des Bischofs zu suchen, Cellerar?« Urslingen streckte die Knie, so dass sich sein Oberkörper aus dem Sattel hob. Er litt nicht nur unter seinem Amt, sondern auch unter seiner geringen Körpergröße.

»War verabredet.«

»So, verabredet. Mit wem?«

»Mit dem Steinmetz. Oben auf der Burg.« Für Abel war Dumont immer nur der Steinmetz gewesen. Dieser selbst hatte es so gewollt. Obwohl Dumont sich *magister lapidum* nennen durfte und den Meistertitel auch zu Recht führen konnte, war er stolz auf seine Herkunft geblieben. Jakob Dumont stammte aus einer traditionsreichen Steinmetzfamilie, die schon am Bau des Doms von Reims beteiligt gewesen sein sollte. Zehn Generationen sei das schon her, mindestens, hatte Dumont behauptet.

Urslingen ließ sich wieder in den Sattel fallen.

»Was sagtet Ihr? Heißt das, der Tote dort oben …?«

Abel nickte und blickte zu Boden.

»Gott! Marquard, kommt!« Urslingen gab seinem Pferd die Sporen.

Erst jetzt nahm Abel den Physikus wahr. Abel versuchte zu erkennen, ob der Mann nüchtern war. Es war schade um diesen und um Amorbach. Er sei der beste Arzt, den die Stadt jemals hatte, sagte man — wenn er nur nicht saufen würde. Urslingen hatte Marquard schon mehrmals Haft angedroht, hatte ihn auch schon einmal einsperren lassen, weil dieser nicht ansprechbar war, als seine Gnaden die Koliken plagten. Marquard deutete Abel einen Gruß an. Dann folgte er dem Amtsrichter und dem Herold.

Der Feldschütz blieb zurück und stieg von Abels Pferd. Abel griff nach dem Sattelknauf und schwang sich auf seinen Wallach. Er musste dem Tier nichts befehlen, es wusste auch so, was es zu tun hatte. Kurz vor dem Wald hatten sie den Amtsrichter eingeholt.

Abel staunte, wie geschmeidig sich Urslingen aus dem Sattel gleiten ließ. »Da hinauf?«, fragte er Abel und ging, ohne die Antwort abzuwarten, mit weit ausgreifenden Schritten los. »Ob Ihr's glaubt oder nicht«, sagte er über die Schulter zu Abel, »bin noch nie dort oben gewesen.«

Abel kam ins Schwitzen, so schnell schritt der Amtsrichter voran. Marquard schnaufte und fiel zurück. Der Herold war bei den Pferden geblieben.

»Wo?«, fragte Urslingen, als er oben angekommen war. Abel schloss zu ihm auf und zeigte durchs Tor. Wieder ging es den Burggraben hinunter. Der Amtsrichter lehnte Abels helfende Hand ab. »Was hattet Ihr eigentlich hier zu suchen?«, fragte er, als Abel bereits die andere Seite hinaufkletterte.

»Dumont wollte mir die Ruine zeigen. Die Fensterbögen des ehemaligen Palas ... er meinte, das wäre etwas für unsere Abtei.« Abel wusste, dass der Amtsrichter nichts von Baukunst verstand. Dieser war nach seinem Studium Offizier geworden und liebte auch noch heute nichts mehr als seine Befehle — und seine Tochter Alena.

»Ihr wisst, dass das bischöfliches Terrain ist? Verbotenes Land!«

»Ihr selbst habt die Ausnahme erteilt.«

»Dem Steinmetz. Euch nicht!«

Abel ging einfach weiter.

Im ehemaligen Palas blieb Abel stehen. »Hier!«, sagte er

und bog den Brombeerstrauch zur Seite. Mit zwei schnellen Schritten war der Amtsrichter an Abel vorbei. Er blieb vor den Füßen Jakobs stehen und warf einen Blick auf die Leiche. Dann presste er die Hand vor den Mund und wandte sich ab. Seltsames Verhalten für einen, der sich nicht scheute, selbst Kinder ins Loch zu stecken, fand Abel.

»Wie?«, fragte der Amtsrichter nach einer Weile. »Eine Ahnung, was passiert sein könnte?«

Abel holte Luft. »Zuerst dachte ich, Euer Feldschütz …«

Urslingen blickte Abel an. Abel erschrak vor dessen grünen Augen.

»… oder es war ein Unfall.«

»Mein Mann war's nicht. Obwohl er ihn tatsächlich für einen Wilderer hätte halten können.«

»Dumont, ein Wilderer?«

»Der Feldschütz wusste nichts von meiner Dispens.«

»Aber … ohne Gewehr?«

»Die meisten stellen Fallen.«

Abel schwieg.

»Darf ich?« Mit rotem Kopf und außer Atem drängte der Physikus an dem Amtsrichter vorbei. Wie vor Kurzem Abel, so prüfte auch er den Puls Dumonts. Dann drehte er den Kopf des Toten zur Seite. Abel sah jetzt deutlich das blutverkrustete Haar. Marquard packte den Kopf mit beiden Händen und drehte ihn hin und her. Auch bewegte er Arme und Beine.

»Helft mir«, sagte der Physikus und begann den Toten umzudrehen.

»Auf den ersten Blick keine weiteren Verletzungen«, sagte er, nachdem er den Rücken des Toten abgetastet hatte. »Auch keine Knochenbrüche. Muss auf diesen Stein hier gefallen sein.«

»Wann?«, fragte Abel.

»Vor zwei, drei Stunden vielleicht. Er ist schon kalt, aber die Leichenstarre hat noch nicht eingesetzt.«

»Ein Unfall also«, schnaufte der Amtsrichter. »Was musste er auch auf diesem baufälligen Gemäuer herumklettern? Hätte ihm nie die Erlaubnis geben dürfen.«

Der Physikus zuckte mit den Schultern. »Werde ihn mir zu Hause noch einmal genauer anschauen. Anno Dreiundsechzig hatte ich einen ähnlichen Fall …«

Der Amtsrichter, schon im Gehen begriffen, fuhr herum. »Nichts werdet Ihr, Physikus. In der Unteren Mühle liegt der Müller mit gequetschtem Fuß. Kümmert Euch um die Lebenden und lasst die Leichenfledderei! *Strictissime!*«

Dann schaute er Abel an. »Ihr kommt mit«, sagte er und deutete gleichzeitig auf den Physikus. »Er bleibt hier, bis der Feldschütz mit den Bauern kommt, den Toten holen.«

Urslingen drehte sich um und ging.

Abel blickte noch einmal in das bleiche Gesicht Dumonts. Schnell flüsterte er Marquard etwas zu, bevor er dem Amtsrichter folgte.

Stumm ritten Urslingen und Abel hinter dem Herold her. Nur einmal, als sie bei dem Kesselflicker vorbeikamen, sah Urslingen kurz auf. »Habe die Kreatur schon beim Herreiten bemerkt. Weiß dieser Kerl nicht, dass er nicht außerhalb lagern darf? Herold, kümmert Euch darum!«

Dann, kurz vor der Stadt, auf dem Weg zum Oberen Tor drehte sich der Amtsrichter plötzlich Abel zu. »Die Arbeiten, wie gehen sie voran?«

»Arbeiten? Ihr meint den Konventbau?«

Urslingen brummte.

»Das Übliche. Gute Männer sind rar und teuer, und die Frondienstler muss man antreiben.«

»Der Steinmetz, man sagt, er sei gut gewesen.«

Abel nickte.

»Überbringt dem Abt mein Beileid!«

Sprach's und sprengte durchs Tor. Abel folgte ihm noch bis in die Pfarrgasse. Er sah, wie die Amorbacher Bürger nach dem Erscheinen des Herolds zwischen den Häusern verschwanden. Am Ende der Gasse parierte der Amtsrichter sein Pferd und wartete, bis Abel neben ihm stand. »Ein tragischer Unfall«, sagte er. »Gott zum Gruß, Cellerar.« Dann gab er seinem Rappen die Sporen, jagte über den Marktplatz und verschwand in der Kellereigasse.

Eine Handwerkersfrau ging mit ihrem Kind vorüber und grüßte. Gedankenverloren erwiderte Abel sein »In Ewigkeit Amen«. Dann wendete er den Wallach und ritt zurück ins Kloster. Dort suchte er den Abt auf.

»Cellerar!« Külsheimer war aufgesprungen. »Sagt, dass das nicht stimmt!«

Abel schüttelte den Kopf.

»Gütiger Gott! … Und?« Der Abt schaute Abel mit großen Augen an.

Er ist alt geworden, dachte Abel. Der Abt zählte jetzt sechsundsechzig Jahre. Schon mehrmals hatte er angeboten, sein Amt in jüngere Hände zu legen. Ob er es wirklich ernst meinte?

Im vergangenen Jahr hatte man den alten Abteibau mit der Kirche verbunden. Seitdem konnten nicht nur die Mönche zu jeder Jahreszeit trockenen Fußes das Gotteshaus besuchen, sondern es waren im Obergeschoss auch neue Räumlichkeiten entstanden. Dort lebte der Abt jetzt beinahe fürstlich: ein Ansprachzimmer, in welchem er Besuch empfing, eine eigene Bibliothek, mit den wertvollsten Büchern, die die Abtei besaß, ein Wohn- und Schlafraum sowie ein separater Zugang zur Hauskapelle. Vergessen die Jahre davor, als der erste Mönch des Klosters noch in einer Zelle arbeitete, vollgestopft mit Büchern und Pergamentrollen.

Nein, Külsheimer würde nie mehr mit einer kargen Zelle tauschen. Der Abt zog ein besticktes Schnupftuch aus dem Ärmel und wischte sich damit über die Nase.

Abel schüttelte erneut den Kopf. »Keine Urkunde.«

Külsheimer ging auf ihn zu. »Ihr habt doch gesagt, es wäre so weit, er hätte etwas gefunden!«

Abel senkte den Blick. »Er hatte nichts bei sich. Es sei denn, der Physikus findet noch etwas in seinen Kleidern ...«

»Und in seiner Unterkunft?«

»Daran habe ich auch schon gedacht. Aber so einfach kann ich dort nicht hinein. Jedenfalls nicht tagsüber.«

»Euer Dumont hatte etwas für uns zu erledigen und Ihr sucht danach, das ist Euer Recht! Nehmt den Baumeister mit! Dabei könnt Ihr auch die Leute unterrichten.«

»Euer Dumont!«, wieso war es auf einmal sein Dumont? Es war doch Külsheimer gewesen, der sie beide beauftragt hatte. Und er hatte sich nahezu täglich nach dem Stand der Dinge erkundigt!

IV

Auf dem Weg zur Baustelle folgte Abel ein Stallbursche. »Pater Cellerar!«, rief dieser, »an der Pforte wartet eine Frau auf Euch!«

Abel fuhr herum. »Geht's noch lauter?«

»B… Bruder Benno schickt mich.«

»Schon gut.« Abel wurde wieder ruhig. Wie oft noch musste er dem Pförtner sagen, dass die Burschen ihre Botschaften nicht über den Hof plärren sollten. Und eine solche schon zweimal nicht. Es war zwar nicht ungewöhnlich, dass die Patres sogenannte geistliche Töchter hatten, Beichtkinder, die für ihre seelischen Nöte im Kloster Zuflucht und Trost suchten. Diese wurden seelsorgerisch bevorzugt, schließlich lieferten sie dafür oft großzügige Spenden.

Grundsätzlich war jedoch Frauen der Zugang in den inneren Bereich des Klosters bei Fluch und Kirchenbann verboten. Aber, wie in jedem Kloster, gab es auch in Amorbach ein Zimmer neben der Pforte, wo den Patres nach spezieller Erlaubnis des Abtes Gespräche mit den besonderen Wohltäterinnen des Klosters gestattet waren. Abel hatte mehrere geistliche Töchter. Er war gespannt, wer diesmal auf ihn wartete. Er würde die Unterredung kurz halten müssen.

»Du, Marie?« Abel blieb unter der Tür stehen. Jede hätte er erwartet, nur nicht die Tochter seines Miltenberger Freundes Lothar Gutekunst. Marie stand mitten im Raum, hielt mit beiden Händen den Reisemantel vor der Brust zusammen und schwieg. In der linken Armbeuge hing ein Schirmchen. Wie lange kannte er das Mädchen jetzt schon? Mädchen? Das war eine junge Frau, die ihn mit ihren dunklen Augen anschaute. Abel sah auf ihre Schuhe. Sie musste mit dem Wagen gekommen sein.

Endlich ging er auf Marie zu und ergriff ihre Hände. Ihr Mantel öffnete sich und Abel bemerkte, dass das Brusttuch verrutscht war.

»Was führt dich zu mir?«, fragte er. Abel konnte unter dem Puder Maries Sommersprossen erkennen.

»Vater lässt ausrichten, dass es mit den Fischen noch etwas dauert.«

Abel verstand nicht.

»Er musste die gesamte Ladung zurückgehen lassen.«

Abel griff sich an den Kopf. »Die Heringe?«

»Verdorben!«

»Wie das?«

»Wir können es uns auch nicht erklären. Aber Ersatz ist schon unterwegs.«

Lothar Gutekunst, Maries Vater, war, trotz seines Alters, der beste Verwalter, den Abel sich vorstellen konnte. Seit die Abtei dessen Handelshaus in Miltenberg übernommen und zu einem Klosterhof umgewandelt hatte, liefen die Geschäfte nicht nur reibungsloser, sondern die Ware war auch deutlich günstiger. Dass der Freund jetzt die Tochter geschickt hatte, ihn über die fehlgeschlagene Fischlieferung zu unterrichten, war sicherlich nur die halbe Wahrheit. Insgeheim hoffte Abel, Marie hätte sich dem Vater aufgedrängt, die Nachricht selbst zu überbringen.

Kurz berichtete Abel Marie von dem Geschehen am Morgen. Da er sie damit erschrak, bot er ihr schließlich den Arm und fragte. »Wollen wir ein Stück spazierengehen?« Marie errötete. So kannte Abel sie gar nicht. »Oh ja. Nach Amorsbrunn, vielleicht?«, sagte sie, griff nach ihrem Schirmchen und hakte sich bei Abel unter. Sie hat es also nicht vergessen, dachte Abel. Vor etwa einem Jahr musste es gewesen sein, als er ihr von dieser Klause vor der Stadt erzählt hatte.

Die Stufen von der Abtei hinunter in die Stadt hielt Abel Marie noch am Arm. Doch dann löste er sich von ihr. Es war nicht ungewöhnlich, dass man in Amorbach Frauenkleider neben Mönchskutten sah. Schließlich gingen die Patres in den Häusern des Städtchens ein und aus, bereiteten Taufen vor, spendeten die Sterbesakramente und gaben Rat bei Eheversprechen und Hochzeiten. Aber Arm in Arm mit einem Mädchen, noch dazu mit einem, das man in Amorbach nicht kannte, dies musste misstrauische Blicke hervorrufen.

Abel grüßte freundlich nach allen Seiten. Amorbach machte seinen Sonntagsspaziergang. Er schlug den kürzesten Weg durch die Löhrstraße ein, obwohl das Gerberviertel an deren Ende nichts für feine Mädchennasen war. Selbst Abel atmete flacher, je näher sie den Lohgruben an der Steinernen Brücke kamen. Mehrmals hielt er die Luft an, als sie an den aufgespannten Häuten vorübergingen. Marie öffnete ihr Schirmchen und tat, als würde sie den beißenden Dunst aus Galläpfeln und eingesalzenen Rohhäuten nicht bemerken.

Endlich lag die Stadt hinter ihnen. Je weniger Leute ihnen begegneten, umso näher rückte Abel an Marie heran. Dem Mädchen schien dies zu gefallen.

»Stimmt es, das mit der Kaiserin Elisabeth?«

»Du erinnerst dich? Natürlich stimmt das. Glaubst du, ich hätte dir ein Märchen erzählt?«

»Hätte ja sein können.« Marie begann zu hüpfen.

»Nicht nur die Kaiserin war hier. Auch ihre Mutter. Viermal im Jahr wird ihr zur Ehre die Kaisermesse gelesen!« Abel deutete nach vorne, wo jetzt in einer Senke ein Kirchlein zu sehen war.

»Und man wird wirklich gesund, wenn man als Kranker von dem Wasser dort trinkt?«

»Geschwüre am Hals, Augenschmerzen, rote Ruhr und etliches mehr. Das Wasser soll gegen viele Leiden helfen. Gleich kannst du die Votivtafeln bestaunen, die die Genesenen in der Kapelle angebracht haben.«

»Ist er das?« Marie deutete auf das Gemälde an der Stirnseite der Kapelle.

»Wer?«

»Na, Amor!«

»Nein, Liebes, das ist Christophorus. Den solltest du kennen. Hat deinen Vater auf seinen Reisen immer gut behütet.«

»Dachte nur … das Wasser … und hier an der Kapelle. Außerdem ist das Bild ziemlich verblasst.«

Abel bemerkte den spitzen Ton.

»Siehst du die Hütte dort rechts von der Kapelle?« Er zeigte in die Richtung. Sein Arm berührte Maries Schulter.

»Was ist damit?« Marie schob sich näher an Abel heran.

»Dort baden die Frauen, die sich ein Kind wünschen.«

Das Mädchen errötete.

»Keine Angst«, sagte Abel und lächelte. »Dort werde ich dich nicht hinführen.«

»Warum nicht?« Marie hatte sich wieder gefangen. Sie ergriff Abel bei der Hand, stellte sich auf die Zehenspitzen und gab ihm einen Kuss.

»Gelobbd sei Jesus Christus!«

Abel fuhr herum. Ein altes Weib mit einem Reisigbündel auf der Schulter stand vor ihnen.

»In … in Ewigkeit Amen!«, entgegnete Abel und ließ Marie los.

»Mer bräuchte widder emol Rechewetter, Pater!«

»Ja, ja, Weib. Aber nicht vor der Ernte. So lange kann es jetzt auch noch warten.«

»Die Öpfel falle scho vom Boom un es Kraut werd a nix.«

»Gott weiß, was er tut, gute Frau.«

»Hoffendlich, Pater.«

Die Alte begann Marie zu mustern. Wollte sie denn gar nicht weitergehen? Abel schaute auf das Reisigbündel.

»Holzsammeln, heute am Sonntag?«, fragte er mit zusammengekniffenen Augen.

»Hot mir der Schwocher geschenkt. Wills blous schnell hembringe.«

Die Alte schniefte und trottete davon.

Abel schaute nach der Sonne. Die *vesper* durfte er nicht versäumen. Auch wollte er noch den Baumeister sprechen.

»Marie, ich muss zurück.«

Marie nickte. »Auch mein Kutscher wartet.«

»Es war schön, dich zu sehen.«

»Wann kommst du wieder einmal nach Miltenberg?«

Täuschte sich Abel oder hatte Marie feuchte Augen?

»Bald«, sagte Abel.

Es war bei Gott Zeit, sich wieder einmal mit den Freunden zu treffen. Abel überlegte, wann das letzte *Te Deum* stattgefunden hatte, wie Maries Vater Lothar Gutekunst, der Miltenberger Schultheiß Waldemar Wolf und er ihre Zusammenkünfte nannten.

Marie griff unter ihren Mantel und holte ein Säckchen Kaffee hervor. Sie drückte Abel das Paket in die Hand und gab ihm erneut einen Kuss. Diesmal war es Abel, der errötete.

Zurück im Kloster suchte Abel den Baumeister: Franz Ignaz Michael von Neumann, Mainzer General, Dombaumeister und Sohn des großen Balthasar Neumann. Er hatte die Pläne für den Neubau geliefert. Neumann war größer als jeder Arbeiter, mit massigen Schultern und Oberschenkeln wie ein Ochse. Ein Ochse mit Perücke. Seine bloße Erscheinung schuf Respekt. Immer, wenn er über die Baustelle ging, hatte Abel den Eindruck, würden die Arbeiter ein wenig die Köpfe einziehen und der Lärm auf den Gerüsten wäre etwas gedämpfter. Ein Mann mit Zukunft, sagten die Höflinge in Mainz, mit dem ihr Herr noch vieles vorhabe.

Man hatte den Bischof nicht vor den Kopf stoßen wollen, denn eigentlich hatten die Konventualen sich einen anderen Baumeister gewünscht. Doch als die Mönche die ersten Entwürfe für den Neubau gesehen hatten, waren sie begeistert gewesen.

Die Abtei lag vor der Stadt, mit eigenen Mauern und eigenen Toren. Aber das Portal ihrer Kirche war den Bürgerhäusern zugewandt und stand jedem offen, der aus Amorbach und Umgebung die Gottesdienste besuchen wollte. Auch das Haupttor des Wirtschaftshofes führte in die Stadt. An dieser Pforte gingen die Handwerker ein und aus, hierhin brachten die Frauen ihre kranken Kinder und fragten nach dem Bruder Infirmarius.

Neumann hatte vorgeschlagen, die jetzigen, in Form eines liegenden großen »F« errichteten Gebäude durch einen Längsbau zu schließen. Dadurch würden gleichzeitig zwei Innenhöfe entstehen, wovon der kleinere zu einem von der Außenwelt abgeschirmten Ort der Einkehr und des Gebetes werden sollte. In dem neu zu errichtenden Konventbau sollten die Zellen der Mönche und das neue *refectorium* Platz finden. Dreigeschossig und in fünfundzwanzig Fensterachsen gegliedert würde sich die Außenfront einmal dem Betrachter zeigen.

Neumann hatte für diese Fassade weder Voluten noch sonstige architektonische Elemente vorgesehen. Der Mittelrisalit, die beiden Eingänge und an den Flügelenden jeweils ein mansardenbekrönter Pavillon, das sollte der einzige Schmuck sein. Alles war so schlicht, dass sich gerade darin das Besondere der Architektur abzeichnete. Ob spätere Generationen das auch so sehen würden? In den Eckpavillons sollten der Festsaal des Klosters und die Bibliothek ihren Platz finden.

Auch Abel hatte zugeben müssen, dass Neumann ein Glücksgriff war. Vor allem gefiel ihm dessen Versprechen, innerhalb von nur zwei Jahren den Bau hochzuziehen, und das für deutlich weniger Geld, als Abel befürchtet hatte.

Womöglich hatte Neumann schon von dem Tod des Steinmetzen erfahren. Die beiden waren nicht immer einer Meinung gewesen, hatten sich öfters, auch vor den Arbeitern, lautstark gestritten. Aber Dumont war ein fähiger Steinmetz und Bauleiter gewesen. Der Baumeister alleine würde die Arbeiten nicht so zügig fortführen können.

Neumann stand in seinem Zimmer, gebeugt über einen Stapel Pläne. Überrascht drehte er sich um. »Ihr, Pater? Heute, am Sonntag!«

»Auch Ihr arbeitet, wie ich sehe.« Abel deutete auf die Pläne. »Schwierigkeiten?« Abel dachte an ein Vorkommnis der letzten Woche. Ein Maurer hatte ihm berichtet, Dumont hätte sich wieder einmal mit dem Baumeister angelegt. Sie stünden auf dem Gerüst an der Außenmauer des künftigen Kapitelsaals und würden wild gestikulieren. Man müsse um ihre Sicherheit fürchten. Als Abel dann erschien, den Streit zu schlichten, waren beide sofort verstummt.

»Kleine Korrekturen bei der Statik, Pater. Nicht der Rede wert. Warte nur noch, bis Dumont auftaucht. Er wird heute noch ein wenig rechnen müssen, Sonntag hin, Sonntag her.«

Abel räusperte sich. »Er wird nicht auftauchen!«

»Wie, nicht auftauchen?«

»Dumont ist tot!«

Neumann ließ seinen Stift fallen. »Was sagt Ihr da?«

»Euer Bauleiter ist tot. Wir haben ihn gefunden, oben auf der Burg Wildenberg.«

Neumann setzte sich auf die Tischkante und starrte auf den Boden. Das Möbel ächzte.

»Tot? Auf der Wildenberg?«

»Scheint ein Unfall gewesen zu sein.«

»Scheint?« Der Baumeister hob seinen massigen Kopf.

Abel zuckte mit der Schulter. »Muss von einer Mauer

gestürzt und so unglücklich gefallen sein, dass er sich den Kopf einschlug.«

»Was hatte er dort oben zu suchen?«

Abel hob erneut die Schultern.

»Das Weib! Es war das Weib. Es hat ihm den Kopf verdreht, dass er nicht mehr recht denken konnte. Ich hab's ihm gesagt. Lass die Finger von ihr, hab ich ihm gesagt, die bringt nur Unglück!«

Abel verstand nicht.

»Die Tochter des Amtsrichters! Die beiden hatten etwas miteinander, hinter dem Rücken des Vaters! Er ein Steinmetz, der in einer zusammengenagelten Hütte haust, sie eine von Urslingen, vom Vater dazu bestimmt, die Frau eines hohen Herrn zu werden. Das konnte nicht gut gehen.«

Auch Abel musste sich setzen. Vergebens hielt er Ausschau nach einem freien Stuhl. Das also war es, was der Steinmetz als Gegenleistung von ihm hatte fordern wollen: Er, Abel, hatte sich dafür einsetzen sollen, dass der Amtsrichter seine Zustimmung zu der Verbindung der beiden gab.

Abel war Alena schon einige Mal begegnet. Der Amtsrichter hatte sie zu den gemeinsamen Essen mitgebracht, zu welchen er ihn und den Abt gelegentlich einlud. Eine junge Frau, noch keine Zwanzig, wie Abel wusste, die aber mit ihren großen, dunklen Augen immer noch wie ein Mädchen wirkte. Das lag daran, dass sie, wie ihr Vater, von geringer Körpergröße war. Aber sie sprühte vor Lebensfreude. Wohl um etwas stattlicher zu erscheinen, trug sie, wann immer es ging, einen Hut über ihrem aufgesteckten, schwarzen Haar.

Auf dem Pferd saß sie wie ein Mann. Ihr Vater hatte es aufgegeben, sie dafür zu tadeln. Sie pflegte einen scharfen Galopp zu reiten und ließ nicht eher nach, bis ihre Wangen glühten. Aufrecht im Sattel sitzend, den Kopf hoch erhoben und die Zügel fest im Griff, war sie dann nicht mehr das zierliche Mädchen, sondern eine begehrenswerte junge Frau.

Wenn sie von ihren Ausritten zurückkam und an der Baustelle vorbeisprengte, sperrten die Speismacher die Augen auf und die Maurer ließen die Kellen fallen.

Sah man über die Standesunterschiede hinweg, passten Alena und Jakob sehr gut zueinander. Auch der Steinmetz war eine Schönheit gewesen, wenn man von einem Mann so etwas sagen konnte. Jedenfalls wunderte sich Abel nicht, dass Alena sich in Dumont verliebt haben sollte. Mit seinem Musizieren hatte er sie wohl zusätzlich betört. Welches Mädchen konnte dem widerstehen? Aber Neumann hatte Recht: Urslingen, der Vater, hatte sicherlich anderes mit seiner Tochter im Sinn.

»Ihr seht einen Zusammenhang zwischen dem Mädchen und Jakobs Tod?«, fragte Abel.

»Nicht direkt, das habe ich nicht gesagt. Nur so allgemein gesprochen. Ein Edelmann holt sich ein Bauernmädchen ins Bett, das geht immer. Aber eine angehende Dame mit einem Steinmetz, das geht nicht gut, auch wenn er sich Meister nennen kann und Violine spielt.«

»Könnt Ihr mich begleiten?«

»Wohin?«

»Zu Dumonts Unterkunft.«

Der Baumeister runzelte die Stirn.

Abel überlegte kurz. Aber dann folgte er doch dem Rat des Abtes. »Er sollte etwas für mich erledigen. Außerdem müssen wir die Arbeiter informieren.«

Neumann legte den Kopf zur Seite. Dann gab er sich einen Ruck, beugte sich über den Tisch, rollte die obersten Bögen zusammen und verstaute sie in einer Kiste. Sorgsam verriegelte er das Schloss. Die Prozedur dauerte. Endlich ging er zur Tür. »Kommt mit!« In Abels Ohr klang es wie ein Befehl.

Der Baumeister wohnte im Gasthaus Zum Hecht, unweit des Klosters. Aber sein Arbeitsplatz war in der Abtei untergebracht worden, darauf hatte er bestanden. Zwei Zimmer hatte Abel dafür räumen müssen. Es hatte der Abtei einige Mühe gekostet. Die *regula Benedicti* forderte einen abgeschlossenen Bereich für die Brüder. Erst die Zusage, die beiden Zimmer durch eine eigens eingezogene Wand von der Klausur zu trennen, hatte die Konventualen beruhigt. Diese Maßnahme hatte sich als richtig erwiesen. Wenn Neumann dort arbeitete, ging es hoch her. Handwerker und Lieferanten gaben sich die Klinke in die Hand, und auch Abel und Dumont gingen dort ein und aus. Jetzt, am Sonntag, herrschte klösterliche Ruhe.

Jakobs Unterkunft hingegen war draußen vor den Klostermauern, wo auch die Hütten der anderen Steinmetzen und Arbeiter standen. Zusammen mit dem Baumeister trat Abel ins Freie. Vor ihnen lag die Baustelle. Abel seufzte. Wie sollte es dort ohne Dumont nur weitergehen?

Abel folgte Neumann, der sich trotz seiner Körpermasse geschickt zwischen Stützen, Stangen und Steinen hindurchschlängelte.

»Wollte Euch eigentlich nicht den freien Tag nehmen«, sagte Abel.

Neumann seufzte. »Ihr habt ja gesehen, hätte sowieso bis in die Nacht hinein gearbeitet.«

Abel schaute den Baumeister an. Das war neu. Bisher war Neumann immer nur für eine bestimmte Zeit aufgetaucht, hatte seine Befehle gebellt, Dumont mit Anweisungen eingedeckt und war wieder verschwunden. Ein Essen beim Amtsrichter, ein Plausch mit dem Schultheiß, Ausflüge mit der Kutsche über Land, Fahrten nach Aschaffenburg und Mainz, so verbrachte Neumann die Zeit.

»Doch Probleme?«, fragte Abel.

»Es sind einige Dinge nicht so, wie ich es gerne hätte. Aber wie gesagt, nicht der Rede wert.«

»Wer soll Dumonts Aufgabe übernehmen?«

»Lasst mir etwas Zeit. Ich werde der Abtei einen Vorschlag

machen.« Neumann trat nach einem Stein. »Herrgott, was hatte der Kerl in dem alten Gemäuer zu suchen? Auf jeden Fall wird es jetzt zu Verzögerungen …« Neumann unterbrach sich. Er schaute hinüber zu den Bauhütten. »Sieht aus, als wüssten sie schon Bescheid.«

Abel sah, wie sich die Männer um einen der ihren scharten. Jetzt hatten sie Abel und den Baumeister entdeckt. Neumann war schon weitergegangen. Er hielt direkt auf das Grüppchen zu. Abel eilte hinterher.

»Hebbt Ihr scho ghört, Meschter? Was wisst Ihr? Socht doch …« Fränkische, hessische und badische Dialekte prasselten auf Neumann und Abel hernieder. Neumann hob beide Hände und befahl Ruhe.

»Ja, Männer«, rief er mit belegter Stimme. »Es ist wahr. Jakob Dumont wurde heute Mittag tot aufgefunden. Ein schrecklicher Unfall. Mehr wissen wir nicht. Es war Gottes Wille. Betet für seine Seele!« Dann wandte er sich ab und schritt auf eine der Hütten zu.

Die Männer folgten ihnen mit den Blicken. Sie alle hatten den Steinmetz geschätzt, ja beinahe sogar geliebt. Er hatte sie schuften lassen, vom Sonnenaufgang bis zur Dämmerung, Müßiggang hatte er unterbunden, ohne Ansehen der Person. Aber er hatte auch vortreffliche Löhne ausgehandelt, hatte dafür gesorgt, dass sie immer gut und reichlich zu essen hatten, und hatte selbst für den gemeinsten Speisträger immer ein freundliches Wort. Abel überlegte, ob er den Männern etwas Tröstendes sagen sollte. Aber ihm fiel nichts ein. Mit gesenktem Haupt folgte er Neumann zu Jakobs Unterkunft.

V

Die Hütte war verschlossen. Neumann tastete den Rahmen über der Tür ab und holte einen Schlüssel hervor. »Hat sich ein Schloss einbauen lassen«, sagte er und öffnete.

Dumont hatte die gleiche Unterkunft bezogen wie seine Arbeiter. Er musste nur nicht den Raum mit anderen teilen. Aber sonst waren es der gleiche Bretterboden, die kahlen Holzwände, das roh gezimmerte Bettgestell, wie man es in den anderen Hütten fand. Alles nur rasch aufgeschlagen für eine befristete Zeit. Nach Abschluss der Bauarbeiten würde man seine Bündel packen und weiterziehen zur nächsten Baustelle, in Mainz, Würzburg, Bamberg oder sonst wo.

Es war düster in der Hütte. Abel ging zum Fenster und öffnete den Schlag. Licht fiel auf den Ofen in der Ecke. Der Kupferkessel darauf glänzte. Abel sah zu dem Tisch in der Mitte. Wie bei Neumann lagen darauf Pläne. Einige waren zu Boden gefallen. Abel ging hin, bückte sich und hob sie auf. Er sah Zeichnungen von der Hauptfassade der Abtei, Mauerschnitte und Skizzen von Fenstern und Türen. Abel erkannte mittlerweile die Handschrift Dumonts in solchen Papieren. Dessen Zeichnungen waren kräftiger und schnörkelloser als die des Baumeisters. Und trotzdem schien es Abel, als würde auch dem einfachsten, von Jakob gezeichneten Detail eine künstlerische Inspiration innewohnen. Abel blätterte wie beiläufig den Stapel Pläne durch. Neumann beobachtete ihn aufmerksam. Nirgends ein Blatt, das etwas mit Wildenberg zu tun haben könnte.

Abel ging zu dem Brettergestell an der Wand. Neumann wich ihm nicht von der Seite. Es war vollgestopft mit Mustern, Schablonen und Werkzeugen. Unter Fäusteln und Stockhämmern verschiedenster Größen zog Abel ein Zahneisen hervor. Er prüfte die Spitze und nickte. Vor zwei Jahren noch hatte er nicht einmal gewusst, wie das Werkzeug hieß.

Dann fuhr er mit dem Finger über das sägeraue Holz des Brettergestells. Eine dünne Spur bildete sich in der zarten Staubschicht. So hatte er sich das nicht vorgestellt. Unter der Aufsicht von Neumann wollte er nicht weitersuchen.

»Hatte er Familie?«, fragte Abel nach einer Weile. Neumann schaute Abel an, als verstünde er nicht.

»Vater, Bruder, Schwester? Er hatte doch bestimmt Verwandte. Wir müssen sie benachrichtigen!«

»Es soll einen Bruder geben. Arbeitet als Archivar, soviel ich weiß.«

»Wo?«

»Aschaffenburg, glaube ich.«

»Ich werde ihn verständigen.«

Als Neumann die Pläne zusammenrollen wollte, stoppte ihn Abel. »Moment, dass bleibt hier. Vorerst jedenfalls. Soll der Bruder entscheiden, was damit geschieht!« Neumann öffnete den Mund, doch dann wandte er sich wortlos ab. Abel folgte dem Baumeister zur Tür, ließ sich von ihm den Schlüssel der Hütte aushändigen und schloss diese ab.

»Hatte Dumont eigentlich Feinde?«, fragte er den Baumeister auf dem Rückweg.

»Ihr glaubt also nicht an einen Unfall?« Neumann blieb stehen und blickte Abel an.

»Hm! Für wie wahrscheinlich haltet Ihr es, dass Dumont von einer zwölf Fuß hohen Mauer fällt und dabei so unglücklich hinschlägt, dass er nicht wieder aufsteht?«

»Ich habe schon Leute von geringerer Höhe zu Tode stürzen sehen.«

»Auch einen so erfahrenen Mann wie Dumont?«

»Auch Männer wie Dumont.«

Abel schwieg. Sie waren an der Baustelle angelangt. Gemeinsam gingen sie den Gang entlang, der später einmal die Zellen im Erdgeschoss erschließen sollte. Auch das Treppenhaus war bis zum zweiten Stockwerk bereits erstellt.

»Hören Sie, Pater«, sagte Neumann nach einer Weile, »Dumont verstand sich mit seinen Leuten — besser, als ich es für gut gehalten habe. Von denen hat keiner seinen Tod auch nur gewünscht.«

»Und das Mädchen, diese Alena? Die hat doch nicht nur Dumont den Kopf verdreht. Gab es da keine Nebenbuhler?«

»Ihr meint unter den Steinmetzen? Mein Gott, Cellerar, wo denkt Ihr hin? Da hat Dumont schon mit dem Feuer gespielt. Kein anderer hätte es gewagt, der Tochter des Amtsrichters auch nur die Hand zu geben. Sie haben sie angestiert, ja. Mehr aber nicht. Der Steinmetz konnte froh sein, dass Urslingen nichts von dem Verhältnis wusste. Sagte doch schon, der will seine Tochter an den Mainzer Hof verheiraten.«

Abel nickte. Das konnte er sich gut vorstellen. Für den Amtsrichter wäre eine solche Verbindung ein erster Schritt weg von Amorbach und zurück nach Mainz. Er, Abel, würde dessen Fortgang nicht bedauern. Auch sonst würde niemand in Amorbach deswegen eine Träne vergießen.

Doch Abel ging noch ein ganz anderer Gedanke durch den Kopf. Ob er den Baumeister fragen sollte? Kurz bevor sie die Baustelle verließen, gab er sich einen Ruck. »Die Freimaurer, was wisst Ihr von ihnen?«

Neumann lachte, dass der Speis von der Deckenverschalung rieselte. »Ihr seid ein ganz Hartnäckiger, wie? Sagt ja nicht, Ihr glaubt an einen Fememord?«

Abel spürte, wie er rot wurde. »Immerhin, man hört so manches Merkwürdige über diese Logenbrüder. Und die Bauleute stellen die meisten Mitglieder.«

Neumann stellte sich vor Abel. »Mein lieber Herr Cellerar«, begann er. »Die Freimaurerloge, das ist nichts anderes als ein Männerbund. Über alle religiösen, vaterländischen und standesgemäßen Grenzen hinweg wollen wir Menschen miteinander verbinden, die sich sonst nie begegnen würden. Wir folgen damit unserem Auftrag, Fremdes zu überwinden, Gegensätze abzubauen, Verständnis und Freundschaft zu fördern. Wir Freimaurer versuchen auch nicht, irgendjemand von irgendwelchem Glauben zu überzeugen. Als einziger Maßstab für das Denken und Handeln unserer Mitglieder gelten Menschlichkeit, Brüderlichkeit und Gerechtigkeit. Freimaurerei, Herr Cellerar«, Neumann stieß seinen Zeigefinger gegen Abels Schulter, »Freimaurerei ist weder Kirche noch Nebenkirche noch sonst etwas in dieser Art. Wir kennen keine Glaubenssätze — und auch keinen Fememord.« Sprach's, drehte sich um und ging in sein Zimmer. Krachend fiel die Tür hinter ihm ins Schloss.

»Du also auch«, flüsterte Abel.

Eine Katze umstreifte Abels Beine und maunzte. Er bückte sich und nahm sie auf den Arm. Vielleicht war es ja wirklich ein Unfall und ich verschwende hier meine Zeit, dachte er und kraulte das Tier im Nacken. Wo aber waren Dumonts Unterlagen? Dieser hatte etliche Aufzeichnungen und Skizzen von Wildenberg gefertigt. Irgendwo mussten jene Papiere doch sein. Und müsste es nicht auch Unterlagen geben, die Dumont erst auf die Spur mit der Urkunde gebracht hatten? Abel setzte die Katze wieder auf den Boden und tastete nach dem Schlüssel von Dumonts Hütte. Sobald als möglich würde er die Hütte noch einmal in aller Ruhe durchsuchen.

»Aber erst mal hören, was der Physikus meint«, sagte er zu der Katze. Das Tier lag jetzt an einem sonnigen Fleck und leckte sich die Pfote. »Wenn Marquard bestätigt, dass es ein Unfall gewesen ist, dann will auch ich es glauben. Im Grunde wäre dies sogar das Beste.«

Für gewöhnlich verließ Abel das Kloster durch die Pforte oder das Haupttor des Wirtschaftsgebäudes und nahm stets den Weg durch die Stadt. Während es für die Bewohner der umliegenden Dörfer selbstverständlich war, dass sie dem Kloster Tribut und Fron schuldeten, zierten sich die Städter. Da war es angebracht, sich möglichst oft in ihren Straßen sehen zu lassen. Jetzt aber mied Abel Pforte und Tor und wählte den längeren Weg durch den Garten. Durch Seitengassen gelangte er hinunter in die Löhrstraße und klopfte an die Tür des Physikus.

»Aha, der Cellerar. Hatte Euch schon früher erwartet.« Marquard steckte seinen roten Kopf durch die halboffene Tür und lächelte Abel an.

»Bin aufgehalten worden. Und, habt Ihr etwas gefunden?«

»Kommt erst einmal herein!« Marquard wischte sich die Hände an seiner Schürze ab und ging in einen Nebenraum. Abel folgte ihm und erschrak vor dem aufgebahrten nackten Leichnam Jakob Dumonts. Der Physikus ging an der Bahre entlang und ließ seinen rechten Zeigefinger über den Schenkel des Toten hinauf zum Brustkorb gleiten. »Jeder Bildhauer hätte seine Freude daran gehabt«, sagte er.

Abel machte drei Kreuzzeichen über den Toten. Dem Physikus entgegnete er. »Ich kann Alena verstehen. Würde als Frau ebenso Dumont jedem blutleeren Perückenträger vorziehen.«

Der Physikus drehte sich um. »Ihr braucht Euch aber auch nicht zu verstecken.« Er stieß Abel am Oberarm und lachte. »Seid im Grunde viel zu schade für die Kutte.«

Abel blickte verlegen zur Seite.

»Wäre eher etwas für mich, das Kloster.« Marquard lachte immer noch und streckte seinen Bauch vor.

Was haben die Leute nur für eine Vorstellung vom Klosterleben, dachte Abel. Sicherlich, Essen und Trinken war für viele Brüder die einzige Lebensfreude. Aber in der ganzen

Abtei gab es keinen, dem man seine Trunksucht so angesehen hätte wie Marquard. Der rote Kopf, die blau geäderte Nase, der Wanst, alles an dem Mann verriet den maßlosen Genuss von Wein. Die wenigen Haare auf dem Kopf hingen ihm als graue Fransen in den Nacken und sein Gesicht sah man nur unrasiert. Und trotzdem, Abel schätzte diesen Mann.

»Also, was ist? Habt Ihr etwas gefunden?«

Der Physikus wurde wieder ernst. »In den Kleidern war nichts.«

»Kein Schriftstück, Zettel oder etwas Ähnliches?«

»Nichts. Auch kein Geld. Nach was sucht Ihr eigentlich?«

»Er wollte mir etwas zeigen, das Ornament eines Fensters, das er für unsere neue Bibliothek verwenden wollte. Ich dachte, er hätte Aufzeichnungen davon gemacht.«

Marquard runzelte die Stirn. »Also, gefunden habe ich nichts, wie gesagt. Aber aufgefallen ist mir doch etwas.«

»Sagt schon, was!«

»Er muss durchsucht worden sein.«

Abel wurde unruhig. »Wie kommt Ihr darauf?«

»Das Futter der einen Hosentasche spitzte heraus und sein Wams war falsch zugeknöpft. Da hat es jemand ganz eilig gehabt.«

»Merkwürdig«, sagte Abel und holte tief Luft. Insgeheim ärgerte er sich über seine Unvorsichtigkeit.

»Außerdem war's kein Unfall!«

Abel spürte, wie ihm das Blut aus den Adern wich.

»Die Wunde am Hinterkopf«, hörte er den Arzt sagen, »die stammt nicht von einem Sturz — da hat jemand nachgeholfen.«

Abel suchte an der Bahre Halt. »Wie kommt Ihr darauf?«

»Also, ist ja nicht ganz so einfach, eine Verletzung zu untersuchen. Wenn ich nicht so gute Augen hätte …«

»Marquard! Woher wisst Ihr, dass Gewalt angewendet wurde?«

Der Physikus schniefte. »Weiß auch nicht warum, aber ich habe schon immer lieber die Toten als die Lebendigen untersucht. Neulich erst hatte ich den Sohn eines Gerbers hier. Ist an der Lungensucht gestorben. Sah gar nicht so gefährlich aus, weil er schon immer blaue Lippen und eine schwere Atmung hatte. Nachdem ich ihm aber den Brustkorb aufschnitt, hab ich gesehen, warum er mir unter der Hand weggestorben ist. Das glaubt Ihr mir nicht, Pater, alles entzündet und voll mit klebrigem Schleim. Und nicht nur die Lunge wie angefressen. Überall Gewebe, das ...«

»Marquard!«

Der Physikus brummte und winkte Abel näher heran. Er beugte sich über den Toten und zeigte auf die rechte Kopfseite. Abel verstand nicht.

»Wartet!« Marquard griff zur Laterne, die auf einem kleinen Tisch an der Wand stand und leuchtete dem Toten ins Gesicht. Mit der freien Hand schob er die Haare zur Seite.

»Hier, die Schwellung an der Schläfe«, sagte er, »groß wie ein Taubenei.«

Abel beugte sich ebenfalls nach vorne. Marquard roch aus dem Mund wie ein offenes Weinfass. Abel hielt die Luft an und betrachtete den Kopf genauer. »Ein Bluterguss«, sagte er leise.

»Muss kurz vor seinem Tod passiert sein.«

Abel stieß die Luft aus. »Ihr habt wirklich ein scharfes Auge, Marquard.«

Der Physikus wand sich.

»Womit, glaubt Ihr, ist er erschlagen worden?«

Marquard hob die Schultern.

»Und Jakob hat sich nicht gewehrt?«, fragte Abel. »Einen so kräftigen Burschen zu überwältigen, dürfte nicht leicht gewesen sein.«

»Erst ein Schlag an die Schläfe, der ihn in die Knie gehen ließ. Vermutlich von hinten. Vielleicht ist er auch ohnmächtig geworden. Als er am Boden lag, hat man ihm den Kopf so lange auf einen Stein geschlagen, bis er tot war. So oder so ähnlich.« Der Physikus griff zum Leinentuch am Fußende und zog es dem Toten über den Kopf.

»Sagt Ihr das dem Amtsrichter?«, fragte Abel.

»Muss ich wohl, oder?«

»Obwohl Ihr den Toten nicht weiter untersuchen solltet?«

»*Strictissime*!« Marquard hob den Zeigefinger und grinste. »Hab ihn ja nicht untersucht. Ist mir einfach nur aufgefallen, als ich ihn gewaschen habe. Habe nur meine Christenpflicht getan.«

»Wann genau, meint Ihr, ist er gestorben?«

Marquard atmete tief ein. »Wie ich am Tatort schon gesagt habe, so zwei, drei Stunden, bevor ich ihn untersucht habe. Genauer geht's nicht.«

Abel schaute den Physikus von der Seite an. Wieviel mochte dieser heute schon getrunken haben?

»Warum hört ihr Euch nicht bei seinen Männern um?«, sagte der Mann. »Wäre doch möglich, dass ihn einer gesehen hat, als er zur Burg aufbrach. Das würde den Todeszeitpunkt eingrenzen.«

Abel nickte. »Ihr habt recht.«

Marquard brummte und nahm Abel am Arm. »Ein Gläschen Wein auf den Schreck?«

Abel schüttelte den Kopf. »Habe noch zu tun.« Dann löste er sich vom Physikus.

VI

Abel ging durch die Löhrstraße zurück in die Abtei. Es waren kaum noch Leute auf der Straße. Nur einige Kinder sprangen zwischen den Holzarken herum. Gut, dass es hier so viel Platz gab, sonst hätte der Rat das Stapeln von Brennholz vor den Häusern verbieten müssen. Es war dies nicht nur die breiteste Straße der Stadt, sondern sie war auch durchgehend gepflastert. Besonders bei Regen schätzte Abel diese Annehmlichkeit. Denn wann immer es ging, tauschte er Stiefel gegen Sandalen. Dass die Straße befestigt war, hatte seinen Grund: Hier standen die größten und schönsten Häuser der Stadt, viele im Parterre, manche sogar in Gänze in Sandstein errichtet. Handelsgeschäfte gab es hier und Gasthäuser, dazu Handwerker, die es zu einem gewissen Wohlstand gebracht hatten.

Vor der Tür des Gasthauses Zur Sonne stand der Wirt auf der obersten Stufe. Er hatte die Hände unter der schmutzigen Schürze in den Hosentaschen vergraben und schaute die Straße entlang. Sonntagabend, dachte Abel, da sind die Gäste rar. Morgen aber werden schon ab Mittag die Holzfuhrwerke die Straße füllen. Dann werden die Fuhrleute in der Stube des Gasthauses sitzen, während die Zugochsen draußen geduldig an den Deichseln ausharrten. Der Wirt deutete einen Gruß an und verschwand im Haus.

Abel schaute gegen Westen. In gut zwei Stunden würde es dunkel werden. So hatte er sich diesen Sonntag nicht vorgestellt. Heute Morgen noch war er entschlossen gewesen, dem Abt vorzuschlagen, die Brüder mit einer *caritas*, einem zusätzlichen Trunk Wein, zu überraschen — freilich ohne ihnen vorerst den Grund dafür zu benennen. Doch nicht nur dies war jetzt hinfällig. Dumont war ermordet worden. Der Steinmetz musste vollkommen in Gedanken versunken gewesen sein. Anders ließ es sich nicht erklären, dass sich der Mörder unbemerkt hatte anschleichen können — oder Dumont hatte seinen Mörder gekannt, hatte ihn deswegen nichts ahnend näher kommen lassen. Ja, so musste es gewesen sein. Wenn aber Jakob den Mann gekannt hatte, dann musste auch Abel ihn kennen. So groß waren die Abtei und Amorbach nicht.

Was würde der Amtsrichter tun? Er würde fluchen und toben, wenn er von dem Mord erführe, und die halbe Stadt aufscheuchen. Bestimmt würde er auch ihn, Abel, noch einmal zu seiner Verabredung mit Dumont befragen. Abel musste sich eine glaubwürdige Ausrede einfallen lassen, die Geschichte mit dem Fenster allein würde nicht ausreichen.

Der Bruder Pförtner wartete bereits auf ihn. Woher wusste dieser, dass Abel die Abtei verlassen hatte? »Der Abt wünscht Euch zu sprechen, Pater Cellerar.«

Abel nickte, schlug aber zunächst den Weg zur Küche ein. Er hatte seit der *prima* heute Morgen nichts mehr gegessen. Und Durst hatte er auch. Wenn er Glück hatte, gab es noch frisches Bier. Es war noch etwas Zeit, bevor man sich zur *complet* in der Kirche traf. Der Küchengehilfe brachte Reste vom Vortag: Speckwurst mit Gemüse und Brot. Abel war zufrieden. An schlechten Tagen wie diesen zog er gerne ein einfaches Mahl vor.

Kurze Zeit später stand er vor dem Schreibtisch des Abtes. Külsheimer legte die Schreibfeder zur Seite, wies auf den freien Stuhl und zupfte sich die Ärmel zurecht.

»Ihr habt beim Mittagsmahl gefehlt! Und zur *vesper* wart Ihr auch nicht da!«

»Ich war noch …«

Der Abt schnitt Abel mit einer Handbewegung das Wort ab. »Keine Ausreden! Wie Ihr es mit den Gebeten und Essenszeiten außerhalb des Klosters haltet, danach frage ich nicht. Wenn Ihr aber hier, innerhalb der Mauern, weilt, erwarte ich, dass Ihr Euch an die Regeln haltet! Haben wir uns verstanden?«

Abel deutete ein Nicken an und wollte erneut zum Sprechen ansetzen. Aber Külsheimer wischte wieder mit der Hand durch die Luft.

»Eine Abordnung der Arbeiter war hier. Sie wollen eine anständige Beerdigung für ihren Meister.«

»Eine anständige Beerdigung?«

»Nun ja, mit Hochamt, Grabrede und so weiter. Kümmert Euch darum!«

»Wenn das die einzigen Sorgen wären.«

Külsheimer kniff die Augen zusammen.

»Dumont ist ermordet worden!«

Der Abt richtete sich im Sessel auf. »Ermordet?«

Abel nickte.

»Wer sagt das?«

»Der Physikus. Er hat Hinweise auf einen gewaltsamen Tod gefunden.«

»Wer?«

Abel zuckte mit den Achseln.

»Hat es etwas mit unserer Sache zu tun?«

Wieder hob Abel die Schultern.

»Herrgott, man erschlägt nicht grundlos einen Menschen. Hat Dumont mit jemandem Streit gehabt, hatte er Spielschulden? Ihr habt doch mit ihm zusammengearbeitet!«

Abel schluckte und sah zum Fenster hinaus.

»Mir fallen im Augenblick mehrere Möglichkeiten ein«, sagte er.

Külsheimer sah ihn auffordernd an.

»Das Nächstliegende wäre ein Raubmord. Bei Dumont wurde nichts gefunden. Kein Geld, kein Amulett, nichts.«

Der Abt wiegte den Kopf.

»Möglich wäre auch eine Eifersuchtstat. Habt Ihr gewusst, dass der Steinmetz etwas mit der Tochter des Amtmannes hatte?«

Külsheimer schien nicht überrascht. »Ein Nebenbuhler?«

»Neumann meint Nein.«

»Und weiter?«

»Oder …« Abel machte eine Pause. »Oder es war Mainz. Man hat von unseren Nachforschungen erfahren und ist tätig geworden.«

Külsheimer setzte sich wieder. Er griff nach einem Federkiel und begann, diesen in der Hand zu drehen. »Nie und nimmer, Cellerar!«, sagte er. »Diese Zeiten sind vorbei!« Dann schaute er Abel an. »Welche der Möglichkeiten haltet Ihr für die wahrscheinlichste?«

Abel zog die Schultern hoch. »Ich weiß es nicht.«

Der Abt spitzte die Lippen, wie immer, wenn er nachdachte. Dann, nach einer Weile, begann er. »Solange wir nicht wissen, ob der Mord etwas mit uns zu tun hat, ist es besser, wir verhalten uns ruhig. Ich habe sowieso nie so richtig an diese Geschichte geglaubt. Könnte Euer Steinmetz uns mit dieser …«, Külsheimer wedelte mit der Feder durch die Luft, »… mit dieser Sache jetzt noch, nach seinem Tod, Schwierigkeiten machen?«

Euer Steinmetz! Wollte sich der Abt distanzieren? Abel drückte den Rücken durch und sagte. »Er wusste, wo die Urkunde versteckt ist, da bin ich mir sicher. Warum sonst hat er mich auf die Burg bestellt?«

Külsheimer zog den Mundwinkel hoch. »Hoffen wir, dass kein Dritter davon weiß.«

Abel schwieg.

»Wie soll es jetzt auf der Baustelle weitergehen? Wer

könnte Dumont ersetzen? Gibt es unter den Steinmetzen einen, der geeignet wäre?«

Abel schüttelte den Kopf. »Neumann will uns einen Vorschlag machen.«

»Hoffentlich bald.«

Abel verbeugte sich leicht und ging zur Tür.

»Noch etwas!«, rief ihm Külsheimer nach.

Abel wandte den Kopf.

»Finger weg von den Säulen am Bullauer Berg!«

»Wie?«

»Die Sandsteinsäulen, Ihr wisst schon. Man hat Euch dort gesehen, mit einer Elle und Schreibzeug. Die Leute fürchten die Rache der Riesen.«

Nachdenklich verließ Abel die Prälatur. Woher nur bekam der Abt immer seine Hinweise? Es stimmte, Abel war bei den Steinsäulen gewesen. Ein Bauer hatte ihn darauf aufmerksam gemacht. Niemand wusste, wie lange schon diese gewaltigen Monumente dort im Wald lagen. Als Abel sie sich hatte zeigen lassen, wollte er nicht glauben, was er da sah. Mit den Händen hatte er die mehr als 20 Fuß langen und vier Fuß starken Säulen betastet. Die präzise Arbeit der Steinmetze war bewundernswert. Heunesäulen wurden diese Steine im Volksmund genannt. Riesen sollen sie vor undenklichen Zeiten in diesen Wald geschleppt haben. Dass man die Herkunft der Monumente Fabelwesen zuschrieb, hieß doch nichts anderes, als dass sie niemandem gehörten. Warum die Säulen also hier dem Vergessen preisgeben? Gekonnt zerschlagen, wären sie gutes und billiges Material für die Abtei. Bestimmt hatte dieses Kräuterweib aus Miltenberg die Leute aufgewiegelt. Ihren Zaubereien sollten die Leute dort sowieso mehr vertrauen als den Segenssprüchen des Pfarrers. Je länger Külsheimer im Amt war, umso mehr schien er Konflikten aus dem Weg zu gehen. Gut, es war Miltenberger Gemarkung, wo die Säulen lagen, aber das hätte sich regeln lassen.

Es läutete zur *complet*, dem Nachtgebet. Abel musste sich beeilen. Es war wirklich Zeit, dass er sich wieder einmal beim gemeinsamen Gebet sehen ließ. Nicht nur, weil ihn der Abt dazu ermahnt hatte. Er gehörte nicht zu den Frommsten in der Bruderschar, das wusste er. Doch die gemeinsamen Andachten in der Kirche, die genoss er. Vor allem das Nachtgebet.

Zwar war für Abel der Tag damit noch nicht zu Ende, aber es würde Ruhe einkehren. Wie oft schon hatte er mit einer schwierigen Frage im Kopf im Chorgestühl Platz genommen und mit einer Lösung die Kirche wieder verlassen. Mit Blick auf die brennenden Kerzen und eingebettet in das gleichmäßige Murmeln der Brüder hatte er oft die besten Einfälle.

Gerade beendete der Vorbeter den ersten Teil seiner Lesung und die Brüder antworteten mit ihrer *oratio*, dem Gebet. Es ist eigenartig, dachte Abel, wie wenig der Tod Jakobs den Abt berührte. Külsheimer sorgte sich nur um seine Abtei. Auch der Amtsrichter war gleich von einem Unfall ausgegangen und an einer näheren Untersuchung nicht interessiert. Er, Abel, würde das nicht so einfach hinnehmen — nicht nur wegen der Urkunde. Immerhin hatte er den Steinmetz beinahe täglich gesehen, war zusammen mit ihm über die Baustelle gegangen und hatte mit ihm den Maurern über die Schultern geschaut. Nur selten hatte Abel an Dumonts Arbeit etwas zu beanstanden gehabt. Er hatte sein Können auf der Baustelle geschätzt und auch seine Lebensart bewundert. Und in Zweifelsfällen hatte er diesem immer mehr vertraut als dem Baumeister. Sicherlich, ab und zu war ihm Jakob etwas überheblich vorgekommen, fast ein wenig dünkelhaft, vor allem wenn er den Baumeister belehren wollte und sein Wissen ausbreitete. Etwas mehr Respekt vor dem Titel Neumanns und dessen Alter wäre angebracht gewesen.

Von Anfang an hatten sich Dumont und Neumann nicht gemocht. Neumann hatte der Einstellung des jungen Mannes

sogar lautstark widersprochen. Er sei zu jung und zu uner-
fahren für so eine große Baustelle, hatte er gemeint. Aber
Dumont hatte ausgezeichnete Zeugnisse vorgewiesen — eines stammte sogar vom Baumeister selbst. Zudem hatte sich
Dumont zu einem annehmbaren Preis angeboten. Und das
Geld hatte letztendlich den Ausschlag gegeben. Nicht für
Abel. Er hätte den Steinmetz auch dann genommen, wenn er
teurer gewesen wäre. Kaum hatte Abel einen jungen Mann
getroffen, aus dessen Auge so viel Leben und Klugheit blitzten. Außerdem hatte die Zeit gedrängt.

Abel legte den Kopf an die hölzerne Hochwange, die seinen Sitz von dem des Nachbarn trennte. Wenn Dumont jetzt
fehlte, würde sich das auf den Baufortschritt auswirken. Neumann hatte es schon angedeutet. Er mag ein guter Baumeister sein, aber die Pläne umzusetzen, abzuklären, was machbar
ist und was nicht, und bei den diffizileren Tätigkeiten den Arbeitern genau auf die Finger zu schauen, für diese Aufgabe
war Jakob wie geschaffen gewesen. Es würde schwer sein, einen gleichwertigen Ersatz zu finden.

Abel schrak auf. Er musste eingenickt sein. Ohne darauf
zu achten, was er sang, schloss er sich dem Choral der Brüder
an. Dieses besinnliche Absingen der Psalmen, das war es, was
er an den Stundengebeten so liebte. Doch bald schon war er
wieder bei Jakob Dumont. Ich muss die Angehörigen verständigen, dachte er. Abel fühlte nach seiner Brusttasche und
spürte den Schlüssel. Morgen würde er noch einmal zu Dumonts Hütte gehen. Bestimmt fand sich dort ein Hinweis auf
dessen Bruder. Außerdem wollte er sich noch einmal in Ruhe
umsehen. Vielleicht entdeckte er ja doch etwas, was ihm wei-
terhalf.

Abel lehnte sich zurück und schaute zur Decke. Auch hier
war vor siebenunddreißig Jahren eine riesige Baustelle gewesen. Fünf Jahre lang hatte man Wände eingerissen und
an anderer Stelle wieder aufgebaut, hatte Pfeiler gesetzt und

Dächer neu konstruiert, bis aus dem alten, viel zu bescheidenen Kirchlein dieses prächtige Gotteshaus entstanden war. Er selbst war damals noch gar nicht geboren. Trotzdem, richtig fertig geworden war die Kirche erst durch ihn vor einem Jahr.

Es war im Oktober des vergangenen Jahres, als die Brüder Stumm den letzten Hammerschlag getan hatten. Fünftausendeinhundertundsechzehn Pfeifen, eingeteilt in sechsundsechzig Register, die größte Orgel der Welt! Abel atmete tief durch. Eigentlich war es die Idee von Pater Roman Hofstetter gewesen, die Kirche mit einer Aufsehen erregenden Orgel auszustatten. Als *regens chori* hatte er darauf gedrängt, dies schon bei den ersten Entwürfen zum Umbau der Kirche zu berücksichtigen. Aber erst er, Abel, hatte die Orgelbauer aus dem Hunsrück hierher nach Amorbach geholt, hatte den Abt und den Konvent von der Großartigkeit dieser Idee überzeugt und hatte jeden möglichen Gulden gespart, um der Abtei dieses einmalige Geschenk zu machen.

Erst als am Sonntag vor Allerheiligen Joseph Martin Kraus' Motette *Stella coeli* erscholl und das Kirchengewölbe bis in den letzten Winkel hinein ausgefüllt hatte, erst dann war er ruhig geworden. Erst dann auch hatten die Konventualen verstanden, was ihr Cellerar gemeint hatte, als er von der unsterblichen Glorie gesprochen hatte, die diese Orgel der Abtei bescheren würde.

Pater Roman hatte sich großartig auf diesen Tag vorbereitet. Als Erster hatte er Kraus' neu komponiertes Werk in Amorbach aufgeführt. Die hohen Gäste waren erstaunt, welch herrliches Orgelsolo dieser in Miltenberg geborene und im nahen Buchen aufgewachsene Musiker geschaffen hatte. Vergebens hatte sich die Abtei darum bemüht, den in Stockholm lebenden Kraus, der dort Direktor der schwedischen Musikakademie war, zur Erstaufführung seines Werkes nach Amorbach zu bewegen.

Abel hatte sich beim Erklingen der Orgel nicht gegen die

aufsteigenden Tränen gewehrt. Für ihn war es das schönste Fest seines Lebens gewesen. Erst danach hatte er es sich zugetraut, auch den Konventbau in Angriff zu nehmen. Aber hätte er gewusst, wie schlecht die Zeiten werden würden, er hätte noch einige Jahre gewartet.

Als die Brüder sich zum *dies irae* erhoben, schrak Abel erneut hoch. Wieso ließ der Abt diesen Hymnus aus der Totenmesse singen und nicht das *magnificat*, den Lobgesang der Maria? Da fiel ihm Jakob ein. Mit einem stummen *deo gratias* dankte Abel dem Abt. Dann stimmte er in den gregorianischen Gesang ein.

Gleich nach dem Abendgebet ging Abel zurück in seine Wohnung. Wie der Abt, so schlief auch er nicht mehr in einer einfachen Zelle. Zwischen den Gemächern des Abtes und dem Jagdtrophäen-Zimmer hatte Abel drei Räume bezogen. Was ihm zunächst ein wenig unpassend erschienen war, hatte sich dann als richtige Entscheidung erwiesen. Denn alleine einen Raum schon benötigte er für seine Arbeit als Cellerar.

Abels Blick fiel auf den Stapel von Rechnungen. Wenn er nur jemanden hätte, der ihm diese Arbeit abnehmen würde. Er ging zum Fenster und öffnete es. Die kühle Luft tat ihm gut. Der Himmel war nahezu unbewölkt. Abel suchte den Großen Wagen. Es war dies das einzige Sternzeichen, das er kannte. Das Kerzenlicht flackerte. Ein Nachtfalter war in die Flamme gestürzt. Abel seufzte und schloss das Fenster wieder. Er musste sich jetzt an die Arbeit machen, bevor sich die Mahnbriefe häuften und ihm noch mehr Zeit nahmen.

Er setzte sich und begann, die Rechnungen zu prüfen. Die Zimmermannsarbeiten am Siechhaus würde er zum Teil mit Naturalien bezahlen. 140 Gulden und dazu 17 Malter Korn, ein Fuder Bier und zwei Schweine reichten aus. Der Schuster, der mit zwei Gesellen 16 Tage lang im Kloster gearbeitet hatte, wollte nur Geld. Darauf hatte dieser bei Vertragsabschluss bestanden. Die Rechnungen für Käse, Butter, Öl und

Fisch zeichnete Abel nur ab. Was über den Schreibtisch seines Freundes Lothar lief, musste er nicht mehr kontrollieren.

Anders verhielt es sich bei den Steinlieferungen. Hier waren nicht nur die Beträge höher, sondern auch die Prüfungen schwieriger. Es war die Aufgabe Dumonts und des Baumeisters gewesen, die Lieferungen zu kontrollieren und zu bestätigen. In einer Kiste zu seinen Füßen lagen die abgezeichneten Lieferscheine, die Abel den einzelnen Rechnungen zuordnen musste. Er seufzte. Das bedeutete Nachtarbeit. Hätte er doch nur ein wenig von Lothars Talent. Dessen Kaufmannsverstand würde schnell Ordnung schaffen. Ob Marie etwas davon geerbt hatte? Er würde mit dem Freund einmal darüber reden. Abel griff in die Kiste und begann zu sortieren.

Neumann war ein Fuchs, wenn es darum ging, die besten Konditionen für die Abtei herauszuholen. Über Nacht wechselte er den Steinbruchbesitzer, wenn einer noch günstiger zu liefern versprach. Hatten sie zu Beginn der Bauarbeiten die Steine noch aus den Brüchen bei Miltenberg bezogen, kamen diese mittlerweile aus dem weiter mainaufwärts gelegenen Reistenhausen.

Doch Abel hatte dazu auch schon Klagen gehört. Nichts Handfestes, was ihn gezwungen hätte, sofort tätig zu werden. Aber er hatte beim Gang über die Baustelle schon derbe Flüche aufgefangen, die sich auf die Güte der neuen Steine bezogen. Das hatte es vor einem halben Jahr noch nicht gegeben. Er hatte mit Dumont darüber geredet. Dieser hatte versprochen, schärfer zu kontrollieren und schlechte Qualität nicht zu akzeptieren. Außerdem hatten sie vereinbart, gemeinsam den Steinbruch in Reistenhausen zu besichtigen.

Abel blickte hinunter auf die Kiste. Dann schaute er durch das Fenster hinaus in die Dunkelheit. Sicher war schon Mitternacht vorbei. »Schluss für heute«, sagte er, warf einen Blick auf das Kruzifix an der Wand, griff nach der Laterne und zog sich in sein Schlafgemach zurück.

VII

Im Morgengrauen schlich Abel zu Dumonts Hütte. Wenn die Arbeiter und ihre Familien aufwachten, musste er wieder im Kloster sein. Als Abel den Schlüssel in das Türschloss stecken wollte, erschrak er. Die Tür gab nach. Sie war nur angelehnt. Dabei hatte er sie doch gestern im Beisein von Neumann abgeschlossen.

Jemand musste seitdem in der Hütte gewesen sein. Vorsichtig betrat Abel den Raum. Auf den ersten Blick konnte er keine besondere Änderung gegenüber dem gestrigen Abend feststellen. Abel ging zunächst zum Schrank. Jedes Hemd und jede Hose nahm er einzeln in die Hand — nichts! Ebenso durchsuchte er die Schubfächer und die Tiegel auf dem Brett über dem Herd — vergebens. Auch wenn Abel hier wahrscheinlich nichts Wichtiges mehr finden würde, vielleicht ergäben sich doch Hinweise auf die Person Dumonts. Wo waren zum Beispiel die persönlichen Dokumente Jakobs? Wo war dessen Meisterbrief, wo die Empfehlungsschreiben, die dieser der Abtei vorgelegt hatte, wo ein Hinweis auf nähere Verwandte?

Abel betrachtete die Pläne auf dem Tisch. Er hatte den Stoß bereits bei seinem gestrigen Besuch durchgesehen. Dennoch ging er hinüber und untersuchte den Stapel erneut. Plötzlich stutzte er. Das waren keine Zeichnungen vom Konventbau. Er zog das Blatt hervor. Er erkannte Wandpfeiler und Querschnitte von Gewölberippen, Detailzeichnungen von Konsolen und Kapitellen, wie er sie auf Wildenberg gesehen hatte. Er suchte weiter und fand noch zwei ähnliche Blätter. Alle drei waren etwas kleiner als die anderen, deswegen hatte er sie übersehen. Sein Herz schlug höher. Er ging zum Fenster und hielt die Pläne ins Licht. Sofort fiel ihm die Farbe des Papiers auf. Auch war das nicht die Handschrift Dumonts. Das waren alte Unterlagen. Aber nach näherem Betrachten ließ er enttäuscht die Hand sinken. »Studienobjekte«, sagte er leise, Skizzen, wie man sie bei einem Mann wie Dumont erwarten durfte. Doch dann stockte er. Das schienen Originale zu sein. Wie war der Steinmetz an solche Zeichnungen gekommen? Abel schaute sich die Blätter genauer an. Eines zeigte den Aufriss einer Kirche. »Stiftskirche«, stand unter der Skizze. Er drehte das Blatt um. »Stiftsarchiv Aschaffenburg 1606«, las er. Abel fuhr sich mit der Hand über die Stirn. Hatte der Baumeister nicht gesagt, Dumonts Bruder sei Archivar? Natürlich, über seinen Bruder war Jakob an diese Pläne gekommen. Wenigstens wusste er jetzt, wo er den Bruder erreichen konnte.

Die ersten Sonnenstrahlen fielen durch die Ritzen in der Bretterwand. Zeit, den Ort zu verlassen. Abel rollte die Blätter zusammen und sah sich noch einmal um. Wo nur konnten Jakobs Unterlagen sein? Da entdeckte er an der Bettstatt helle Flecken am Boden. Deutlich war im Staub die Stelle zu erkennen, wo das Bett ursprünglich gestanden haben musste. Derjenige, der hier vor ihm gesucht hatte, hatte es verrückt und nicht wieder ordentlich zurückgeschoben. Als Abel die mit Stroh ausgestopfte Unterlage des Bettes anhob, sah er auch hier, dass diese bewegt worden war. Der Eindringling hatte sich nicht die Mühe gemacht, sie wieder in den Bettrahmen zurückzuschieben. Oder er hatte es eilig gehabt?

Abel bückte sich und schaute unter das Bett. Der Spalt im Bretterboden war unübersehbar. Eine Diele stand hoch, nicht viel, aber mehr als bei einem roh gezimmerten Boden üblich. Abel zog das Bett nach vorne und hob das Brett an. Ein Hohlraum tat sich auf, breit und tief genug, eine Truhe von der Länge einer Elle darin zu verstecken. Leer! Abel wusste, dass er nicht mehr weiter suchen musste.

Wer war ihm hier zuvorgekommen? Hatte der Amtsrichter, nachdem er vom Mord als Todesursache erfahren hatte, den Raum durchsuchen lassen? Wie, wenn dessen Leute die fehlenden Dokumente gefunden hatten? Ob der Richter sich seinen Reim darauf machen konnte?

Abel rieb sich das Kinn. Nein, es fiel ihm schwer, sich vorzustellen, Urslingen habe Leute geschickt, damit diese heimlich Dumonts Hütte durchsuchten. Der Amtsrichter hätte sich den Auftritt nicht nehmen lassen, höchstselbst mit Gefolge hier bei den Bauhütten zu erscheinen und vor den Augen aller Anwesenden die Hütte auf den Kopf zu stellen.

Abel rückte alles wieder zurecht und verließ die Hütte. Die Türe lehnte er wieder an. Auf dem Weg zur Abtei traf er ein Trüppchen Bauarbeiter, das sich vor einer der Hütten zusammengefunden hatte. Man redete wild durcheinander. Einige Wortfetzen erreichten Abels Ohr.

»Nichts zu tun?«, rief er.

»Sie hebbn!«, schallte es wie aus einem Mund zurück.

»Wer hat wen?« Abel ging auf die Männer zu.

»Den Mördder! Der Amtsrichter hotn eigelocht.«

»Wen hat er eingelocht?«

»En Landstreischer!«

»Depp! En Zischeiner wors!«

»Ne, en Kesselflicker!«

»Is doch worschd. Kesselflicker, Landschtreischer, alles des gleische Gschwaddel!«

Abel hob beide Hände und bat um Ruhe. »Langsam Männer, schön der Reihe nach. Woher habt ihr das?«

Ein älterer Mann trat hervor. »Ein Weib aus der Stadt hat's gesehen, Pater. Man hat ihn angeschleppt, samt seinem Wagen. Gestern schon. Hat sich auf der Burg herumgetrieben.«

»Ein Hoch dem Amtsrichter!«, rief einer der Arbeiter und warf seine Mütze in die Luft. »Hoch, hoch!«, stimmten die Umstehenden ein. Weitere Männer kamen heran. Jedes Mal wurde mit immer neuen Zutaten von der Gefangennahme des Mörders berichtet. Aber niemand wusste im Grunde mehr zu berichten als das bereits Gesagte. Wortlos kehrte Abel den Männern den Rücken.

Dass Urslingen keine Sekunde zögern würde, sich auf die Suche nach dem Täter zu machen, hatte Abel erwartet. Aber dass der Amtsrichter so schnell einen Schuldigen präsentieren würde, hätte er nicht für möglich gehalten. Der Richter konnte doch erst … Abel blieb stehen und nahm seine Finger zu Hilfe: Wenn der Physikus seine Entdeckung noch gestern Abend Urslingen mitgeteilt hatte, dann war das gerade einmal zwölf Stunden her!

Schwer vorstellbar, dass der kauzige Kesselflicker ein Mörder sein sollte. Andererseits, wer wusste nicht irgendeine schaurige Geschichte über das fahrende Volk zu erzählen? Nicht umsonst war diesen Leuten das Lagern außerhalb eigens ausgewiesener Plätze verboten.

Aber warum den Steinmetz? Abel versuchte sich vorzustellen, aus welchen Gründen der Kesselflicker Dumont umgebracht haben sollte. »Fragen wir doch den Amtsrichter«, sagte er und schlug den Weg zur Kellereigasse ein.

Schon von Weitem sah Abel, dass einige Arbeiter vor ihm auf den gleichen Gedanken gekommen waren. Aber warum standen sie vor dem Tor des Amtsgebäudes? Als Abel auf sie zutrat, zogen sie ihre Mützen von den Köpfen. »Gelobt sei Jesus Christus, Pater.«

»In Ewigkeit Amen. Was macht ihr hier, Männer?«

Ein Arbeiter, die Mütze in die Hände geknüllt, trat einen halben Schritt nach vorne und deutete eine Verbeugung an. Abel kannte ihn von der Baustelle. »Wollten Näheres erfahren über den Mörder unseres Meisters.«

»Setzt die Mützen wieder auf!«

Die Männer murmelten ein »Vergelts Gott« und taten, wie ihnen geheißen.

»Warum geht ihr nicht hinein?«, fragte Abel.

»Das Tor! Es ist zu!«

»Zu?« Seit wann ließ der Amtsrichter so spät das Tor öffnen? Abel ging zur Tür, die in das große Eichentor eingelassen war, und drückte den Griff nach unten. Tatsächlich, es war geschlossen. Er langte nach dem Eisenring.

»Schon probiert?«

Die Männer nickten.

»Wollen doch mal sehen!«

Abel schlug den Ring gegen das Holz. Wumm, wumm, wumm. Die Schläge hallten über den Hof. Nichts geschah. Abel versuchte es erneut. Es dauerte eine Weile, bis sich Schritte näherten und das Guckloch geöffnet wurde. Ein Auge musterte die Leute auf der Gasse.

»Ihr sollt verschwinden!«

Abel trat einen Schritt zurück und stellte sich vor das Loch. »Ich bin's, Pater Abel, der Cellerar! Ich will den Herrn Amtsrichter sprechen!«

»Warum?«

»Es geht um den toten Steinmetz. Ich habe gehört, es sei ein Mann verhaftet worden und da …«

»Jetzt nicht!«

»Ich wollte den Amtsrichter nur fragen, ob …«

»Herr von Urslingen ist beschäftigt. Meldet Euch morgen wieder!« Rumms flog die Klappe zu.

Abel drehte sich um. Stumm schaute ihn die Gruppe an. Aus der Gasse kamen immer mehr Arbeiter heran. Mit finsteren Blicken gesellten sie sich zu den anderen. Im Hintergrund hatten sich auch einige Bürger versammelt.

»Net lang rümmache!«, schrie einer der Männer.

»Genau! An de Galche!«, antwortete ein anderer.

»Uffhenge!«, begannen einige zu rufen und die Menge schloss sich an. »Uffhenge, uffhenge!« Immer lauter wurden die Rufe. Die Hauswände warfen das Geschrei zurück.

»An die Arbeit, Männer!«, rief Abel und zeigte in Richtung Abtei. »Nach Hause, Leute, es gibt nichts zu sehen!«

Nach und nach wandten sich die Arbeiter ab. Es dauerte noch einige Zeit, bis Abel vor dem Tor des Amtsgebäudes alleine war.

Abel griff erneut zum Eisenring und pochte. Wieder musste er warten, bis er Schritte hörte und der Schlag geöffnet wurde. Und wieder erschien ein Auge hinter der Klappe und spähte auf die Straße.

»Ist der Amtsrichter jetzt zu sprechen?«

»Seid Ihr alleine?«

Abel drehte sich um. »Ist niemand da!«

Das Auge zuckte noch einmal hin und her, dann wurde die Klappe geschlossen und ein Riegel zurückgeschoben. Knirschend öffnete sich die Tür. Oskar, der hagere Hausdiener des Amtsrichters, trat in gebückter Haltung heraus und suchte die Straße ab. Dann schob er eine fahle Haarsträhne aus der Stirn und schaute Abel direkt ins Gesicht. Abel kannte keinen zweiten Menschen, der, so wie dieser, ein blaues und ein grünes Auge hatte.

»Oskar! Was sollte das vorhin?«

»Verzeiht, Cellerar, ich habe Anweisung, niemanden hereinzulassen.«

»Wovor hat der Amtsrichter Angst?«

»Verzeiht, Pater. Habt Ihr die Steinhauer nicht gehört?«

»Das war nach meinem Klopfen!«

»Der Herr Amtsrichter ist beschäftigt, Cellerar.«

Abel knurrte und gab Oskar ein Zeichen voranzugehen. Der Diener deutete einen Bückling an und schlurfte an ihm vorbei über den Hof. Abel entdeckte den Wagen des Kesselflickers. Zwei Arbeiter verschwanden in der Zehntscheuer.

Wenn Abel nur daran dachte, dass der Zehnte, den sich Mainz Jahr für Jahr von den Bauern hierher liefern ließ, eigentlich dem Kloster zustand, wurde ihm übel. Es war ungewöhnlich ruhig. Noch nie hatte Abel hier an einem Wochentag so viel sonntägliche Stille verspürt. Selbst aus den Ställen war kaum etwas zu vernehmen. Im Gesindehaus schlug ein Fenster im Wind.

Abel betrat hinter dem Diener das Haupthaus und folgte ihm durch den Flur. Plötzlich hörte er über sich Schritte. Er schaute die Treppen zu den Wohnräumen hoch und erschrak. Oben stand Alena, die Tochter des Amtsrichters. Als sie Abel sah, verschränkte sie ihre Arme vor der Brust und versuchte, diese unter den Achseln zu verbergen. Abel glaubte, an ihren Handgelenken Verbände zu erkennen. Alenas Augen waren stark gerötet. Als Abel eine Verbeugung machte und mit »Gnädiges Fräulein« grüßte, war sie auch schon durch die nächste Tür verschwunden. Abel schaute Oskar an. Aber dieser stand steif und verzog keine Miene.

»Man sagt, sie sei dem Toten sehr nahe gestanden«, versuchte Abel ein Gespräch. Doch der Diener führte Abel wortlos bis vor die Amtsstube.

»Herein!«

Oskar öffnete die Tür und Abel trat über die Schwelle. Er dachte an den Sommer vor drei Jahren, als der Amtsrichter hier eingezogen war. Er musste lächeln. Die ganze Stadt war damals in Aufruhr gewesen. Obwohl der Mann Witwer war, verfügte er über einen Hausrat, der mit einem Tross von fünf vierspännigen Wagen transportiert werden musste. Schränke aus edlem Kirschholz, Ballen voll feinster Tücher und Decken, mit Silber beschlagene Truhen und — den Amorbacherinnen waren die Münder offen gestanden — zwei mannshohe Spiegel im Goldrahmen. Das Ereignis schlechthin aber war der Schreibtisch gewesen. Ebenfalls kunstvoll aus Kirschholz getischlert, war er mit zahllosen Fächern, Aufbauten und Konsolen so ausladend, dass er nicht durch das Treppenhaus geschafft werden konnte. Urslingen hatte kurzerhand die Fenster herausbrechen und das Möbelstück von außen in das Amtszimmer hieven lassen. Im selben Zuge hatte er auch gleich die Fenster vergrößert. Diese sorgten schon jetzt, in den Vormittagsstunden, dafür, dass es ausreichend hell in dem Raum war. Das Licht brachte auch die verschiedenen Brauntöne der Bodenfliesen zur Geltung. Den Boden hatte der Amtsrichter kurz vor seinem Einzug verlegen lassen: Rosenspitz. Kein Handwerker in der Gegend hatte bis dahin dieses Muster gekannt.

An jenem riesigen Schreibtisch saß Urslingen jetzt und kniff die Augen zusammen. Seit gut einem Jahr musste er ein Glas benutzen. Er legte den Federkiel beiseite, stand auf und ließ das Monokel in seine rechte Hand fallen.

Täuschte sich Abel, oder war der Amtsrichter noch kleiner als sonst?

»Ihr, Cellerar?«, sagte Urslingen müde. »Ist es wegen Eures Pferdes? Hört, mein Aufseher hat es nicht gestohlen. Es war der Schreck über den Toten …«

Abel winkte ab. »Man sagt, Ihr hättet den Mörder gefasst?«

»Ach, deswegen seid Ihr hier?« Der Richter setzte sich in einen Stuhl. »Ja, manchmal hilft einem der Zufall — oder Gott, wenn Ihr so wollt.« Urslingen zeigte auf einen Sessel. Abel deutete ein Nicken an und ging darauf zu.

»Wie seid Ihr auf ihn gekommen?«

Der Amtsrichter lächelte. »Zufall, wie gesagt. Der Physikus war gerade hier, als der Herold Vollzug meldete. Er hatte den Kesselflicker festnehmen lassen. Widerrechtliches Lagern in freier Flur! Nicht bei mir! … Dumont ermordet! Mein Gott, ich wollte es nicht glauben. Da kam mir der Gedanke, den Gefangenen einmal näher zu betrachten. Schließlich haben wir ihn in Sichtweite der Burg aufgegriffen.« Der

Richter klopfte sich mit dem Zeigefinger an die Stirn. »Was soll ich sagen? Der Kerl hat sich merkwürdig benommen. Hatte auch Geld in seinem Wagen versteckt, dessen Herkunft er nicht erklären konnte. Der Physikus hat bestätigt, dass Dumonts Leiche durchsucht wurde. Ich kenne das Gesindel. Die morden für einen einzigen Kreuzer. — Ihr glaubt mir nicht?«

Abel presste die Lippen zusammen. Sollte er dem Amtsrichter gestehen, dass er es war, der den Steinmetz abgesucht hatte? Dann müsste er aber auch den Grund erklären. »Geld, sagtet Ihr? Dem Steinmetz gestohlen?«

»Gibt der Kerl natürlich nicht zu.«

»Und irgendetwas Persönliches, das dem Toten gehörte? Ein Amulett vielleicht, das beweisen würde, dass es wirklich der Kesselflicker war?«

Der Amtsrichter schaute auf seine Hände. »Etwas Persönliches?«, fragte er. »Meint Ihr, der Bursche ist wirklich so dumm und steckt so etwas ein?«

»Immerhin war er dumm genug, nicht zu verschwinden.«

»Weil sein Gaul durchgegangen war. Aber das Beste kommt noch! Der Physikus hat einen merkwürdigen Fleck bei dem Toten entdeckt. An der rechten Schläfe. Hatte keine Erklärung dafür.«

Abel ließ sich nichts anmerken. Urslingen machte eine Pause und sah ihn an. Dann ballte er eine Faust. »Aber ich! Ich bin dahintergekommen.« Langsam schob er einen Gegenstand über den Tisch.

»Ein Hammer?«

»Nicht irgendeiner.« Urslingen hob den Zeigefinger. »Das ist ein besonderer Hammer, ein sogenannter Treibhammer. Dieser Hammer wird nur von Kupferschmieden und Kesselflickern verwendet. Schaut Euch das runde Ende an. Es passt zur Wunde.«

»Hat er schon gestanden?«

»Wird er noch, wird er noch. Verlasst Euch drauf. Notfalls lasse ich den Henker kommen.«

»Folter?«

»Nicht erschrecken, Pater. Meist reicht es, wenn man dem Pack die Werkzeuge nur zeigt.«

»Der Bischof denkt anders darüber.«

»Der Bischof muss auch keinen Mord aufklären! Sollte auch in Eurem Interesse sein, Cellerar. Dumont war schließlich Euer Mann!«

Der Amtsrichter stand auf. Abel hatte verstanden. Er erhob sich ebenfalls, deutete eine Verbeugung an und verließ den Raum. Urslingen war nicht der Mann, dem man gerne die Hand gab.

»Habt Ihr Dumonts Hütte durchsuchen lassen?«, fragte Abel, bevor er durch die Tür ging.

»Die Hütte des Steinmetzen durchsuchen? Warum?«

Diesmal glaubte Abel dem Richter.

Oskar, der Diener, führte Abel durch das Haus und in den Hof. Doch nach der Haustür bog Abel auf der Treppe ab.

Oskar drehte sich um.

»Pater, mit Verlaub, der Ausgang …«

»Ich will nicht zum Ausgang.«

Der Diener sperrte den Mund auf. Abel ging auf ihn zu und legte ihm die Hand auf die Schulter. »Ich würde gerne einen Blick auf den Delinquenten werfen.«

Oskar machte sich steif. »Mit Verlaub, Pater, das geht nicht!«

Abel zog den Diener noch näher heran und begann, diesen über den Hof zu führen. »Wisst Ihr noch, Oskar«, sagte er sanft, »im Frühjahr, als Eure Frau krank war, hab ich Euch da nicht meinen Apotheker geschickt?«

»Pater, das ist nicht recht!«

»Niemand wird etwas erfahren.«

Der Diener schaute ängstlich über die Schulter.

»Keiner da!«, sagte Abel und schob ihn weiter hin zu dem steinernen Gebäude auf der anderen Seite des Hofes.

»Aber wirklich nur einen Blick!«

»Nur einen Blick.«

Abel gab Oskar frei und sah zu, wie dieser nach dem Schlüssel an seinem Gürtel fingerte. Noch einmal schaute der Diener über die Schulter. Dann schloss er auf und öffnete die Tür. Er schob Abel hinein und wollte folgen. Doch Abel war unter der Tür stehen geblieben.

»Schnell, Pater, wenn uns jemand sieht!«

»Lasst mich mit ihm alleine, Oskar.«

»Pater!«

»Psst! Nur ganz kurz. Kommt schon!« Abel schob Oskar auf den Hof hinaus. Dann zog er die Tür hinter sich zu. Draußen hörte er die leisen Flüche des Dieners.

Abel musste einen Augenblick warten, bis sich die Augen an das Dämmerlicht gewöhnt hatten. Dann sah er die Stufen, die nach unten führten. Tritt für Tritt tastete er sich an der Mauer entlang. Plötzlich hörte er Ketten rasseln. Je tiefer er stieg, umso lauter klirrte es. Dann waren die Stufen zu Ende. Nur mit Mühe fand Abel die Tür mit dem vergitterten Guckloch. Endlich sah er das Gesicht des Kesselflickers.

»Wer da?«

»Ich bin's, Pater Abel.«

»Zum Teufel mit Euch. Ich will nicht beichten, ich will hier raus!«

»Wir kennen uns. Ich war es, der Euch gestern Vormittag begegnet ist. Erinnert Ihr Euch?«

Der Mann kratzte sich am Kopf. »Was wollt Ihr?«

»Habt Ihr den Steinmetz ermordet?«

»Ich habe keinen verfluchten Steinmetz ermordet. Das hab ich dem Amtsrichter schon gesagt.«

Abel hörte es oben klopfen.

»Warum wart Ihr auf der Burg?«

»Ich war nicht auf dieser verfluchten Burg. Wie oft soll ich das noch sagen!«

»Könnt Ihr das beweisen?«

Der Mann lachte. »Beweisen? Wie denn? Fragt den Wirt!«

»Den Wirt in Buch?«

»Was weiß ich, wie das Kaff heißt. War dort mit einigen Bauern am Tisch gesessen.«

»Pater!« Der Diener rief die Treppe herunter.

Abel trat näher an die Gefängnistür. »Sagt dem Amtsrichter nicht, dass ich hier war!«

»Holt mich hier raus!« Der Kesselflicker schlug mit den Handschellen gegen die Tür.

»Beruhigt Euch. Ich tue, was ich kann.«

»Pater, Ihr müsst kommen!«

»Komme schon«, rief Abel und stieg die Treppe hoch.

Noch im Hof hörte er den Lärm des Gefangenen.

VIII

Stumm begleitete Oskar Abel zum Tor. Auch als Abel sich verabschiedete, sprach der Diener kein Wort. Abel schlug den Weg Richtung Abtei ein. Doch noch vor den Stufen hinauf zur Kirche bog er in ein Seitengässchen, den Geisgraben, ab. Das Gässchen führte direkt in die Löhrstraße. Es war nicht weit bis zum Physikus.

»Aha!« Der Physikus öffnete auf Abels Klopfen hin und grinste. »Habe gerade ein Fläschchen aufgemacht. Woher habt Ihr das gewusst?«

»Ich muss Euch etwas fragen.«

Marquard runzelte die Stirn. »Warum so ernst? Kommt rein!« Er ging in die Küche voran. Nach dem Tod seiner Frau vor zwei Jahren hatten die beiden Töchter geheiratet und das Haus verlassen. Seitdem lebte der Physikus allein. Er ging zum Schrank und holte ein zweites Glas hervor. »Sorgen?«, fragte er, während er einschenkte.

»Es geht um den Verdächtigen, den der Amtsrichter hat festnehmen lassen!«

Marquard drehte sich um. »So schnell! Wer ist es denn?«

Abel blickte dem Physikus direkt ins Gesicht. »Ich dachte, Ihr wüsstet es. Der Amtsrichter sagt, dass der Treibhammer des Kesselflickers die Tatwaffe ist.«

Marquard fuhr sich mit der Hand zum Mund. »Deswegen stand sein Wagen im Hof! Möglich wär's, so ein Hammer ist an der Schlagfläche rund, glaube ich. Auch die Größe könnte zur Wunde passen.«

Dann schüttelte er den Zeigefinger. »Aber auf mich kann der Richter sich nicht berufen. Hab nur gesagt, weil er so hartnäckig nachgefragt hatte, dass es vielleicht ein Hammer gewesen sein könnte oder etwas Ähnliches, mit dem der Steinmetz zuerst niedergeschlagen wurde.«

Abel nickte. »Und wegen der Untersuchung des Toten hat er Euch keine Schwierigkeiten gemacht?«

»Dazu kam er gar nicht. Gerade hatte ich meinen Bericht beendet, da fuhr ein Schrei durchs Haus. Die Dienstmagd hatte das gnädige Fräulein entdeckt — im Bett und voller Blut!« Der Physikus zog den Zeigefinger über das Handgelenk.

Abel schrak hoch. »Ich hab sie doch erst gesehen, vor …«

Marquard winkte ab. »Halb so schlimm. War nur ein tieferer Kratzer. Die meisten machen es falsch. Man muss längs schneiden, nicht quer. Sei's drum, es hatte genügt. Der Alte ist vor Schreck beinahe zusammengebrochen.«

Deswegen also hatte Urslingen das Hoftor nicht öffnen lassen. Nun erklärten sich auch Alenas Verhalten und ihre Verbände. Abel drehte sein Glas in den Händen.

»Trinkt!«, sagte Marquard. »Das bringt Euch auf andere Gedanken. Ist besser als alles, was in Euren Weinbergen wächst.«

Abel wusste, welchen Tropfen der Physikus trank. Auch die Abtei bezog diesen Wein, der allerdings dem Abt und seinen Gästen vorbehalten war.

Marquard ließ den Wein über die Zunge gleiten, ohne zu schlucken, drückte ihn zwischen die Zähne in die Backentaschen, zog ihn wieder zurück und legte ihn, den Kopf zur Decke gereckt, in den hinteren Rachenraum. Erst dann ließ er ihn in kleinen Portionen die Kehle hinunterrollen. Abel betrachtete teilnahmslos die Zeremonie. Er wusste, dass der Mann nach dem dritten Glas den Wein in vollen Zügen trinken und bald danach direkt zur Flasche greifen würde. Wehe dem, der dann in den nächsten Stunden einen Arzt brauchte. Der Physikus prostete Abel zu. »Ha, verdammt guter Tropfen. Los, probiert doch! Der muntert Euch auf!«

Abel nippte am Glas. »Großheubacher?«

»Donnerwetter!«

Marquard setzte das Glas ab und beugte sich über den Tisch. »Alena«, sagte er und wischte sich mit dem Handrücken über den Mund, »Alena, das ist sein Ein und Alles. Man sollte es nicht glauben, aber auch so ein Mensch hat ein Herz. Er liebt seine Tochter, abgöttisch würde ich sagen. Vor allem seit dem Tod seiner Frau. Ich kann da mitfühlen.«

Marquard griff zur Flasche und füllte sein Glas. »Ich frage mich, was der Kesselflicker auf der Burg gewollt haben sollte.« Er deutete mit der Flasche auf Abel. »*Cui bono* — Wem nützt es? Das ist die Frage. Wer hat etwas davon, dass der Steinmetz tot ist?«

»Genau das ist es, was mich umtreibt«, sagte Abel und hob sein Glas.

»Beim Steinmetz dürfte nicht viel zu holen gewesen sein!«

»Ihr glaubt also auch nicht an einen Raubmord?«

»Ich jedenfalls wäre danach ab und über alle Berge.«

»Der Amtsrichter nimmt an, dass der Gaul dem Kesselflicker einen Strich durch die Rechnung gemacht hat.«

Marquard wiegte den Kopf. »Fast könnte man meinen, Urslingen habe den Kesselflicker seiner Tochter zuliebe verhaften lassen.«

»Wie bitte?«

»Der Mann hatte Angst. Richtige Todesangst hatte der, als er seine Tochter so leblos daliegen sah. Habe mich mächtig anstrengen müssen, ihn zu beruhigen. Da fällt mir ein, ich bräuchte wieder Baldrian. Auch Hopfen und Wundsalbe und ein paar andere Sachen.«

Abel nickte. »Kommt vorbei. Aber nicht gleich morgen. Muss erst dem Bruder Infirmarius Bescheid geben. — Ihr

meint also, Urslingen hat den Mann nur deswegen festnehmen lassen, damit sich seine Tochter beruhigt? Ich dachte, der
Mann wusste nichts von dem Verhältnis der beiden!«

Marquard lachte. »Der und nichts gewusst! Der Mann war
doch schon eifersüchtig, wenn Alena nur den Hund streichelte.«

Abel schaute den Physikus ungläubig an. Der hob abwehrend die Hände. »Schon gut, schon gut. Ich habe etwas übertrieben. Aber die Richtung stimmt.« Dann legte er die Hand
auf Abels Unterarm. »Der Steinmetz ist ein großer Verlust
für Euch, stimmt's?«

»Er verstand sein Handwerk wie kein Zweiter.«

»Man wird geeigneten Ersatz finden.«

»Das alleine ist es nicht.«

»Nicht?«

Abel hob sein Glas zum Mund und trank es leer. »Da war
noch etwas anderes.«

Der Physikus zog die Augenbrauen zusammen.

»Ein andermal, Marquard, vielleicht«, sagte Abel und
schob ihm das Glas hin.

»Guter Tropfen, sag ich doch.« Der Physikus beugte sich
über den Tisch und wollte nachschenken. Doch Abel lehnte
ab. Er musste sich endlich auf der Baustelle sehen lassen.

Den Weg zur Abtei zurück ging er durch die weniger be-
lebten Gässchen. Er musste nachdenken. Der Amtsrichter
hielt den Kesselflicker für den Mörder. Er, Abel, hatte daran
Zweifel, konnte den Kesselflicker aber nicht entlasten, selbst
wenn er gestehen würde, dass er es selbst war, der den toten
Steinmetz durchsucht hatte. Es gab nicht einmal einen Ver-
dacht, wer der wahre Mörder sein könnte. Abel trat nach einem Wagenrad. Wenn er wenigstens wüsste, wie und wo er
weitersuchen sollte.

Was hatte der Kesselflicker gesagt, wo er am Samstagabend gewesen sei? Im Gasthaus in Buch. Vielleicht konnte

der Wirt dort den Verhafteten entlasten? So, wie Abel den Kesselflicker am Sonntag in der Frühe angetroffen hatte, musste dieser die halbe Nacht durchgezecht haben. Abel beeilte sich, aus dem Gewirr der Gassen herauszukommen. Es war jetzt schätzungsweise zehn Uhr. Das musste reichen, um bis zum Mittagessen wieder zurück im Kloster zu sein.

Der Wirt in dem Weiler Buch gab sich nicht sehr gesprächig. Erst als Abel ihm versprach, ihn nicht in die Sache hineinzuziehen, bestätigte er, dass der Kesselflicker am Samstagabend in seiner Gaststätte gewesen war. Bis nach Mitternacht sei er an dem Tisch in der Ecke gesessen, mit Bauern aus der Umgebung, und habe mit diesen gewürfelt. Der Kesselflicker habe einiges gewonnen, aber nach Abzug der Zeche könne nicht mehr viel übrig geblieben sein. Selten habe er jemanden gesehen, der so viel saufen konnte. Zu spät habe er gemerkt, dass der Kerl auch noch eine Flasche Schnaps habe mitgehen lassen. Recht so, wenn der Amtsrichter ihn ein paar Tage einsperre. Warum er sich überhaupt um den Kerl schere, hatte der Wirt wissen wollen.

Ja warum, so fragte sich Abel, setzte er sich so für den Kesselflicker ein? Weil er nicht zuschauen konnte, wie ein offensichtlich Unschuldiger eines Mordes bezichtigt wurde? Dies war ein Grund. Aber er wollte auch herausfinden, von wem und warum Jakob ermordet wurde — und vor allem, ob dessen Tod etwas mit der Urkunde zu tun hatte. Abel musste den Amtsrichter dazu bringen, nach dem wahren Mörder zu suchen. Den Schilderungen des Wirtes zufolge musste der Kesselflicker noch schnarchend in seinem Wagen gelegen haben, als Jakob das Schicksal ereilte.

Abel stieg in den Sattel und lenkte den Wallach auf den Weg zurück in die Abtei. Doch kaum hatte er Buch verlassen, parierte er das Pferd. Wenn ich jetzt schon hier bin …, dachte er und tätschelte dem Tier die Flanke. »Auf zur Burg!«, sagte Abel und ließ den Wallach wenden.

Groß war seine Hoffnung nicht. Aber vielleicht konnte es sein, dass er gestern im ersten Schreck über den Tod des Steinmetzen eine Spur übersehen hatte.

Abel ritt den Weg entlang, den er am Tag zuvor schon einmal genommen hatte. Zunächst suchte er die Stelle, an der er durch das Unterholz geritten war. Er fand die Hufabdrücke und ritt auf den Waldsaum zu. Kurz danach stand er unter den Bäumen. Aber Abel kam der Flecken fremd vor. Hier war es nicht, wo er gestern den Wallach zurückgelassen und die Burg erklommen hatte. Trotzdem, das waren doch seine Spuren! Abel streichelte dem Wallach den Hals und bückte sich hinunter zum Boden. Pferdehufe, eindeutig, auch wenn das Licht nicht gut war. Dann schaute er sich um. Nein, das war nicht die Stelle, an welcher er abgestiegen war.

Abel zwang den Wallach, den Wald wieder zu verlassen. Den Blick auf den Boden geheftet, hing er über dem Sattel und ließ den Wallach im Schritt am Waldsaum entlanggehen. Dann hielt er an. Er kletterte vom Pferd und folgte einer Spur direkt in den Wald hinein. Auf Anhieb erkannte er den Platz, an welchem er am Sonntag zum ersten Mal unter den Bäumen gestanden hatte. Hier waren auch deutlich mehr Spuren: Hufabdrücke vom Pferd des Amtsrichters und dessen Tross.

Abel pfiff nach dem Wallach. »Woher kommen die Spuren da drüben?«, fragte er halblaut und gab sich gleich selbst die Antwort. »Da war noch jemand! Doch der Kesselflicker?« Er kratzte sich am Hals. Dann ging er zurück zur ersten Stelle und betrachtete die Hufspuren dort genauer. »Hufeisen«, sagte er leise. »Das Pferd hier war beschlagen. Glaube nicht, dass der Kesselflicker für so etwas Geld hat.«

Dann begann Abel den Aufstieg.

Die Suche verlief ergebnislos. Der Feldschütz und die Bauern hatten beim Abtransport der Leiche alles vertrampelt. Wenn es eine Spur gegeben und Abel diese übersehen hatte, war sie jetzt zerstört. Es war auch höchste Zeit zurückzukehren. Er konnte seine Arbeit im Kloster nicht noch länger liegen lassen.

Beim Abstieg eilte Abel. Was hatte er bisher erreicht? Der Kesselflicker konnte nicht der Mörder sein. Davon war er jetzt überzeugt. Zur Sicherheit würde er aber noch dessen Pferd untersuchen. Der wahre Mörder könnte beritten gewesen sein. Die Spuren im Wald deuteten darauf hin. Wen konnte er beauftragen, unauffällig herauszufinden, wer in der Stadt und im Umkreis ein beschlagenes Pferd ritt? Eine weitere Spur war die Urkunde. Wenn Jakob sie nicht bei sich hatte, war der Mörder vielleicht immer noch auf der Jagd nach diesem Dokument. Wäre er, Abel, an Stelle des Amtsrichters, er würde die Burg überwachen lassen.

Der Bruder! Abel verlangsamte den Schritt. Er würde Jakobs Bruder die Todesnachricht persönlich überbringen. Vielleicht wusste dieser, wie Jakob von dem Versteck der Urkunde erfahren hatte. Und vielleicht ergaben sich daraus Hinweise, wer noch von dieser Urkunde gewusst haben könnte. Gleich morgen früh würde er nach Aschaffenburg reiten.

Auf dem Weg zurück in die Abtei überlegte Abel, wie er dem Abt sein Fehlen beim Mittagsmahl erklären konnte. Doch der Bruder Pförtner beließ es bei einer freundlichen Begrüßung. Abel holte sich aus der Speisekammer ein Stück kalten Braten und ein paar Scheiben Brot. Damit zog er sich an seinen Schreibtisch zurück und machte sich weiter über die Rechnungen her. Doch bald fielen ihm die Augen zu.

IX

Am Dienstag in der Frühe, gleich nach dem Morgenlob, gab Abel dem Stallknecht Anweisung, den Wallach zu satteln. Vom Koch ließ er sich etwas Proviant einpacken, dann eilte er aus der Stadt. Es war noch kühl und der Wallach griff kräftig aus. Wieder einmal wurde Abel der Vorteil einer ausgebauten Straße bewusst. Wer vom Neckar aus den kürzesten Weg an den Main nehmen wollte, der musste über Amorbach und die Abtei reisen. Trotzdem war diese Straße, wie die meisten im Odenwald, nur bei gutem Wetter zuverlässig befahrbar. Auf der uralten Handelsstraße im Maintal, die von Nürnberg über Miltenberg nach Frankfurt führte, kam der Reisende jedoch auch nach längeren Regenfällen gut voran. Ein Nachlass der Römer, die, wie Abel wusste, hier als erste eine befestigte Straße gebaut hatten, um schnell von Mainz aus zu ihren Kastellen entlang dem Main zu kommen.

Abel kam zügig voran. Um die Mittagszeit müsste er in Aschaffenburg sein. Den Galopp, den er angeschlagen hatte, würde der Wallach mühelos eine Zeit lang durchhalten.

Noch vor dem Neunuhrläuten erblickte Abel den hoch aufragenden Eckturm in der Stadtbefestigung Obernburgs — mehr als die Hälfte der Strecke war geschafft! Plötzlich lahmte das Pferd. Fast wäre Abel aus dem Sattel gestürzt, so schnell war der Wallach in den Schritt gefallen.

»Hoppla Alter, schon müde?« Abel tätschelte dem Tier den Hals. Das Pferd schnaubte, warf den Kopf zurück und blieb endgültig stehen. Das konnte nur eines bedeuten. Abel stieg aus dem Sattel, beugte sich unter das Tier und untersuchte die Hufe. An der linken Vorderhand fehlte das Eisen.

»Verflixt, warum jetzt?«

Abel ließ das Pferd stehen und ging die Straße ein Stück zurück. Ein Bauer hatte sein Fuhrwerk angehalten und war abgestiegen. Abel hatte ihn erst vor Kurzem überholt. Der Mann hob etwas hoch und reichte es ihm.

»Vergelts Gott«, sagte Abel und nahm das Hufeisen.

»Is scho rescht.«

»Wo finde ich den nächsten Schmied?«

»In der Schtadt. Durchs Tor und immer groodaus.«

»Danke!«

Der Bauer nickte, stieg wieder auf und ließ die Peitsche knallen. Die Kuh zog an und das Fuhrwerk setzte sich in Bewegung. Abel folgte ihm mit dem Pferd zu Fuß.

Der Wachposten am oberen Stadttor von Obernburg achtete nicht auf sie. Die Augen geschlossen und die Hellebarde mit beiden Händen umklammert, lehnte er an der Mauer. Der Bauer mit dem Gespann verschwand in einer Gasse, dann war die Durchgangsstraße leer. Nicht einmal Kinder sah Abel. Werden in der Schule sein oder mit den Eltern auf dem Feld, vermutete er, denn er sah nur wenige Fuhrwerke vor den Häusern stehen. Abel schritt die Straße entlang, der Wallach am Halfter folgte. Ein Köter kam aus einem Hof gelaufen. Die Rute hoch aufgerichtet, blieb er vor Abel stehen und knurrte. Abel tat, als sähe er ihn nicht und ging weiter. Aus den Augenwinkeln bemerkte er, dass das Tier ihm folgte.

Vor der Schmiede hielt Abel an. Auch hier keine Menschenseele. Die Esse schien kalt zu sein. Abel ging unter das Vordach, stieg über einen am Boden liegenden Pflug und hielt die Hand über die Kohlen. Er hatte richtig vermutet. Er bückte sich nach einem Stück Eisen und schlug damit auf den Amboss. Der Hund wich zurück.

»Ist hier jemand?«

Abel hörte einen Topf klappern, dann Geschlurfe.

Die Schmiede war nichts anderes als ein überdachter, offener Raum. Sie musste nachträglich an den straßenseitigen Giebel des Wohnhauses angebaut worden sein. Der Kamin der Esse schob sich durch das Vordach und führte an die Giebelwand gelehnt bis über den First hinaus. Wer ins Haus wollte, musste durch die Schmiede. Anscheinend benötigten die Obernburger ihre Gerätschaften nicht. An einem Handwagen mit gebrochener Achse lehnten Hacken und Sensen, am Rand der Feuerstelle lagen ein paar Hufeisen. Auf dem Boden waren etliche Meißel verstreut und warteten darauf, dass sie jemand aufhob, in die Glut legte und schärfte. Abel führte den Wallach zum Wassertrog und ließ ihn saufen. Als er den Hafersack vom Sattel löste und diesen dem Pferd um den Hals band, fiel ihm die Lederschürze des Schmiedes auf. Wie lange mochte sie schon dort am Pfosten hängen?

Die Haustüre öffnete sich und eine Frau erschien. In der einen Hand hielt sie ein Messer, in der anderen eine Rübe. Sie schaute Abel an. In ihrem faltigen Gesicht rührte sich nichts.

»Der Schmied, ist der nicht zu Hause?«, fragte Abel. Ein »Grüß Gott« schien ihm nicht angebracht.

Die Frau schien nicht verstanden zu haben. Doch bevor Abel seine Frage wiederholen konnte, sagte sie »Dort!« und deutete mit dem Messer über die Straße. Abel drehte sich um. An dem Haus gegenüber schaukelte ein Ausleger im Wind. »Lieber Gott, lass den Mann noch halbwegs nüchtern sein«, bat er und blickte dabei zum Himmel. Hinter ihm fiel die Haustüre ins Schloss.

Eine Stunde später saß Abel wieder im Sattel. Gutes Zureden und die Bereitschaft, einen Teil der Trinkschulden des Schmiedes zu begleichen, hatten diesen bewogen, den Wallach zu beschlagen. Aber jetzt musste sich Abel beeilen. Er gab dem Pferd einen Klaps auf die Hinterhand. »Los Alter, zeig, was du kannst!«

Bald wurde es Abel warm und der Straßenstaub brannte in seinen Augen. Immer wieder hielt er Ausschau nach der Abzweigung, die nach Aschaffenburg führen sollte. Vor sich sah er einen Heuwagen. Der Bauer lief neben den Zugtieren her, die Peitsche in der Hand. Abel ließ den Wallach in den Schritt fallen.

»Aschaffenburg?«, fragte er. »Wann kommt die Abzweigung?«

Der Mann spuckte auf den Boden und sah zu Abel hoch. »Is noch e Schtück. Abber mittem Gaul könnt Ihr aach quer durschen Schöne Busch. Is kerzer.«

»Wo geht der Weg ab?«

Der Bauer deutete mit seiner Peitsche nach vorne. »Doo reschds.«

Abel hob die Hand zum Gruß und preschte los.

Dieser Weg kam ihm zupass. Dem Abt hatte er gesagt, er wolle sich in Aschaffenburg den neuen Park des Fürstbischofs anschauen. Alle Welt redete von dieser Gartenanlage vor den Toren der Stadt. Abel hatte schon lange vor, sich hier einmal umzusehen. Schließlich war es mit dem Konventbau alleine nicht getan. Darin hatte es zwischen Dumont und dem Baumeister Einigkeit gegeben: Ein Bauwerk, mochte es auch noch so kunstvoll geschaffen sein, ist erst dann vollkommen, wenn ein passender Garten dieses umgibt. Natürlich dachte Abel nicht an einen Lustgarten, wie ihn der Fürstbischof hier bauen ließ. Nein, er wollte einen Garten, der Nutzen und Zierde zugleich sein sollte, mit Blumen und blühenden Sträuchern sicherlich, aber auch mit viel Obst. Vor allem dachte er an Früchte, die in Kübeln gezogen wurden und im Winter in einen geschützten Raum geschafft werden mussten. Die Zeit, sich länger umzusehen, hatte er jetzt aber nicht. Doch wenn er durch den Park ritt, konnte er wenigstens einige Eindrücke mit nach Amorbach nehmen.

Aber schon bald begann Abel sich zu wundern. Das sollte

der berühmte Park des Fürstbischofs sein? Auch wenn die Anlage, wie Abel wusste, noch nicht fertiggestellt war, hatte er doch mehr erwartet. Was er sah, war nicht mehr als eine gewöhnliche Landschaft. Nur da und dort zeigten mit Seilen gesicherte Bäume, dass nach einer bestimmten Absicht Pflanzungen vorgenommen worden waren. Im Grunde sah Abel aber nur Wiesenflächen, welche zum Teil als langgestreckte Schneisen ausgedehnte Waldpartien durchschnitten. Erst als er an einen See kam und den fast fertigen Bau eines Schlösschens erblickte, war er sicher, dass er sich nicht verirrt hatte.

Eine schnurgerade Allee lenkte seinen Blick Richtung Osten, wo er in der Ferne das mächtige Aschaffenburger Schloss erkannte. Mehrmals war er schon auf dem Main zur Messe nach Frankfurt gefahren und hatte vom Schiff aus diesen kolossalen Sandsteinbau bewundert. Abel schaute nach der Sonne. Er hatte wieder etwas Zeit aufgeholt.

Reiter und Pferd genossen den Schatten in der Allee. Die Bäume waren Abel unbekannt. Zwei Frauen trugen auf ihren Köpfen prall mit Waren gefüllte Körbe in die Stadt. Abel parierte den Wallach und fragte eine von ihnen. »Die Bäume, gute Frau, könnt Ihr mir sagen, wie die heißen?«

Die Frau bewegte langsam den Kopf hin und her und deutete auf ihre Nachbarin. »Maulbeern«, sagte diese. »Zur Raubezuchd.«

Abel nickte. Er hatte schon davon gehört, dass es möglich war, Seidenraupen auch hierzulande zu züchten. Man brauchte nur die richtigen Blätter als Futter. Er würde es im Kopf behalten. Vielleicht wäre das ja auch etwas für die Abtei. Wenigstens das könnte er dem Abt berichten.

Schließlich kam Abel zur Mainbrücke und erreichte auf der anderen Seite des Flusses das Stadttor von Aschaffenburg.

»Zum Stiftsarchiv? Wohin?«, fragt er die Wache.

»Wer will das wissen?«

»Pater Abel. Benediktinerabtei Amorbach.«

Der Wachmann musterte zuerst das Pferd, dann Abel. »Papiere!«

Abel begann in seiner Satteltasche zu suchen. Er hatte sich schon lange nicht mehr ausweisen müssen. Endlich fand er das Gewünschte. Der Wachmann untersuchte das Dokument sorgfältig, dann reichte er es Abel zurück. »Stiftshaus«, sagte er. »Geradeaus, dann links und zweimal rechts.«

»Vergelts Gott.« Abel zwang sich, ernst zu bleiben. Es war ein alter Geschäftsbrief, den er dem Wächter hingehalten hatte.

Die Straße hinter dem Tor war so eng und steil, dass Abel lieber abstieg. Er wunderte sich über das schlechte Pflaster. Das war doch die Residenzstadt des Bischofs. Bei Regen hätte er hier nicht gehen wollen. Vom Schloss war jetzt nichts mehr zu sehen, zu hoch waren die Häuser ringsherum. Den Wallach am Halfter blieb er mehrmals stehen und betrachtete die steilen Fachwerkgiebel. Die Häuser hier schienen ihm noch größer und das Fachwerk noch schmucker als in Miltenberg.

Abel musste noch zweimal nach dem Weg fragen, bis er endlich im Stiftshof stand.

»Wen wünscht Ihr zu sprechen?« Der Pförtner hielt sich die Hand ans Ohr.

»Dumont, den Archivar.«

»Ist weg.«

»Wohin?«

Der Alte hob die Schultern.

»Und wann kommt er wieder?«

»Nachmittag.«

Abel hätte den Alten am liebsten am Kragen gepackt. Dieser hatte ihn nicht einmal über die Türschwelle treten lassen. Er konnte hier doch nicht ewig stehen bleiben und warten, bis Jakobs Bruder auftauchte. Abel schaute sich auf der

Straße um. Langsam zuckelten die Wagen vorbei. Dennoch gerieten sich zwei Fuhrleute in die Haare. Nach einer Weile endlich kam zwischen ein paar Fuhrwerken ein junger Mann zu Fuß die sonnige Straße herunter. Abel hielt sich die Hand über die Augen. Der Passant sah aus wie eine Amtsperson: Kniehose und seidene Strümpfe, die Füße in Schnallenschuhen und dazu eine blaue, taillierte Jacke über einem weißen Hemd. Nur die Perücke fehlte. Stattdessen hatte der junge Mann die braunen Haare glatt nach hinten gebürstet und die Enden in einen schwarzen Taftbeutel gesteckt. Abel erkannte die Ähnlichkeit.

»Herr Dumont?«

»Ja?«

»Pater Abel«, sagte Abel und gab Julius Dumont die Hand. Der Archivar hatte unsaubere Hände und Abel sah nun auch die Flecken auf dessen Jacke.

»Julius Dumont. Was wünscht Ihr?«

»Ich komme aus Amorbach.«

Das Gesicht des Archivars wurde ernst. »Ist etwas mit meinem Bruder?«

Abel schaute sich um. »Wo können wir reden?«

Julius ging ins Haus. »Kommt mit!«

»Das Pferd?«, rief Abel ihm nach.

Julius winkte den Pförtner heran. »Wilhelm, kümmert Euch um das Tier!«

Abel übergab die Zügel und folgte Julius.

Der Archivar geleitete ihn über einen weiten Flur zu einer Treppe, die mehrere Stufen steil nach unten führte. Dort nahm er eine Laterne von der Wand, zündete sie an und bat Abel, ihm durch einen engen Gang zu folgen. Schon nach der zweiten Biegung hatte Abel die Orientierung verloren. Endlich öffnete Julius eine schwere Eichentür und bat Abel einzutreten. Ein Raum, nicht mehr als fünf auf fünf Schritte groß, umfing die beiden. Durch zwei Kellerfenster fiel spärliches Licht. Die Regale an den Wänden waren bis unter die Decke vollgestopft mit Akten, Briefen und Folianten.

»Mein Reich«, sagte Julius. »Hier sind wir ungestört.« Er ging auf einen kleinen Tisch in der Mitte des Raumes zu, stellte dort die Laterne ab, zog einen Stuhl heran und forderte Abel auf, ebenfalls Platz zu nehmen.

»Ermordet, sagt Ihr?« Julius saß bleich auf seinem Stuhl und blickte Abel an. Seine Hände griffen unruhig ineinander.

Abel nickte. Er sah an dem Archivar vorbei in den Nebenraum. Auch dieser war mit Aktenbündeln gefüllt.

»Auf der Burg?«

Wieder nickte Abel. »Er hat dort nach etwas gesucht.«

Julius straffte die Schultern.

»Nach etwas gesucht?«, fragte er.

»Eine Urkunde«, antwortete Abel.

Julius' Augen zuckten.

»Eine Urkunde?« Julius war ein schlechter Lügner. Abel beschloss, nicht mehr lange herumzureden.

»Ihr wisst davon!«, sagte er.

Julius beendete das Spiel mit seinen Fingern. Er stützte die Hände auf die Schenkel und lehnte sich zurück.

»Musste mein Bruder deshalb sterben?«, fragte er.

»Wie kommt Ihr darauf?«

Julius zuckte mit den Schultern. »Weiß nicht. Dachte nur, weil er auf der Burg ermordet wurde.«

»Möglich«, sagte Abel.

Julius flüsterte. »Gott, und ich bin schuld!«

»Wieso Ihr?«

Julius schaute Abel an. »Was genau ist mit Jakob passiert? Und woher wisst Ihr eigentlich von dieser Urkunde?«

Abel schwieg einen Augenblick, dann gab er sich einen Ruck und berichtete.

»So, und jetzt wüsste ich gerne Eure Geschichte«, sagte Abel.

Julius holte Luft. »Das ist schnell erzählt. Ich habe meine Stelle hier vor etwa einem Jahr angetreten. Zuvor war ich in Mainz. Das Archiv hier ist schlecht geführt. Habt meinen Vorgänger dort draußen ja kennengelernt. Vor einigen Wochen bin ich auf den Nachlass eines Valentin Altendorf gestoßen. Er war der letzte Amtmann auf der Burg Wildenberg. Wir führen hier eigentlich nur die Akten vom Stift.« Julius deutete nach hinten in den Gang. »Weiß nicht, wie diese Papiere hierher gekommen sind. Obendrauf lag ein Zettel mit ein paar schnell hingeworfenen Zeilen. Danach vermutete ich, dass diese Unterlagen von einem Mann übergeben worden sein mussten, der auf dem Weg von Wildenberg nach Mainz hier bei uns im Siechhaus verstorben ist. Die genaueren Umstände aber weiß ich nicht. Die Unterlagen gehörten also eigentlich nach Mainz, wo sie mittlerweile auch sind.«

Julius seufzte. »Ich habe natürlich die Papiere durchgesehen. Musste ich ja, wenn ich wissen wollte, was ich damit anfangen sollte. Die Burg muss bei einem Bauernaufstand im Jahr 1525 gestürmt worden sein. Der Amtmann, von dem der Nachlass stammt, und einige seiner Bediensteten sind dabei wohl ums Leben gekommen.«

Abel kannte diese Geschichte. Auch das Kloster war damals ausgeraubt und um ein Haar niedergebrannt worden.

»Beim weiteren Durchsehen ist mir ein Schreiben aufgefallen. Sah aus wie ein Brief, hatte aber keine Anrede und auch keine Unterschrift. Muss aber der Schrift nach von diesem Amtmann Altendorf verfasst worden sein. War überhaupt etwas verworren, der Brief, so als wäre er in großer Eile geschrieben worden. Darin wurde vom Bauernaufstand berichtet. Der Amtmann hatte zur Sicherheit alle ihm wichtig erscheinenden Unterlagen zusammengetragen und zum Abtransport vorbereiten lassen. Dabei hatte er eine alte, Eure Abtei betreffende Urkunde entdeckt. Mit anderen Stücken der ehemaligen Burgherren lag sie bei den mainzischen

Kopialbüchern. Er muss der Urkunde eine besondere Bedeutung beigemessen haben. Und es schien ihm sicherer, sie auf der Burg versteckt zurückzulassen. Zu Recht. Weder der Amtmann noch die von ihm zum Abtransport vorbereiteten Unterlagen haben es ja nach Mainz geschafft. Er wurde von den Aufständischen gestellt. Kurz vor seinem Tod muss er dieses Schreiben verfasst haben. Ein übervorsichtiger Mann: Die Stelle, wo er die Urkunde versteckt hatte, hat er verklausuliert. Das Schreiben kam dann hierher in unser Archiv, zusammen mit seinen persönlichen Dokumenten.« Julius hob die Arme in die Höhe. »Wie und warum, wie gesagt, ich weiß es nicht. Vermute, dass einem Mitreisenden des Amtmannes die Flucht zusammen mit den Papieren geglückt ist.«

»Der Text verklausuliert? Wie muss ich das verstehen?«

»Nun ja. Er hatte etwas von einem Fenster geschrieben, durch welches bei Sonnenschein die Strahlen direkt auf König Ludwigs Versteck zeigen sollen.«

Abel versuchte, sich nichts anmerken zu lassen. »Kann ich das Schreiben sehen?«

Julius schüttelte den Kopf. »Die Unterlagen sind, wie bereits gesagt, in Mainz.«

Abel sprang auf. »Dann war es also Mainz. Sie haben Euren Bruder umbringen lassen.«

»Mainz? Wie kommt Ihr darauf, Pater?«

»Man hat die Unterlagen gesichtet, man hat …« Abel verschloss den Mund mit der Hand.

Julius Dumont richtete sich auf. »Pater, was ist?«

»Ach nichts.« Abel dreht sich um und begann auf und ab zu gehen. »Dachte nur so wie Ihr vorhin, weil Euer Bruder bei der Suche nach dieser Urkunde umgekommen ist und weil außer uns nur noch Mainz davon etwas weiß.«

»Pater!« Julius stand ebenfalls auf. »Pater, das kann ich mir nicht vorstellen. Es kann nicht Mainz gewesen sein!«

»Warum nicht?«

»Sie haben sich nicht einmal für meine Sendung bedankt. Keine Nachfrage oder sonst irgendetwas, das erkennen ließe, dass man sich für die Unterlagen interessiert hätte.«

Dumont sank auf seinen Stuhl zurück. Abel ging weiter durch den Raum.

»Das muss nichts heißen.«

»Trotzdem. Warum sollten sie das tun? Wegen einer alten Urkunde?«

Abel blieb stehen. Wusste Julius tatsächlich nicht, was es mit der Urkunde auf sich hatte? Und sollten die Archivare in Mainz ebenso ahnungslos gewesen sein?

»Euer Bruder, wie hat er von der Urkunde erfahren?«

Julius tastete nach dem Taftbeutel an seinem Hinterkopf, dann ließ er die Hand in seinem Nacken liegen. »Ich habe ihm eine Abschrift von dem Brief gefertigt«, sagte er. »Das mache ich hin und wieder mit alten Schriftstücken. Mein Bruder … Ihr müsst wissen, er interessiert …«, Julius schnäuzte sich, »… er interessierte sich für so Vieles, vor allem für längst Vergangenes.«

Abel dachte an die Pläne der Stiftskirche. Der Archivar hatte seinen Bruder auch sonst noch bedacht. Dann sagte er. »Die Burg ist nur noch eine Ruine.«

»Das weiß ich. Habe sowieso nicht geglaubt, dass Jakob etwas findet, nach so langer Zeit.«

Abel räusperte sich. »Wie lautete eigentlich noch einmal diese … verklausulierte Stelle?«

Julius stützte den Ellenbogen auf den Tisch und verbarg sein Gesicht in den Händen. »An den genauen Wortlaut kann ich mich nicht mehr erinnern, sind ja schon ein paar Wochen her. Außerdem kommen hier beinahe täglich neue Akten herein, die sortiert, beschriftet und abgelegt werden müssen. An manchen Tagen weiß ich nicht meh, wo mir der Kopf steht.«

Abel zog einen Stuhl heran und setzte sich Julius gegenüber. »Wollt Ihr es wenigstens versuchen?«

»Da war, wie gesagt, von diesem Fenster die Rede, durch das die Sonnenstrahlen direkt auf König Ludwig zeigen.«

»Und wo in der Burg sich das Fenster befindet, stand das auch dabei?«

Julius hob den Kopf. »Dann hätte doch jeder sofort gewusst, wo er suchen muss.«

Abel spürte, dass er rot wurde. »Ihr habt Recht. Mehr stand also nicht dabei?«

Julius dachte nach, dann schüttelte er den Kopf. »Nur noch von Gott war die Rede, der über alles wacht — oder so ähnlich. Mehr nicht.«

Julius sah Abel mit Tränen in den Augen an. »Hätte ich Jakob doch nur diese Abschrift nicht gegeben.«

Abel überlegte, wo er auf der Burg Fenster gesehen hatte.

Julius griff erneut nach seinem Taschentuch.

»Glaubt Ihr wirklich, dieses Schreiben ist der Grund für den Mord an meinem Bruder?«

Abel hob die Schultern. »Um das herauszufinden, bin ich hier.«

»Ich war Euch keine große Hilfe, stimmt's?«

Abel stand auf. »Und es hat bestimmt niemand sonst von dem Brief erfahren?«

»Nicht von mir.«

Nach einer Pause fragte Julius. »Mein Bruder, kann er in Amorbach beerdigt werden?«

Abel nickte. »Der Abt hat mich bereits damit beauftragt.«

»Gut, ich komme mit Euch. Wann reitet Ihr?«

»Jetzt, sofort.«

»Sofort? Das geht bei mir nicht.«

»Dann kommt Ihr eben morgen nach.«

Julius nickte und stand auf. »Eine Frage noch, Pater. Wie habt Ihr mich gefunden?«

Abel musste lächeln. »Pläne der Stiftskirche haben mir den Weg gewiesen.«

Julius wurde rot. »Pater«, sagte er und senkte verlegen den Kopf. »Kann das unter uns bleiben? Wenn man hier erfährt, dass ich …«

Abel ging auf Julius zu und legte ihm den Arm um die Schulter. »Habe mir so etwas schon gedacht. Kommt mit, in meiner Satteltasche ist etwas für Euch.«

Abel ließ sich den Wallach bringen und übergab Julius die Pläne. Dann stieg er auf.

X

Kurz vor Sonnenuntergang kam Abel wieder in Amorbach an. Auf dem Rückweg hatte er genug Zeit, über die Begegnung mit Julius Dumont nachzudenken. Jakob musste aus dem Text in Julius' Abschrift noch etwas herausgelesen haben, was ihn zu dem Versteck geführt hatte.

Abel selbst hatte keine besondere Erinnerung an die Fenster der Wildenberg. Freilich, in der Giebelwand des Palas, an deren Fuß der Steinmetz gelegen hatte, da befanden sich Fenster. Jakob hatte sogar Skizzen davon gemacht. Aber auf dem Boden, dort, wo ein Sonnenstrahl hätte hinfallen können, wuchs Gras und Gestrüpp. Nirgends war ihm eine Stelle aufgefallen, wo der Steinmetz besonders gesucht oder sogar gegraben haben könnte. Er, Abel, würde sich die Burg noch einmal genau ansehen. Aber ohne dieses Schreiben, da war er sich sicher, würde er nicht weiterkommen. Dann musste er auch noch bei den Arbeitern und ihren Familien fragen, ob jemand bemerkt hatte, wer vor ihm in der Hütte gewesen war.

Abel horchte in den Wind. Es war ruhig. Nur die Geräusche aus der Stadt waren zu hören. Sonst herrschte nach Feierabend bei den Bauhütten lautes, geschäftiges Treiben. Mehrmals schon hatte der Amorbacher Schultheiß sich darüber beklagt. Dumonts Tod hatte die Arbeiter hart getroffen.

Bodo schlug an und lockte den Bruder Pförtner hervor. Abel stieg vom Pferd und kraulte dem Hund den Nacken.

»Ruhig, oder?«

»Sie wollen morgen nicht zur Arbeit erscheinen.«

»Nicht zur Arbeit erscheinen? Was soll das heißen?«

»Hocken vor ihren Hütten und saufen. Sie wollen den Mörder hängen sehen. Vorher, sagen sie, rühren sie keinen Stein mehr an.«

Abel hakte Zeige- und Mittelfinger in den Kragen seiner Kutte und verschaffte sich ein wenig Luft. »Wo ist der Abt?«

»Beim Amtsrichter.«

»Und Neumann?«

»Mit dabei.«

»Haben sie mit den Männern gesprochen?«

Der Bruder Pförtner schüttelte den Kopf.

Eine etwas langsamere Gangart bis zur Beerdigung Jakobs, dafür hätte Abel Verständnis gehabt. Aber die Arbeit ganz zu verweigern, das konnte sich die Abtei nicht gefallen lassen. Das dürfte auch dem Amtsrichter nicht schmecken — gegen Leute, die sich zusammenrotteten, pflegte dieser noch härter vorzugehen als gegen andere Übeltäter. Abel musste mit den Arbeitern reden.

»Schönen Gruß vom Physikus«, rief ihm der Pförtner nach, »… wollte Euch sprechen.«

Abel winkte ab. Der Mann sollte seine Kräuter haben. Aber jetzt hatte er Wichtigeres zu tun.

Abel nahm den kürzesten Weg durch den Querbau hinüber zur Baustelle. Ruhig wie eine Ruine lag der Konventbau in der Abendsonne. Abel verließ den Rohbau und schlug den Weg zu den Hütten ein.

Es waren gut zwei Dutzend Bretterbuden, die an diesem Platz außerhalb der Klostermauer errichtet worden waren. Arbeiter, die man unbedingt benötigte, lebten mit ihrer ganzen Familie hier. Hilfskräfte und Fronarbeiter aus den umliegenden Dörfern dagegen kamen von dort morgens zur Baustelle und zogen abends wieder dahin zurück.

Die Hütten waren zu einem offenen Rechteck ausgerichtet, deren längere Flanken die Unterkünfte bildeten. An der

Schmalseite befand sich das gemeinsame Back- und Wasch-haus. Gleich daneben lag die Esse. Dort schärfte für gewöhn-lich der Schmied mit seinen Gehilfen die Meißel, Schlageisen und anderen Werkzeuge.

Nahezu alle Arbeiter mitsamt ihren Familien waren auf dem freien Platz zwischen den Hütten versammelt. Man stand in Gruppen um ein Feuer zusammen oder saß auf Holzklötzen, unterhielt sich leise und rief die Kinder halblaut zur Ordnung. Frauen gingen herum und schenkten Wein nach. Abel sank der Mut. Wenn das schon länger so ging, war mit den Männern kaum mehr zu reden.

Die Arbeiter vertrugen zwar einiges, und sieben, an war-men Tagen auch zehn Humpen waren die übliche Menge an Wein, die sie brauchten, um den Staub aus ihren Kehlen zu spülen. Aber das war das Quantum, während sie arbeiteten. Die gleiche Menge an freien Tagen stieg ihnen gewöhnlich in den Kopf, und je länger sie in trägem Nichtstun beieinander-saßen und tranken, umso mehr näherten sie sich dem Punkt, an dem ein falsches Wort oder ein Blick auf die Frau des an-deren eine Schlägerei auslösen konnte. Jakob hatte viele sol-cher Streitigkeiten geschlichtet.

»Was war das dort vor dem Backhaus? Das sah doch aus wie …?« Abel lief blutrot an. Er raffte die Kutte und stürmte quer über den Platz los, mitten durch die Menge. Er schubste und gebrauchte rücksichtslos die Ellenbogen, auch gegen Frauen und Kinder. Manch übler Fluch begleitete ihn. Aber sobald die Aufbegehrenden erkannten, wer es war, der sich so rüde Platz schaffte, verstummten sie.

Die Blicke der Menge folgten Abel, als hätte man die ganze Zeit darauf gewartet, dass sich endlich etwas tut. Die Kinder hörten auf zu spielen, die Frauen stellten die Krüge ab und streiften ihre Schürzen glatt, die Männer nahmen die Mützen vom Kopf, und wer saß oder lag, weil er nicht mehr stehen konnte, versuchte trotzdem, sich aufzurichten.

Die ersten setzten sich schon in Bewegung und folgten Abel. Als dieser das Backhaus erreicht hatte, trottete bereits alles in seine Richtung. Kein Laut war zu hören, nur das Geschlurfe der Menge, die sich langsam um Abel scharte. Stumm wartete Abel, bis alle vor ihm standen.

»Wer war das?«, zischte er. »Wer hat befohlen, diesen Galgen zu zimmern?«

Totenstille lag über dem Platz.

»Wer? Heraus mit der Sprache!« Abels Wangen glühten. Er sprang auf das Brettergestell, das die Arbeiter unter dem Galgen aufgeschlagen hatten. So hatte ihn noch keiner der Männer gesehen. Breitbeinig stand Abel auf dem Podest und seine Augen blitzten auf die Menge herunter.

»Keener«, meldete sich endlich eine Stimme, »kee Mensch muss uns sache, was mir mache müsse.«

Abel kannte den Mann. Ein unangenehmer Bursche mit rot unterlaufenen Augen. Die hatte er sich geholt, als er betrunken in einen Bottich mit ungelöschtem Kalk gefallen war. Er war Speismacher und stark wie ein Stier, kam aber nur unregelmäßig auf die Baustelle. Häufig verschwand er in der Stadt, setzte sich im Goldenen Rad vor die Bierfässer und ließ sich volllaufen. Nachts schwankte er dann in seine Hütte, verdrosch Frau und Kinder, warf sich auf sein Lager und schlief, bis die Sonne hoch am Himmel stand. Wären da nicht seine Frau und die Kinder gewesen, Abel hätte ihn schon längst davongejagt. Auch jetzt hatte der Kerl eine schwere Zunge.

»Was fällt euch ein?«, rief Abel über die Köpfe. »Es ist Sache des Gerichts, zu entscheiden, ob ein Mensch hängen soll!«

»Mir wolle blous dem Rechd e bissche uff die Schprüng helfe.« Lallend schob sich der Mann nach vorne.

Einige lachten.

»Der Amtsrichter führt die Untersuchung. Er stellt fest, ob der Kesselflicker schuldig ist.«

»Des dauert uns zu lang.«

Etliche Zuhörer klatschten.

»Männer, hört, der Kesselflicker ist verhaftet worden. Stimmt. Aber er sagt, er war's nicht. Und solange ihm der Amtsrichter …«

»Er hot gschtanne.« Der Speismacher zog seinen rechten Handrücken unter der Nase vorbei und wischte ihn am Hosenbein ab.

»Der Kesselflicker?«

»Genau der.«

»Wenn er gestanden hat, dann unter Folter!«, schrie Abel den Mann an.

»E bissle gekitzelt, na unn?«

Etliche Arbeiter lachten.

Abel bewegte stumm die Lippen. Darauf war er nicht vorbereitet. Er stemmte die Fäuste in die Seite und blickte zu Boden. Er konnte nicht zulassen, dass man vor dem Kloster einen Galgen errichtete. Schon gar nicht, um damit die Obrigkeit zu nötigen. Nur, was tun? Was sollte er tun? Er warf den Kopf in den Nacken und blickte zum Himmel. Über sich sah er die Seilschlinge.

»Männer!«, rief er über die Köpfe hinweg, »Männer, warum glaubt ihr, hat Gott der Allmächtige uns die Zehn Gebote auferlegt? Warum wohl?« Er blickte den vor ihm Stehenden in die Augen. »Damit wir sie befolgen, und zwar genau so, wie er es Moses auf dem Berg Sinai aufgetragen hat. *Du sollst nicht andere Götter neben mir haben*, hat er ihm auf die steinerne Tafel gemeißelt. *Du sollst den Namen des Herrn, deines Gottes, nicht unnütz führen. Du sollst den Feiertag heiligen. Du sollst Vater und Mutter ehren*, und …«, Abel deutete mit ausgestrecktem Arm in die Menge, »… *Du sollst nicht töten*! Nicht töten! Habt ihr gehört?«

Sein Schreien wurde von den Hütten zurückgeworfen. Die Frauen drückten ihre wimmernden Kinder an sich. »Was aber verlangt ihr?« Abel deutete auf die Schlinge über seinem Kopf. »Das ist Aufforderung zum Mord. Schlimmer noch, es ist gepaart mit einer weiteren Sünde. *Du sollst kein falsches Zeugnis reden wider deinen Nächsten!* Das achte Gebot Gottes! Oder wer von euch hat die Tat beobachtet?«

Nur noch wenige Arbeiter trauten sich, Abel offen anzuschauen.

»Los, heraus mit der Sprache! Wer hat gesehen, wie der Kesselflicker euren Meister getötet hat?« Abel blickte auf den Speismacher. Der glotzte mit rotem Kopf zurück.

»Ich höre nichts!«, donnerte Abel. »Wie soll ich das verstehen? Ihr habt nichts gesehen, ihr habt nichts gehört, und trotzdem fordert ihr den Tod dieses Menschen? Was ist, wenn einer kommt und behauptet, ihr wärt es gewesen, irgendeiner von euch hätte Dumont umgebracht. Du vielleicht? Oder du! Oder du!« Abel deutete auf den Speismacher. »Du hättest es doch auch gewesen sein können, weil er dich von der Baustelle gejagt hat, weil er dir den Lohn verweigert hat, weil du schlecht gearbeitet hast, weil du besoffen im Bett gelegen warst, statt deinem Meister zu helfen. Da hat dich der Zorn gepackt, du bist ihm nachgeschlichen und in einem geeigneten Augenblick hast du zugeschlagen.« Abel bückte sich, langte nach einer losen Latte und schlug sie gegen den Galgen. Wie ein Schuss peitschte der Knall über den Platz. Einige Frauen schrien auf.

»War's so? ... Wie bitte? Ich höre nichts.« Abel hielt die rechte Hand an das Ohr und beugte sich über den Rand des Holzgestells. Der Säufer glotzte ihn immer noch an. Jetzt schien er begriffen zu haben. Er stieß seine Helfer zur Seite, wirbelte den rechten Arm wie ein Windrad durch die Luft und setzte zum Sprung an. Mit einem gewaltigen Schritt trat er nach vorne. Doch sein Oberkörper wollte nicht folgen. Im Ausfallschritt stand er da, den Bauch nach vorne, die Schulter zurückgelegt, und ruderte mit den Armen. »Isch ...«, lallte er noch, bevor er nach hinten überschlug, zu Boden fiel und sich nicht mehr rührte.

Ein Raunen ging durch die Menge. Diejenigen, die Abel am nächsten standen, begannen zurückzuweichen.

»Ja, geht nur«, rief er ihnen zu. »Geht, geht! Geht in eure Hütten und denkt darüber nach, was ihr da gefordert habt. Und morgen früh will ich euch wieder auf der Baustelle sehen — alle miteinander, ohne Ausnahme! Und das Gestell hier verschwindet!«

Abel lief der Schweiß den Rücken hinunter. Er wedelte sich mit der Kutte frische Luft an die Beine. Er musste sich eingestehen, dass ihm die Knie ein wenig zitterten. Dankbar blickte er zum Himmel, warf einen letzten Blick auf die Schlinge und verließ den Platz.

Vor dem Konvent hörte er hinter sich eine Männerstimme. »Pater!«

Abel fuhr zusammen. Er versuchte zu erkennen, wer da in der Dämmerung auf ihn gewartet hatte.

»Ich bin's, Pater. Debald, der Maurer.«

Abel betrachtete den Mann. »Und? Was wollt Ihr?«

Der Maurer zupfte an seinem Kittel und wand den Oberkörper hin und her.

»Na, was ist?«

»Will Euch ebbes zeiche.«

»Was?«

Wieder druckste der Arbeiter herum.

»Was wollt Ihr mir zeigen?«

»Mir müsse do nüber, zum annern Enn von der Bauschdell.« Mit der Rechten deutete er dorthin, wo die Außenmauern des Kapitelsaals in den Himmel ragten. Die Linke war immer noch im Zipfel seines Kittels verkrampft.

Sonderbarer Kerl, dachte Abel. Laut fuhr er ihn an. »Könnt Ihr es mir nicht auch hier sagen?«

Der Mann schüttelte den Kopf.

»In Gottes Namen!«

Abel ging mit dem Maurer durch den Konventbau bis zum Kapitelsaal am westlichen Ende. Dort blieb er überrascht stehen. »Nanu, Stützen«, sagte er in das Halbdunkel hinein.

»Genau«, antwortete der Maurer und ging weiter bis zur Außenwand. »Do«, sagte er und deutete auf die Mauer. Abel wusste nicht, was der Arbeiter meinte. Er trat neben ihn, beugte sich nach vorne und betrachtete die Steine. Wie sollte er bei so wenig Licht etwas erkennen? »Ich sehe nichts.«

»Do, die Fuche. Unn do!«

»Trockenrisse. Na und?«

»Kee Trockeriss, Pater. Des sin echte Riss. Guckt emol!«

Der Mann bückte sich nach einem Brett und riss einen etwa handbreiten Span heraus. Diesen steckte er in Kopfhöhe in einen der Risse. Über die Hälfte verschwand das Holz im Mauerwerk. Als er es an einer weiteren Stelle versuchte, konnte er den Span noch tiefer hineinstecken.

Abel schaute den Mann an. Ein einfacher Maurer, der bisher brav und unauffällig seine Arbeit verrichtet hatte, behauptete, dass das neue Mauerwerk Risse bekam — jetzt schon, noch bevor man mit den Arbeiten am Dach begonnen hatte.

»Setzungen?«, fragte Abel.

Der Arbeiter schüttelte den Kopf. »Des Mauerwerk gibt noch. Es drückt nach auße. Warte se mol!«

Debald lief um die nächste Ecke und erschien kurze Zeit darauf mit einer Leiter. Er stellte diese an die Wand und kletterte hinauf. Oben, fast unter der Decke, entrollte er eine Schnur und ließ sie, mit einem Senkblei beschwert, bis kurz über den Boden fallen. Das Gewicht tanzte in der Luft. Debald ließ es mehrmals an das Mauerwerk anschlagen, bis es sich beruhigte. Zitternd hing es nun senkrecht herunter. Dann hielt Debald die Schnur an die Wand. Abel schaute nach oben. Es war eindeutig: Unten berührte die Schnur die Mauer, oben unter der Decke aber stand sie fast eine Spanne breit von der Mauer ab.

»Wie mir mitm Gewölbe ogfange hebbe, wor des no net!«, rief der Maurer von oben.

»Was bedeutet das?«

»Die Decke senkt sisch und drückt des Mauerwerk noch auße.«

»Deshalb die Stützen!«

»De Dumont hots vorhergsacht.«

»Und?«

»Is jo jetzt tot. Desweche wollt ich des Euch zeiche.«

»Und Neumann, weiß er es schon?«

Der Arbeiter schwieg.

Es war nicht das erste Mal, dass Abel bemerkte, wie die Leute einsilbig wurden, wenn der Name Neumann fiel. Die Abneigung war gegenseitig und der Baumeister war stolz darauf.

»Sie sollen ihren Herrn fürchten. Lieben können sie ihre Weiber«, hatte Neumann Abel einmal gesagt, als dieser ihn darauf angesprochen hatte. Mit dieser Einstellung passte er gut nach Mainz.

»Muss es ja wisse«, unterbrach der Arbeiter Abels Gedanken und zeigte auf die Stützen. »Hot se am Freidach noch ei-baue losse.«

»Und wie geht's weiter?« Abel erwartete von dem Arbeiter eigentlich keine Antwort.

Debald war inzwischen von der Leiter gestiegen. »Ich wees es aa net«, sagte er und begann die Schnur aufzuwickeln. »Do müsst Ihr den Baumeeschter froche.«

Abel stützte sich mit der Rechten am Mauerwerk ab und starrte auf die Fugen. Deswegen also hatte Neumann am Sonntag gearbeitet! Er würde ihn morgen zur Rede stellen.

»Do is noch ebbes«, sagte Debald.

Abel blickte weiterhin stumm auf die Mauer.

»Die Schtee, also die Steine, die sinn in letzter Zeit nimmer so gut.«

Abel löste sich von der Mauer. »Dumont hat mich bereits darüber informiert. Ihr seht es also genauso?«

»Viel Wassersäufer debei.«

»Wassersäufer?«

»Schtee mit zu viel Ton. Die sauche des Wasser uff wie en Schwamm. Außerdem sen se viel zu weech.«

Abel schaute den Arbeiter an.

»Zu weich, mein ich.«

»Verstehe. Danke, Debald.« Abel verabschiedete sich. Doch dann drehte er sich noch einmal um.

»Könntet Ihr mir noch einen Gefallen tun?« Der Arbeiter hob die Schultern und ließ sie wieder fallen. »Man hat Dumonts Hütte durchsucht. Hört Euch doch einmal um, ob jemand etwas bemerkt hat. Vielleicht hat einer gesehen, wann Dumont am Sonntag in der Frühe seine Hütte verlassen hat.«

XI

Auf dem Weg in sein Zimmer kam Abel an der Wohnung des Abtes vorbei. Sollte er diesem von dem schadhaften Mauerwerk berichten? Vielleicht erfuhr er hierbei auch, was Külsheimer und der Baumeister beim Amtsrichter besprochen hatten.

Die *complet* war längst schon vorbei. Sie war das Nachtgebet. Danach hatten die Mönche zunächst *silentium* zu halten und dann zu schlafen. Im Noviziat hatte man Abel die Regeln des heiligen Benedikt regelrecht eingehämmert. Siebenmal täglich, auch nachts, mussten die angehenden Mönche zu den *horae*, den Gebetsstunden, erscheinen. Auf den Uhrschlag genau hatte der Pater Instruktor mit einem Hammer an die Zellentür geschlagen. Abel hatte sich nie daran gewöhnt. Jedes Mal war er erschrocken aufgefahren. Frühmorgens um drei Uhr wurden sie zum ersten Mal und dann nochmals zwei Stunden später in die Kirche gerufen. Kurz vor Sonnenaufgang erklang der Weckruf zum dritten Mal. Auch tagsüber bestimmten die Gebetszeiten das Klosterleben. Die *tertia* gegen neun Uhr und die *sexta* oder das Mittagsmahl gliederten den Vormittag. Am Nachmittag folgten die *nona* sowie die *vesper* um vier Uhr. Die *complet* schloss den Tag ab. Doch wenigstens das Schlagen an die Zellentür gehörte der Vergangenheit an. Denn seit dem Ablegen des Gelübdes ging ein Bruder mit einer Glocke den Gang entlang und klopfte an die Tür.

Abel zögerte. Noch nie hatte er den Abt nach der Abendandacht aufgesucht. Aber dann blieb er doch stehen und pochte. Hinter Külsheimers Tür blieb es ruhig. Dann eben morgen, dachte Abel und ging weiter. Auch er war müde.

Zurück in seiner Wohnung sprach er ein kurzes Nachtgebet und ging zu Bett. Aber er konnte nicht schlafen. Der Tod Jakobs, das Gespräch mit dessen Bruder Julius, die Urkunde, der Kesselflicker, der Pfusch im Mauerwerk, die schlechten Steine, in einem wilden Durcheinander ging ihm all dies durch den Kopf. Dann dachte er an Marie. Kurz vor dem Einschlafen war er wieder beim Kesselflicker. Morgen früh würde er zuerst den Amtsrichter aufsuchen.

Gleich nach dem Frühstück ging Abel zum Haus des Amtsrichters. Beide Torflügel waren geöffnet. Noch immer stand der Wagen des Kesselflickers im Hof. Aus der Küche waren raue Männerstimmen zu hören. Abel runzelte die Stirn. Soldaten in Amorbach, auch das war neu, seit Urslingen hier das Sagen hatte.

Er sah einen weiteren Wagen. Dieser war etwas kleiner als der des Kesselflickers und ohne Plane. Die Bauern verwendeten solche Gefährte zum Mistfahren. Dieser Wagen hier aber diente einem anderen Zweck. Abel wühlte in dem kniehohen Stroh auf der Ladefläche. Leer! Der Henker hatte alle seine Folterwerkzeuge abgeladen.

Niemand sprach Abel an. Das war die Gelegenheit. Er ließ noch einmal den Blick über den Hof schweifen, dann verschwand er im Stall. Der Rappen des Amtsrichters blähte die Nüstern und scharrte mit der Vorderhand. »Ruhig! Ganz ruhig!«, flüsterte Abel und tätschelte dem Pferd die Kruppe. Dann ging er die Reihe ab. Am Ende stand ein Tier mit struppigem Fell und weit weniger gut genährt als die anderen Pferde. »Der Klepper des Kesselflickers«, flüsterte Abel und ging zu diesem hin. Obwohl er sofort erkannte, was er gesucht hatte, hob er dem Pferd das rechte Hinterbein: Wie vermutet, keine Hufeisen.

Als Abel aus dem Stall kam, sah er, wie die Haushälterin das Wohngebäude verließ und seitlich durch eine Tür verschwand.

Abel änderte seinen Plan. Er zupfte das Stroh von seinem Ärmel und folgte der Frau. Abel wusste, was sich hinter der Tür und der übermannshohen Mauer verbarg, die sich vom Haupthaus zum Nebengebäude zog.

»Mein Andalusien«, so nannte Urslingen sein Gartenreich. Abel hatte sich gewundert, wie ein so freudloser Mensch so viel Sorgfalt und Liebe für die Pflege eines Gartens aufbringen konnte. Abel stand auf der oberen Stufe der Treppe, die in das Gelände hinunterführte. Keine hundert Schritte entfernt sah er die Abtei. Er holte tief Luft. Kaum zu glauben, was der Amtsrichter hier in der kurzen Zeit seines Aufenthalts in Amorbach geschaffen hatte. Urslingens Paradies war nicht nur größer als der Kreuzgang des Klosters, sondern auch weitaus bunter und lebendiger. Abel war von der Vielfalt der Eindrücke gefangen. Sollten seine Augen den Blumenrabatten folgen oder sollte er lieber den Vogelstimmen lauschen? Für einen Augenblick vergaß er die Haushälterin. Wie im Kloster war auch hier der Garten in vier gleichgroße Beete aufgeteilt, jedes durch einen drei Ellen breiten Weg getrennt. Die Wege trafen sich in der Mitte des Gartens in einem rechten Winkel und bildeten so ein gleichschenkliges Kreuz. Im Gegensatz zur Abtei waren die Beete aber nicht mit Buchsbaum begrenzt. Urslingen hatte sie mit blühenden Sträuchern einfassen lassen. Rosen in unüberschaubarer Zahl leuchteten Abel entgegen, in einer Buntheit, wie sie keine andere Blume bieten konnte. Gelb, orange, blutrot und weiß strahlten sie, hundertfach abgestuft in ihrer Leuchtkraft durch den unterschiedlichen Reifegrad der Blüten.

Abel ging die Stufen hinab und blieb im Garten stehen. Sand knirschte unter seinen Sandalen. Er bückte sich nach einer Blüte und roch. Marie würde es hier sicherlich gefallen.

Exakt in der Mitte eines jeden Beetes stand ein Zitronenbaum in einem großen irdenen Topf. Das Gewicht der vielen, noch kleinen und grünen Früchte zog die Zweige nach unten und ließ die Pflanzen wie kleine Trauerweiden aussehen — eine Pflanze, die gleichzeitig blühte und fruchtete. Wenn das unsere Apfelbäume nur auch könnten, dachte Abel. Inzwischen besaß die Abtei zwar einen ausgezeichneten Keller für die Lagerung von Äpfeln, aber länger als bis Mitte März hielten selbst die *Borsdorfer* nicht.

In jeder Ecke eines Gevierts standen weitere Töpfe, die überquollen mit violettfarbenen Blüten. Spanische Blumen, wie der Amtsrichter einmal erzählt hatte. Ihre Namen waren Abel entfallen. Die Beete selbst waren mit taubeneigroßen, weißen Kieselsteinen belegt. Die ruhige, helle Fläche hob die Pracht der Blüten und Pflanzen noch einmal hervor. Blumen, Töpfe, Kiesel, alles hatte der Amtsrichter aus Mainz herbeischaffen lassen.

Abel ging an der Mauer entlang um das Geviert herum. Der Mauerkrone hatte Urslingen an einer Seite ein Dach aufsetzen lassen, das so weit in den Garten vorsprang, dass er dort, geschützt vor dem Wetter, einer weiteren Leidenschaft frönen konnte: Elster, Zeisig, Amsel, Blaumeise, Fasan und Ente. Es gab wohl keinen Vogel in Gottes freier Natur, der hier nicht hinter Drahtgeflecht zwitschernd oder pfeifend herumhüpfte oder ausgestopft auf einem Stänglein saß. Wann immer es die Arbeit zuließ, ging der Richter auf die Pirsch. Manchmal brachte er auch ein Rebhuhn oder einen Hasen für die Pfanne mit nach Hause, aber meist verbrachte er die Zeit damit, regungslos im Gestrüpp zu sitzen und der Vogelwelt zu lauschen. Flatterte ein besonders schönes Exemplar durch die Lüfte, griff er zur Schleuder und erlegte das Tier. Nur selten, so erzählte man sich, verfehlte er sein Ziel.

Abel schritt zur Mitte des Gartens, wo sich die Wege in einem Rondell trafen. Dieses wurde von vier sich kreuzenden

Rosenbögen überwölbt, die so dicht berankt waren, dass man sich leicht dahinter verstecken konnte.

Dort, in einem Meer aus rosa und weißen Blüten, musste die Frau verschwunden sein. In der Stadt wurde sie nur die »Andalusierin« genannt. Urslingen hatte sie in die Ehe und auch nach Amorbach mitgebracht. Seit dem Tod ihrer Herrin führte sie den Haushalt. Böse Zungen behaupteten, sie und nicht die verstorbene Frau von Urslingen sei die wahre Mutter Alenas. Die dunklen Augen und hoch stehenden Wangenknochen des Mädchens ließen das tatsächlich vermuten.

Die Frau kam hinter dem Rondell hervor, einen Blumenstrauß in der Hand. Sie erschrak, als sie Abel sah, und wollte schreien. Doch als sie diesen erkannte, erhellte sich ihre Miene.

»*El Padre Abel, su?*«

»Ja, ich bin's.« Abel lachte. »Remedios, Ihr könnt das Messer wieder herunternehmen.«

»Habt Ihr mich erschreckt, Pater.«

»Tut mir leid, Remedios. Wollte nur sehen, wie es Euch geht.«

Die Frau seufzte und fuhr mit dem Handrücken über die Stirn. Drohend zeigte dabei noch das Messer auf Abel.

»Wie soll es schon gehen, in dieser Zeit?«

»Alena? Ich habe gehört …«

»Dummes Ding.«

»Weshalb hat sie das gemacht?«

»*Ésta está muy triste.*«

»Warum ist sie traurig?«

Remedios schaute Abel an. »Ich habe den Jungen auch gemocht. Sehr. Aber er …«, Remedios zeigte mit dem Messer zum Amtshaus, »… *el señor* hat anderes mit ihr im Sinn.«

Abel ging auf die Frau zu, nahm ihr das Messer aus der Hand und hakte sich bei ihr unter.

»Aber der Vater, man sagt, er liebt sie.«

Remedios seufzte. »Mein Gott, *la muchacha*, sie ist sein Ein und sein Alles. Jetzt leidet er, genau wie sie und ich.« Remedios hob die Arme und zwei Rosen fielen zu Boden. Abel bückte sich nach ihnen.

»*Gracias*. Sie sollen die Kleine aufmuntern.«

Abel neigte den Kopf ein wenig. »Alena, hat man sie gefragt, ob sie weiß, wer der Mörder sein könnte?«

Remedios sah Abel mit großen Augen an.

»*Padre*, wisst Ihr nicht, dass er den Kesselflicker schon festgenommen hat?«

Abel schwieg.

An der Gartentür löste sich Remedios von Abel und schob ihn nach draußen. Sie schaute nach links und nach rechts, dann senkte sie die Stimme. »Er darf sie nicht zwingen. *Nunca*, niemals!«

Dann verschloss Remedios die Tür und verstaute den Schlüssel in ihrer Schürze.

Abel begleitete sie bis zum Wohngebäude.

Dort fragte er Oskar. »Wo ist der Amtsrichter? Ich hätte ihn gerne gesprochen.«

Der Diener entgegnete Abels Wunsch mit einem mürrischen Gesicht.

»Er will keinen Besuch.«

»Ich möchte den Amtsrichter dennoch sprechen. Sagt ihm, es wäre dringend.«

»Er speist.«

»Macht nichts. Führt mich zu ihm.«

Oskar knurrte und ging Abel voran.

»Jaaa?« Es war deutlich zu hören, wie ungehalten der Richter auf das Klopfen des Dieners reagierte.

»Pater Abel wünscht Euch zu sprechen.«

»Er soll hereinkommen!« Es schien Abel, als wäre die Stimme etwas freundlicher geworden.

»Kommt gerade recht, Pater. Auch Hunger?« Der Richter

klatschte in die Hände. »Teller und Besteck!« Oskar eilte mit dem Befohlenen herbei.

»Vergelts Gott, Herr Amtsrichter«, sagte Abel und nahm auf dem angebotenen Stuhl Platz. Er sah, dass Urslingen immer noch blass war und sein Essen kaum angerührt hatte.

»Was verschafft mir die Ehre, Pater? Jetzt schon zum zweiten Mal!« Der Amtsrichter goss Abel Wein ein.

»Es geht erneut um den Kesselflicker. Man sagt, er habe gestanden?«

Urslingen presste die Hände auf seinen Magen und stieß auf. »Entschuldigt, Pater, die verdammten Koliken — wie ich gesagt habe. Ein bisschen Säbelrasseln, und die Burschen werden geständig.«

»Er kann es nicht gewesen sein. Er hat die halbe Nacht lang getrunken und lag zur Tatzeit wahrscheinlich noch in seinem Wagen.«

Urslingen zog die Augenbrauen hoch. »Wahrscheinlich? Und woher wisst Ihr das?«

»Vom Wirt in Buch, wo der Mann eingekehrt war.« Abel biss sich auf die Lippen. Er hatte dem Wirt doch versprochen, ihn nicht zu erwähnen.

Der Amtsrichter schüttelte den Kopf. Puder rieselte von der Perücke und blieb auf den Schultern liegen. »Ein Kesselflicker und ein Wirt. Bravo Pater, ein schönes Gespann präsentiert Ihr uns da. Hervorragender Leumund, die beiden, nehme ich an.« Urslingen nahm die Hände vom Bauch und klatschte beifällig.

»Entscheidend ist, ob es wahr ist, nicht, wer es gesagt hat.« Abel schaute dem Amtsrichter direkt in die Augen.

»Geständnis ist Geständnis.«

»Das unter der Folter erpresst wurde. Gebt mir die entsprechenden Instrumente und ich bringe jeden dazu, zu gestehen, er habe Christus höchstselbst ans Kreuz geschlagen.«

»Aber, aber, Pater! Übertreibt Ihr nicht ein wenig? Was

macht Ihr so ein Aufheben um einen Zigeuner? Man kennt doch diese Sorte. War es nicht dieser Mord, so eben ein anderer. Unschuldig jedenfalls wird der Kerl nicht hängen.«

»Hängen?« Abel umklammerte die Tischkante. »Wann?«

»Für Samstag habe ich das Gericht einberufen. Euer Abt war damit einverstanden. Wird der Kerl schuldig gesprochen, wird er hängen, am Montag, an Mariä Himmelfahrt, Eurem Fest. Richttermin ist gleich nach dem Frühgottesdienst. Können gar nicht genug Leute sehen, dass sich in meinem Amt Amorbach das Morden nicht lohnt.«

Abel schob den Teller zurück und stand auf. Auch der Amtsrichter setzte seinen Stuhl zurück.

»Verstehe nicht«, sagte Urslingen, »warum Ihr Euch überhaupt so echauffiert. Ist es nicht meine Sache, Recht zu sprechen?«

Abel überlegte kurz. Sollte er von den Hufspuren berichten? Aber dann ließ er es bleiben. Wenn der Amtsrichter erfuhr, wie intensiv Abel nach Spuren des Täters geforscht hatte, würde er ihm nur Schwierigkeiten machen. Es blieb allein die Hoffnung, bis übermorgen mehr vorweisen zu können, was den Kesselflicker entlastete. Noch besser wäre es, er könnte den wirklichen Mörder präsentieren. Ob Alena wusste, dass ihr Vater bereit war, einen Unschuldigen zu töten, nur um sie zu trösten? Abel nickte Urslingen kurz zu. »Versündigt Euch nicht, Herr Amtsrichter! Der Mann ist unschuldig!«

Auf dem Weg die Treppe hinunter hoffte Abel, Alena würde ihm erneut begegnen. Diesmal würde er sie ansprechen. Aber im Haus blieb es ruhig. Als er wieder im Hof stand, kam ein Soldat aus der Küche, sichtbar angetrunken, und taumelte auf ihn zu. Eine spannenlange Narbe lief diesem über die linke Wange. Der Soldat rempelte ihn an. »Pardon«, maulte der Rohling und verschwand hinter dem Wagen.

An der Abtei öffnete der Bruder Pförtner schon beim ersten Klopfzeichen.

»Der Abt will Euch sprechen!« Benno klang besorgt.

»Jetzt gleich?«

Der Pförtner nickte. »Ich sollte Euch Bescheid sagen, egal, wann Ihr kommt.«

»Danke, Benno.« Abel mochte den Bruder Pförtner. Benno war zwar etwas einfältig, aber er war verschwiegen.

»Sorgen?«, fragte der Pförtner.

Abel fuhr mit der Hand über das Gesicht. »Sieht man es mir an?«

Der Bruder Pförtner blinzelte mit seinen müden Augen. Abel legte ihm die Hand auf die Schultern. »Bete für mich, Benno. Für mich und die Abtei.«

»Aber nicht für den Zigeuner!«

Abel blieb stehen. »Warum?«

»Der Herrgott wird ihm sowieso nicht helfen.«

»Wie kommst du darauf?«

»Ist kein Christenmensch.«

Abel ging auf Benno zu. Der Pförtner wich zurück. »Willst du damit sagen, der Kesselflicker sollte auch mir egal sein?«

Benno schwieg. Abel hob die Hand, ließ sie aber gleich wieder sinken. Dann machte er kehrt und eilte davon.

XII

Der Abt wartete im Ansprachzimmer auf Abel.

»Ihr macht Euch immer noch rar bei den Andachten«, sagte er und verzichtete darauf, Abel einen Stuhl anzubieten.

Abel zuckte mit den Schultern. »Die Abtei, die Baustelle, der Mord … und jetzt auch noch die Weigerung der Arbeiter, ich weiß nicht, wo ich zuerst anfangen soll.«

»Das mit den Arbeitern habt Ihr gut gemacht. Der Amtsrichter war erleichtert, als er davon erfuhr. Aber der Mord ist seine Sache.«

»Der Kesselflicker ist unschuldig!«

»Trotzdem! Urslingen ist etwas ungehalten über Euren … sagen wir … Eifer.«

Abel begriff, dass er von Külsheimer keine Hilfe erwarten konnte. Er beschloss, ihm, ebenso wie dem Amtsrichter, nichts von den Hufspuren im Wald zu erzählen. Wie um Abels Gedanken zu bestätigen, hob der Abt drohend den Zeigefinger.

»Cellerar, ich gewähre Euch jede Freiheit, die Ihr braucht, um den Notwendigkeiten der Abtei nachzukommen. Doch dabei soll es bleiben. Ihr kümmert Euch um unsere Abtei und überlasst den Mord dem weltlichen Gericht und Gott. Haben wir uns verstanden?«

Abel schwieg.

Der Abt holte ein seidenes Tüchlein aus dem Ärmel, faltete es sorgsam zu einem Quadrat und tupfte sich damit die Stirn.

»Herrgott, Cellerar, der Amtsrichter will die Sache vom

Tisch haben, das ist alles. Übrigens, ich fahre gleich morgen früh für mehrere Tage ins Kloster Bronnbach. Lasst die Kutsche richten, mit unseren besten Pferden. Möchte mich nicht vor den Zisterziensern blamieren.«

»Und die Gerichtsverhandlung? Ihr seid nicht dabei?«

»Habt Ihr nicht gesagt, dass wir noch einmal einen Kredit benötigen? Ich kümmere mich darum. Ihr werdet mein Schöffenamt vor Gericht übernehmen.«

»Das mit dem Kredit habe ich angedeutet. Ob wir ihn wirklich brauchen, kann ich erst nach der Ernte sagen.«

»Trotzdem. Es ist nie verkehrt, in solchen Dingen rechtzeitig vorzufühlen.«

Abel deutete eine Verbeugung an und ging.

»Und passt auf Euch auf!«, rief ihm Külsheimer nach, als Abel längst schon die Tür hinter sich zugemacht hatte.

Das Gelübde des Gehorsams einzuhalten, war Abel schon immer schwer gefallen, schwerer noch als die Pflicht zur Keuschheit. Wem gegenüber, so überlegte er jetzt, hatte er sein Gelübde abgelegt? Dem Orden oder dem Abt? Genau genommen, dem Abt. Doch war es nicht auch seine Pflicht, dem Orden zu dienen und zu nützen, mit all seiner Kraft — auch wenn sein Vorgesetzter den Nutzen seines Tuns nicht erkannte? Külsheimer mochte recht haben, dass es Aufgabe des weltlichen Gerichts war, Straftaten zu verfolgen und aufzuklären. Aber die Abtei hatte als Schöffe Sitz und Stimme bei den Gerichtstagen. Also galt es, sich auch mit weltlichen Dingen auseinanderzusetzen. Außerdem, Külsheimer selbst hielt sich nicht streng an die Regularien. Seit Monaten schon war die Stelle des Priors, seines eigentlichen Stellvertreters, vakant, weil er sich mit dem Konvent nicht einigen konnte.

Dennoch, er konnte dem Abt nicht die Stirn bieten. Aber dieser hat ihm ja nur verboten, dem Mord nachzugehen. Zu erfahren, was Jakob herausgefunden hatte, ihm aber nicht mehr sagen konnte, davon war keine Rede. Und in den Besitz der Königsurkunde zu kommen, war nach wie vor ihr beider Wunsch. Wenn sich zuletzt herausstellte, dass der Dieb von Jakobs Unterlagen und dessen Mörder ein und dieselbe Person waren, musste der Amtsrichter den Kesselflicker freilassen. Hatte der Abt dann Grund zur Beschwerde?

Doch zunächst musste Abel sich um die Risse im Mauerwerk kümmern. Er schlug sich mit der Hand an die Stirn. Er hatte vergessen, dem Abt von dem Vorfall gestern Abend zu berichten. Gleichviel, jetzt würde er deswegen nicht noch einmal bei diesem vorsprechen.

Abel traf den Baumeister in dessen Arbeitszimmer. Wie am Sonntag stand Neumann über die Pläne gebeugt, einen Stift hinterm Ohr und in der Hand einen Zirkel.

»Es gibt doch Probleme«, begann Abel.

Neumann rückte seine Perücke zurecht. »Versteh nicht, was Ihr meint, Pater Cellerar.«

»Die Außenwand des Kapitelsaals. Es bilden sich Risse im Mauerwerk.«

Der Baumeister holte tief Luft. »Nehmt Platz, Pater«, sagte er, schob Abel einen Stuhl hin und schloss die Tür. Dann setzte er sich auf die Kante des Zeichentisches.

»Ihr habt es also auch bemerkt.«

»Ist nicht meine erste Baustelle.«

»Wollte Euch dazu noch heute unterrichten.« Neumann seufzte. »Dumont war nicht so gut, wie er vorgab, Pater. Ja, ja, Ihr staunt. Aber Ihr hättet mich sehen sollen, als ich dahinterkam. Dumont war gut, was die einfachen Dinge am Bau anging, Arbeiter einweisen, Schnurgerüste anlegen, das konnte er. Vor allem war er unschlagbar, wenn Mauerstärken festgelegt oder Fensteröffnungen berechnet werden mussten. Habe selbst mehr als einmal gestaunt, wenn er mir dieses und jenes Maß auf den Kopf zusagte, scheinbar so, aus Erfahrung, aus dem Bauch heraus, was weiß ich. Immer habe ich nachgerechnet. Und immer musste ich zugeben, dass seine

Angaben stimmten. Doch ich war mir sicher, das war nicht Intuition, schon gar nicht Erfahrung. Dafür war er viel zu jung. Er musste im Besitz einer Formel gewesen sein, eines Maßes, einer Schablone, ich weiß nicht. Irgendetwas jedenfalls muss er gehabt haben, wie man auf einfachste Art die Kräfte berechnet, die auf einem Mauerwerk lasten.«

Abel schaute zum Baumeister empor.

»Familiengeheimnis«, brummte dieser. »Man kennt das ja. So etwas wird immer nur vom Vater an den Sohn weitergegeben. Möglich, dass der Dom von Reims schon nach dieser Formel gebaut worden ist. Wart Ihr schon einmal dort?«

Abel schüttelte den Kopf.

»Großartig, sage ich Euch. Eines der schönsten Gotteshäuser, die ich kenne. Dumont hat meine Begeisterung für dieses Bauwerk gekannt — und mich damit eingenommen. Er hat mir eingeredet, dass die Mauern unseres Baus hier weit weniger dick sein müssten, als dies nach meinen Berechnungen notwendig gewesen wäre. Trotzdem, so hatte er behauptet, würden sie allen Anforderungen genügen: der Dachlast, dem Winddruck, allem. Auch die Fenster könnten größer und zahlreicher sein, ohne dass man Angst haben müsste, die Wände würden nicht standhalten. Es käme mehr auf das Mauerwerk selbst an, die Art und Weise, wie man die Steine zuhaut, wie man sie setzt und verzahnt, wie man den Mörtel mischt. Reims habe es vorgemacht, immer wieder Reims.«

»Und Ihr habt das geglaubt? Einfach so?«

»Er war doch immer richtig gelegen mit seinen Angaben, hat sich nie auch nur ein einziges Mal vertan — bis, ja, bis er mit seinem Vorschlag kam, ein Tonnengewölbe statt der von mir geplanten Balkendecke einzuziehen.«

»Ihr lasst Euch auf ein Experiment ein, ohne die Abtei darüber zu informieren?«

Neumann überging die Frage. »Ihr müsst wissen, dass ein solches Gewölbe den Kapitelsaal zu einem Kleinod von besonderer Güte machen würde. Nicht so drückend wie eine Balkendecke, leicht, fast schwebend würde es den Raum überspannen. Die Maler und Stuckateure würden begeistert sein. Außerdem hätten wir Höhe gewonnen. Kurz und gut, er hat mich überzeugt, und ich habe ihm vertraut.«

»Und jetzt fallen die Mauern ein und Dumont ist schuld!«

Neumann fuhr mit seinen Händen die Oberschenkel auf und ab. »Ich weiß, ich hätte nachrechnen müssen, hätte darauf bestehen müssen, die Wände stärker auszuführen … Hätte, hätte. Ich hab's nicht getan.«

»Balthasar Neumann! Ihr wolltet sein wie Euer Vater! Ging es Euch darum?«

Der Baumeister blickte zu Boden. »Ich sah sie schon, all die hohen Würdenträger, wie sie aus Mainz zur Einweihung hierher kämen. Und was das für mich bedeutet hätte, für meine Reputation.« Neumann winkte ab, drehte Abel den Rücken zu und stützte sich mit beiden Händen auf den Tisch.

»Letzten Dienstag war es«, sagte er nach einer Pause. »Ich war noch in Mainz, als es mich wie ein Blitz traf. Ich stand gerade über andere Pläne gebeugt, als ich plötzlich den Fehler vor mir sah. Das Packen meiner Reisetasche, das Anspannen der Pferde, die Fahrt den Main hinauf, nichts hielt mich. Wie vom Donner gerührt stand ich dann auf der Baustelle. Dumont hatte das Gewölbe gerade ausschalen lassen. Konnte ihm wohl nicht schnell genug gehen. Und es stand! Bei allen Heiligen im Himmel, es steht, habe ich vor Ehrfurcht und Erleichterung geflüstert. Hatte er doch recht, dieser Steinmetz.«

Neumann begann auf und ab zu gehen.

»Aber die Freude währte nicht lange. Am Freitag dann kam Dumont zu mir und beichtete. So klein war er. Und ich war am Boden zerstört. Zuerst hatte ich gehofft, es bliebe bei den wenigen Rissen. Spannungen, habe ich mir gesagt, Setzungsrisse, wie sie an jedem Bauwerk entstehen können.

Aber es sind mehr geworden.« Der Baumeister warf die Arme in die Luft. »Man hat fast zusehen können, wie sie mehr und größer geworden sind. Dann habe ich rasch Stützen einziehen lassen, um das Schlimmste zu verhindern.«

»Und wie soll es weitergehen?«, fragte Abel.

»Ich rechne noch. Im Grunde bleiben uns nur drei Möglichkeiten.«

»Uns?«

Der Baumeister räusperte sich und begann, die Pläne zu durchsuchen.

»Entweder ich lasse das Mauerwerk verstärken, oder ich ziehe zusätzliche Gurtbögen ein, wie das mein Vater in Würzburg getan hat, oder … oder das Gewölbe muss wieder abgetragen werden.«

»Die Mauer verstärken, wie muss ich mir das vorstellen?«

»Äh … Stützpfeiler, Verstrebungen außen und vielleicht auch innen. Wie gesagt, ich rechne noch.«

»Kommt nicht in Frage. Wie sieht das aus: Stützpfeiler, Verstrebungen! Soll man noch Generationen nach uns erkennen, dass wir nicht in der Lage waren — dass Ihr nicht in der Lage wart, ein im Grunde doch simples Bauwerk fehlerfrei zu errichten?«

Neumann wurde rot im Gesicht. Abel stand auf und stellte sich neben ihn. »Wir … das heißt, Ihr lasst das Gewölbe abtragen und ersetzt es durch eine ganz normale Balkendecke — wie von Anfang an geplant. Die Stuckateure sollen sich dann etwas einfallen lassen, damit doch noch was Besonderes daraus wird. Die Kosten ziehe ich von Eurem Akkord ab!«

Neumann wollte protestieren.

»Was ist eigentlich mit den Steinen los?«, schnitt Abel ihm das Wort ab.

Neumann wich einen Schritt zurück. »Mit den Steinen? Was soll mit ihnen sein?«

»Schlechtes Material. Zu viele Wassersäufer!«

»Wer sagt das?«

»Stimmt es oder stimmt es nicht?«

»Ich habe noch nichts bemerkt. Und es hat mir auch noch niemand etwas dergleichen gesagt.«

Abel blickte Neumann ins Gesicht.

»Es ist Eure Aufgabe, für gutes Material zu sorgen, Herr Baumeister!«

Neumann baute sich vor Abel auf. »Kontrolle war in erster Linie die Aufgabe Eures Dumont!«

Abel ballte die Fäuste. »Es war auch Euer Dumont. Außerdem scheint mir der Steinmetz jetzt für alles verantwortlich zu sein. Ihr schuldet uns ein fehlerfreies Bauwerk, Ihr habt für Mängel geradezustehen!« Abel wandte sich ab und schlug beim Gehen die Türe hinter sich zu.

Zum Mittagessen kam Abel gerade noch rechtzeitig. Er zwängte sich neben Pater Felix auf die Bank. Es wurde Zeit, dass das neue *refectorium* bezogen werden konnte. Schon die Decke hier war zu niedrig. Obwohl die Fenster geöffnet waren, stand die Luft. Die Hitze drang bereits mittags durch die dicken Mauern. Zusammen mit den Essensgerüchen und den Ausdünstungen der Brüder nahm sie Abel den Atem.

Gedankenverloren rührte Abel in seinem Teller. Die Eiersuppe, von welcher er sonst nie genug bekommen konnte, überließ er Felix und von dem Schaffleisch mit Zwiebelgemüse kostete er nur. Lediglich bei der Nachspeise griff er zu. Hirsebrei mit Mandelmilch und Zimt hatte es schon lange nicht mehr gegeben. Für gewöhnlich genoss er die Essenszeiten, denn er war ständig hungrig. Während des Noviziats, als er sich, noch nicht einmal achtzehnjährig, für das Klosterleben entschieden hatte, war der Hunger sein ständiger Begleiter gewesen. Die von der rauen Kutte aufgescheuerten Schultern und Knie, tagelanges *silentium*, währenddessen er, außer im Beichtstuhl, mit niemandem reden durfte, das alles hatte er doch einigermaßen klaglos ertragen. Das Absingen der *horae* in der brüderlichen Gemeinschaft, auch nachts, hatte er sogar genossen. Aber der ständige Hunger hatte ihn beinahe mürbe gemacht und ihm das Klosterleben verleidet.

Zwar gab es zu den Essenszeiten durchaus reichlich Suppen, Rindfleisch und Gemüse, zu Mittag, selbst in der Fastenzeit, einen Humpen Bier, aber obwohl er stets kräftig zulangte, hatte er es bis zur nächsten Mahlzeit kaum aushalten können. Die Vormittage waren am schlimmsten, denn es wurde kein Frühstück gereicht. Der Pater Instruktor hatte den Hunger als Versuchung des Teufels erklärt und Abel gemahnt, durch Gebet und geistliche Betrachtung zu widerstehen. Manchmal hatte Abel trotzdem Brot gestohlen, es heimlich mit auf den Abort genommen und dort verschlungen.

Trotz der schlechten Luft genoss Abel die Ruhe — außer dem Vorbeter hatte jeder zu schweigen. Plötzlich schreckte er auf. Der Abt hatte in die Hände geklatscht, das Zeichen für das gemeinsame abschließende Gebet. Abel faltete die Hände und schloss sich dem Gemurmel der Brüder an. »*Pater noster, qui es in caelis* ...«

Die Tafel war aufgehoben und Abel stand als erster auf. Doch dann besann er sich. Sicherlich beobachtete ihn Külsheimer. Er senkte den Kopf, schob die Hände in die Ärmel der Kutte und schloss sich der Reihe der Brüder an. Der Abt holte ihn ein und nahm ihn zur Seite. »Aufmerksam war das nicht, wie Ihr da auf Eurem Platz gesessen wart. Immer noch mit dem Kopf bei Dumont? Wenn Ihr meinen Rat hören wollt, nehmt Euch diese Sache nicht allzu sehr zu Herzen. Schließlich habt nicht Ihr den Steinmetz ermordet.« Külsheimer stieß Abel den Ellbogen in die Seite. »Wäre schön gewesen, das mit der Urkunde. Aber Gott hat es wohl nicht gewollt. Gehen wir wieder an unsere Arbeit!«

Abel nickte und dachte an den morgigen Tag. Für die Zeit von Külsheimers Reise war er dessen Stellvertreter. Aber er hatte für sich beschlossen, morgen ebenfalls das Kloster zu verlassen. Er musste nach Reistenhausen, den Klagen über die Steine nachgehen. Außerdem hatte er in Miltenberg die Fenster für den Konventbau in Auftrag zu geben. Es gab da einen Schreiner, der bezog sein Holz aus einem Flecken Wald, wo kaum die Sonne hinkam. Kiefern, schön langsam gewachsen, mit engen Jahresringen und nahezu astfrei. Hervorragend geeignet für Fenster, die ein Jahrhundert und mehr überdauern sollten. Zudem wollte Abel Marie sehen.

Den Tag verbrachte Abel am Schreibtisch, auf der Baustelle und im Wirtschaftshof. Zwischendurch ging er in die Abteikirche. Der Sakristan hatte die Beerdigung gut vorbereitet. Das Requiem wurde, so der Beschluss des Abtes, mit der *vesper* zusammengelegt. Inzwischen war auch Julius Dumont eingetroffen. Dieser hatte, genauso erfolglos wie Abel, die Hütte Jakobs durchsucht.

Bis hinaus auf den Vorplatz standen die Menschen bei der Totenmesse. Jakob war nicht sonderlich fromm gewesen, trotzdem, die Trauerfeier hätte ihm sicherlich gefallen. Die traurigen Klänge der Orgel rührten selbst die Steinhauer. Abel hatte das große Gitter, das den Altarraum vom Langhaus trennte, öffnen und den Sarg direkt vor dem Hochaltar aufbauen lassen. Der Sarg war mit Rosen geschmückt, Alenas Lieblingsblumen. Weil die Leiche schon zu riechen begonnen hatte, waren zwei Brüder beauftragt, sich daneben zu stellen und kräftig die Weihrauchfässer zu schwingen.

Im Gotteshaus stand die Luft. Mehrmals wurde die Andacht gestört, weil Mädchen oder Frauen in Ohnmacht fielen und hinausgetragen werden mussten. Als das Hochamt zu Ende war, schulterten vier Steinmetze, ganz in Schwarz gekleidet, den Sarg ihres toten Meisters und bahnten sich den Weg durch die Menge hinaus zum Vorplatz und von dort aus zum Amorbacher Friedhof.

XIII

Kaum hatte der Abt am nächsten Tag in der Frühe den Hof des Klosters verlassen, suchte Abel Pater Felix auf. Die runden Augen des Bibliothekars glänzten, als dieser erfuhr, dass er für einen Tag der erste Mann im Kloster sein durfte. Viel gab es nicht zu regeln. Abel hatte tags zuvor das Wichtigste bereits erledigt.

Die frische Luft tat Abel gut. Die Flur war noch feucht von der Nacht, aber es schien wieder ein schöner Tag zu werden. Abel befühlte die gefüllte Satteltasche und musste lächeln. Marie würde überrascht sein. Dann drückte er dem Wallach die Absätze in die Flanken.

Arbeiter luden Fässer vom Wagen, als Abel, nachdem er den Schreiner beauftragt hatte, durch das Tor von Lothars Anwesen ritt. Wie immer war Abel erfreut, wenn er hierher kam. Obwohl ständig Waren herangeschafft, umgeladen und gestapelt wurden, stets sah es in Lothars Hof ordentlich und aufgeräumt aus. Als Lothar Abel sah, kam er strahlend auf ihn zu. Er konnte es kaum abwarten, bis dieser abgestiegen war. Stürmisch umarmte er Abel.

»He, willst du mich erdrücken?«

»Komm mit, ich muss dir etwas erzählen.« Lothar nahm Abel am Arm, führte ihn in die gute Stube und ließ Marie rufen. Abel richtete die Kutte und schielte nach der Tür. Dann stand sie da, in einem grünen Kleid, wie so oft ohne die übliche Haube, sodass ihr dunkelblondes Haar offen über die Schultern fiel. Sie lächelte Abel an. Als sie ihn begrüßte, konnte er ihre Handgelenke sehen. Da fiel ihm ein, dass er sein Geschenk in der Satteltasche vergessen hatte.

Lothar zupfte Abel am Ärmel. »Du, ich muss dir etwas erzählen.« Abel riss sich von Marie los und wandte sich dem Freund zu.

»Hast du da draußen die Fässer gesehen? Das sind die Heringe. Der Ersatz für die anderen, du weißt schon.«

Abel nickte.

»Also, was soll ich sagen. Die Ladung kam heute Morgen an. Bin gleich hinunter zum Main und habe sie kontrolliert. Da standen sie schon da, die beiden vom Zoll. Ich habe sie in ein Gespräch verwickelt, sie ausgefragt und beschwatzt, dass sie vergessen haben, die Ladung zu schätzen. Die ganze Fuhre, Abel, nicht einen Kreuzer Steuer. Ich schwör's.«

Marie lachte aus vollem Hals. »Ach Papa, du schummelst doch!«

Auch Abel musste lachen. Seit die Abtei das Handelshaus Gutekunst übernommen und Lothar mit dessen Verwaltung beauftragt hatte, war der alte Kaufmann regelrecht aufgeblüht. Lothars Gicht meldete sich nur noch an verregneten oder kalten Tagen und er machte seine Späße wie früher. Aber eine komplette Ladung am Zoll vorbei in die Stadt zu karren, unter den Augen der Behörde, das hatte noch keiner geschafft.

Marie brachte Wein und setzte sich mit Abel und ihrem Vater an den Tisch. Nach einer Weile begann Abel von Dumont und seinen neuesten Erkenntnissen zu berichten. Marie und Lothar hörten schweigend zu.

»Einen Mord hast du also am Hals«, sagte der Freund, nachdem Abel geendet hatte. »Wieder einmal. Bist du deswegen gekommen?« Lothar hob drohend den Zeigefinger.

»Nein, nein! Auch wegen euch.« Abel sah Marie an.

»So, so. Auch wegen uns. Hast du das gehört Marie? … Sollen wir es ihm sagen?«

Marie lächelte und deutete ein Nicken an.

Der Freund räusperte sich. »Also, meine Kleine hier wird noch mal eine ganz Große.« Lothar streichelte seiner Tochter die Wange. Abel war verwirrt.

»Spielt seit Jahren fleißig Cembalo. Aber jetzt kommt mehr.«

»Cembalo? Davon habt ihr mir gar nichts gesagt.«

»Was meinst du, warum diese Kiste hier steht?« Lothar deutete auf das Instrument hinter sich.

Abel sah Marie an. »Ich dachte Anna … die Mutter … ich dachte …«

»Ach was. Marie spielt darauf! Und wie!« Lothars Augen glänzten.

»Ich wollte nicht damit prahlen«, sagte Marie, als sie Abels vorwurfsvollen Blick sah.

»Könntest du aber. Der Kantor ist ein Stümper neben dir.«

»Papa!«

»Wenn's doch stimmt. Und wenn du einmal genauso gut Orgel spielst wie Cembalo …«

»Orgel?« Abel hatte sich wieder gefasst.

»Will ich dir doch die ganze Zeit sagen. Übt schon seit Monaten bei den Franziskanern. Ihr Lehrer ist begeistert.«

»Begeistert?« Abel dachte an seine Mitbrüder und was es hieß, wenn einer von ihnen von einer Frau begeistert war.

»Was ist? Du freust dich ja gar nicht!«

Abel gab sich einen Ruck. »Doch, doch.«

»Ich sehe schon, dich beschäftigt etwas anderes. Also, wie können wir dir helfen?«, fragte Lothar.

Abel begann das Weinglas zu drehen. »Du liebst doch Marie?«

»Was soll die Frage?«

»Sehr?«

»Über alles in der Welt.« Lothar tätschelte der Tochter das Knie.

»Angenommen, nur einmal angenommen, Marie würde sich verlieben, sagen wir in irgendeinen Burschen aus der Stadt, und sie will es dir verheimlichen, würdest du es trotzdem merken?« Abel vermied es, Marie anzuschauen.

»Du meinst den Amtsrichter, gell? Willst wissen, ob er nicht doch von dem Verhältnis seiner Tochter gewusst haben könnte? Natürlich würde ich das merken, wenn meine Kleine etwas Derartiges umtreibt.« Lothar zwickte Marie in die Wange. »Da war mal was mit dem Sohn vom Weinhändler Fuchs. Der kommt aber nicht mehr so oft ins Haus. Bin immer noch ihr einziger Liebhaber.«

Marie nahm den Blick von Abel. Sie glühte.

»Angenommen, der Mann, in den sich Marie verlieben hätte, würde ermordet. Deine Tochter ist außer sich vor Schmerz, versucht, sich das Leben zu nehmen …«

»Das würde Marie mir nie antun.«

»Und wenn doch?«

»Hm!«

»Du würdest sie trösten, würdest ihr jeden Wunsch von den Lippen ablesen, ihr alles versprechen. Aber nichts würde helfen. Sie will nur eines: Den Mörder ihres Liebsten hängen sehen. Was würdest du tun?«

»Ich würde Himmel und Hölle in Bewegung setzen, den Mörder zu finden.«

»Ja, genau. Das würdest du tun. Du wärst blind vor Eifer, deiner Tochter zu helfen. Jedem noch so kleinen Hinweis würdest du nachgehen, auch das Undenkbare würdest du denken, immer geplagt von der Sorge, sie könnte ein zweites Mal versuchen, was ihr beim ersten Mal missglückt ist. Immer und immer wieder wird dir dein Herz sagen: Du musst ihn haben, den Mörder, musst ihn deiner Tochter präsentieren, möglichst schnell — und gleich wie!«

»Du glaubst, ich würde auch Recht und Ordnung missachten?«

»Würdest du?«

»Hm?« Lothar sah Marie an.

»Na, was ist?«

»Du meinst doch nicht, der Amtsrichter hätte … Abel, überlege dir genau, was du sagst. Natürlich macht Schmerz blind. Aber der Richter! Abel … bitte!«

»Natürlich nicht.«

Alle drei schwiegen. Lothar schenkte Wein nach. »Das mit der Urkunde«, sagte er nach einer Weile, »das soll unter uns bleiben, oder?«

»Unbedingt. Warum fragst du?«

»War nur so ein Gedanke. Hätte mich sonst ein wenig im städtischen Archiv umgesehen. Kenne da jemanden, der mir noch einen Gefallen schuldig ist. Könnte ja sein, dass da etwas über die Besitzverhältnisse der Abtei geschrieben steht.«

Abel legte dem Freund die Hand auf den Arm. »Lass nur, Lothar. Das ist alles bereits geschehen, vor Jahren schon, wie mir der Abt versicherte.«

Abel erhob sich langsam. »So, ich muss jetzt weiter. Vergelts Gott, für alles.«

»Du bleibst nicht zum Essen?«, fragte Marie.

»Wenigstens noch ein Gläschen Wein?« Lothar hob die Flasche und streckte sie Abel hin.

»Tut mir leid. Reistenhausen wartet.«

»Reistenhausen?«, fragte Lothar. »Dann stimmt es also.«

»Was soll stimmen?«

»Dass ihr eure Steine jetzt von dort holt.«

»Warum nicht?«

»Hat er es also wieder einmal geschafft, der Winter.«

Abel schaute Lothar fragend an.

»Die hiesigen Steinbruchbesitzer sind verärgert. Winter schnappt ihnen immer öfter die Aufträge weg.«

Abel setzte sich wieder. »Er ist günstiger.«

Lothar lachte. »Hast du dich auch gefragt, warum?«

»Der Baumeister hat die Verhandlungen geführt.«

»Reite ruhig hin. Aber schau dich auch einmal in seinem Steinbruch um!«

»Warum?«

»Der Mann lässt Kinder für sich arbeiten.«

Abel schaute Lothar an. »Ist er deswegen so billig?«

»Nicht nur. Rede mit den Arbeitern. Der Kerl zahlt nur den wilden Akkord, wie man so hört.«

»Den wilden was?«

»Die Männer arbeiten Akkord, werden aber trotzdem nicht nach Leistung bezahlt. Bürgert sich immer mehr ein, dass Steinbruchbesitzer Aufträge um jeden Preis annehmen, die Höhe der Löhne aber offen lassen, bis sie den Auftrag abgewickelt haben. Je ungünstiger der Abschluss, umso geringer der Lohn. Wie gesagt, rede mit den Arbeitern.«

»Danke Lothar.«

Der Freund ergriff sein Glas und begann es zu schwenken. »Manchmal«, sagte er, »manchmal, da hilft Winter den Aufträgen auch ein wenig nach. Sagt man.« Lothar stellte sein Glas wieder ab und rieb Daumen und Zeigefinger aneinander.

Abel machte sich steif. »Du meinst …?«

Lothar hob abwehrend beide Hände. »Wissen tue ich nichts. Aber ich an deiner Stelle wäre vorsichtig.«

»Jetzt hätte ich doch gerne noch einen Schluck Wein.«

Das mit dem Steinbruchbesitzer Winter hatte Abel nicht gewusst. Aber er hätte sich denken können, dass da etwas nicht stimmte. Doch war Neumann bestechlich? Abel schüttelte den Kopf. Ihm fiel aber noch ein anderer Grund ein, warum die Steine aus Reistenhausen weniger kosteten als die aus Miltenberg, obwohl sie erst mit Lastkähnen mainabwärts transportiert werden mussten. Aber das mit den Wassersäufern behielt er für sich.

»Wo ist Marie?« Abel fiel auf, dass ihr Platz leer war.

»Wird über ihren Noten sitzen. Übermorgen, am Samstag, spielt sie zum ersten Mal öffentlich die Orgel. Bei der Abendmesse. Kommst du? Sie würde sich freuen.«

»Werde da sein.«

Lothar begleitete den Freund auf den Hof. »Sag mal«, fragte Abel, »Maries Orgellehrer, ist der … ich meine, ist das ein Älterer? Versteht der etwas von Musik? Weißt du, die jungen Kerle, die wissen doch noch gar nicht …«

»Mach dir keine Sorgen. Ja, Pater Gabriel ist jung. Aber so etwas von musikalisch. Abel, ich sage dir, den musst du einmal spielen hören.«

Abel schluckte. Dann winkte er einem Burschen, sein Pferd zu holen.

Er schaute noch einmal kurz hoch, wo sich hinter dem Fenster der Vorhang bewegte, dann stieg er auf, hob die Hand zum Gruß und ritt durchs Tor.

Gleich auf der Straße fühlte Abel seine Satteltasche und ärgerte sich über seinen fehlenden Mut. Er würde Marie das Stück Seife bei der nächsten Gelegenheit überreichen.

Noch bei Miltenberg durchquerte Abel den Main in einer Furt und folgte auf dem rechten Ufer dem Treidelpfad flussaufwärts. Nun befand er sich am Rande des Spessarts. Steil fielen hier die Ausläufer dieses Gebirges ab und endeten erst kurz vor dem Fluss. Jeder Fußbreit der Hänge war mit Weinstöcken bepflanzt. Aber heute hatte Abel kein Auge für die Natur.

Er kam gut voran. Nur einmal wurde er von einem Tross Leinreiter aufgehalten. Ihr Lastkahn hatte sich auf einer Untiefe festgesetzt. Vergebens schlugen die Reiter auf ihre Pferde ein. Der Main hatte Niedrigwasser. Es war ein Wagnis, bei einem solchen Wasserstand die Schiffe zu treideln. Abel war froh, als er das Fluchen der Männer nicht mehr hörte.

Von Weitem schon vernahm er das Hämmern. Dann sah und roch er auch den Staub: Winzige Sandkörnchen, die sich beim Behauen von den Steinen lösten und mit dem Wind davongetragen wurden. Das Verfahren, wie die großen roten Sandsteinblöcke gewonnen wurden, hatte Abel schon immer beeindruckt. In Miltenberg war er einmal einen halben Tag lang in einem Bruch gestanden und hatte aus sicherer Entfernung die Steinbrecher bei ihrer Arbeit beobachtet. Ihre Methoden schienen ihm primitiv und raffiniert zugleich. Auf großer Breite hatten sie in harter Arbeit die Felswand schon seit Wochen Stück für Stück unterhöhlt, und zwar so, dass die Höhlung nach hinten immer niedriger wurde. Hölzerne Stempel verhinderten, dass die Wand vorzeitig abbrach. Dann, kurz vor Mittag, war es spannend geworden. Der Vorarbeiter blies ins Horn, die Stützen wurden ruckartig entfernt und auf einer Länge von gut fünfzig Schritten krachte der Fels herunter. Fast eine halbe Stunde hatte es gedauert, bis sich der Staub legte und Abel das Werk bewundern konnte.

»Bei Frost machen wir es anders«, hatte ihm der Vorarbeiter erklärt. »Da bohren wir Löcher, genau dort entlang, wo der Stein abbrechen soll. Dann füllen wir Wasser ein. Das Eis sprengt die Blöcke ab und wir können sie vom Fels lösen. Elende Schufterei«, hatte der Mann gemeint, »elende Schufterei. Beides!«

Die Berge, welche auf der letzten Wegstunde etwas zurückgetreten waren und so einen breiteren Uferstreifen zum Main hin frei ließen, traten wieder bis an das Wasser vor. Dort, wo der Fels abgebaut wurde, leuchteten die Wände rot in der Mittagssonne. Die Luft flirrte. Abel verließ den Treidelpfad und hielt auf den Steinbruch zu. Er entdeckte zwei Männer, welche auf einer Abraumhalde standen und in den Bruch hineinschauten. Als diese den Hufschlag des Wallachs vernahmen, drehten sie sich um. Abel stieg ab und ging ihnen entgegen.

Der eine der Männer war Arbeiter, unverkennbar an der Mütze und dem blauen Kittel. Der andere, größer und schlank, fast mager, trug guten Stoff, eine graue Jacke über einer ebenso grauen Weste. Aus der aufrechten Haltung und dem nach vorne gereckten Kinn schloss Abel, dass der Mann das Befehlen gewohnt war.

»Ihr wünscht?«, fragte der fein Gekleidete.

»Gott zum Gruß. Ich bin Pater Abel aus Amorbach. Ich suche den Steinbruchbesitzer Winter.«

»Der steht vor Euch, Pater«, sagte der Mann und deutete eine Verbeugung an. »Bin überrascht, Euch höchstpersönlich hier zu sehen.«

Abel gab Winter und dessen Vorarbeiter die Hand. »Mein Baumeister ist verhindert und sein Vertreter ist leider verstorben.«

»Ermordet. Hab's schon gehört. Mein Beileid.«

»Guter Mann, der Franzose.« Der Arbeiter, untersetzt und kräftig, mit einem von der Sonne braun gebrannten Gesicht, spie eine Ladung Kautabak über die Schulter. »Besser als sein Baumeister!«

»Heinrich, sei still!« Der Steinbruchbesitzer deutete nach hinten in den Bruch. »Dort ist dein Arbeitsplatz.« Heinrich drehte sich um und ging grußlos davon.

»Guter Arbeiter, nur manchmal auch etwas vorlaut«, sagte Winter und legte den Arm um Abels Schulter. »Habe schon viel von Euch gehört. Ihr werdet sehr gelobt.«

Abel machte eine Drehung, um Winters Arm wieder loszuwerden. »Man ist unzufrieden mit Euch!«, sagte er. »Die Steine sind zu weich, berichten meine Leute. Zuviel Ton darin, auch zu viele Nester und Gallen.«

»Fallt Ihr immer gleich mit der Türe ins Haus, Pater? Aber bitte schön!«

Winter ging mit Abel ein Stück in den Bruch hinein. Dann blieb er stehen und zeigte auf eine Felswand. »Seht Ihr hier irgendeine Stelle, ein helles Band vielleicht oder einen Flecken, der auf unterschiedliche Steingüte schließen lässt?«

Winter bückte sich nach einem Steinbrocken, hob diesen auf und wischte die Erde von der Oberfläche. Dann hielt er diesen Abel hin. »Seht Ihr«, sagte er, »fester, feiner Stein. Etwas anderes haben wir hier nicht. Sagt das Euren Leuten!«

»Ich nehme ihre Klagen ernst!«

»Natürlich kann es vorkommen, dass hin und wieder ein Stein zweiter oder dritter Wahl mit hineinrutscht. Das ist normal. Im Übrigen: Gallen und Ton gehören zum Sandstein wie das Erröten zur Jungfrau. Wisst Ihr, Pater, ich erlebe das nicht zum ersten Mal. Stecken bestimmt andere Steinbruchbesitzer dahinter. Die schrecken auch nicht davor zurück, Arbeiter zu bestechen, damit sie meine Ware schlecht reden, nur weil ich günstiger bin.« Winter breitete die Arme aus und sah treuherzig auf Abel. »Ein hartes Geschäft, die Steinhauerei, Pater. Glaubt mir. Und ganz nebenbei, Euer Bauleiter, Gott hab ihn selig, hat mir längst nicht jeden Stein abgenommen.«

Abel schaute an Winter vorbei in den Steinbruch. Das Quietschen des Lastkranes, das Hämmern der Steinhauer, ihr Rufen und Schreien nahmen ihn gefangen. Harte Arbeit war das hier. Abel sah einige Hauerwitwen, die in ihren schwarzen Kleidern wie Krähen zwischen den Felsblöcken herumliefen und Abraummaterial beiseite schafften. Weit und breit keine Kinder.

Abel wusste, dass zum Mittag noch mehr Frauen kommen und den Männern das Essen bringen würden. Sie würden am Nachmittag bleiben und mit ihren Weidenkörben, den Schinkern, den Witwen helfen, den Abraum zur Schutthalde zu schaffen. Mit dieser Schwerstarbeit, sie trugen die Körbe auf den Köpfen, verdienten sie sich ein Zubrot.

»Habe zusätzlich Leute eingestellt, Pater. Euer Auftrag wird erledigt. Aber noch günstiger geht es nicht. Wenn Ihr deswegen gekommen seid, muss ich Euch enttäuschen.« Winter lachte. »Kommt, Pater, Ihr müsst hungrig sein.« Erneut legte er den Arm auf Abels Schulter und führte ihn zu seinem Zweispänner.

Abel zögerte. Sollte er die Einladung annehmen? Dumont fehlte ihm. Der Steinmetz war schon einmal hier gewesen und hätte besser beurteilen können, welches Material in Winters Steinbruch gewonnen wurde. Der Steinbruchbesitzer war an der Kutsche stehen geblieben und ließ Abel den Vortritt. Abel gab sich einen Ruck, band den Wallach an dem Zweispänner fest und stieg ein.

Vorbei an den niedrigen Häusern der Steinhauer kamen sie ins Dorf Reistenhausen. Auf dem Platz vor der Kirche hielt Winter mit der Kutsche auf eine Hofeinfahrt zu. Dahinter befand sich ein stattliches, mehrstöckiges Gebäude. Eine doppelläufige Sandsteintreppe mit einer feingliedrigen Balustrade aus ebendiesem Material führte zum Eingangsportal. Große, gleichmäßig über die Hausfront verteilte Fenster mit Sandsteingewänden schmückten die in hellem Gelb verputzte Fassade. Die Fensterläden waren wegen der Sonne geschlossen. Sie waren grau gestrichen. Abel überlegte, ob grüne Fensterläden nicht besser gepasst hätten. Am Abteigebäude jedenfalls würde er diese Farbe bevorzugen.

Kaum waren sie vor der Treppe angelangt, sprangen zwei Burschen herbei und übernahmen die Tiere. Winter führte Abel durch den Hofeingang ins Haus. Im Flur begegneten sie der Dame des Hauses. Frau Winter trug einen weiten Reifrock und eine hochgesteckte Frisur. »Grüß Gott, Pater«, sagte sie leise und streckte Abel ihre Hand entgegen. Abel erschrak. Die Hand war kalt und weich. Als Abel in die Stube trat, sah er, dass der Tisch bereits gedeckt war. Wenigstens musste er bis zum Essen nicht allzu lange warten. Die Hausfrau ließ ein weiteres Gedeck auflegen.

»Kein Hunger, Pater?«

Winter hatte begonnen, sein Täubchen zu zerlegen. Er nickte Abel zu. Dieser zwang sich zu einem Lächeln und griff ebenfalls nach Messer und Gabel. Die Frau des Steinbruchbesitzers saß ihm gegenüber. Sie sprach kein Wort.

»Lasst Ihr Kinder bei Euch arbeiten?«

Winters Wange zuckte. Er legte das Täubchen ab. »Auch so ein Märchen, das man über mich erzählt. Habt Ihr vorhin Kinder gesehen?«

Abel verneinte.

»Seht Ihr, Pater.« Der Steinbruchbesitzer schüttelte den Kopf. »Ab vierzehn Jahren und keinen Tag früher, so wie es sich gehört! — Schmeckt es Euch nicht?«

»Doch, doch.« Abel begann, dem Täubchen die Haut abzuziehen.

»Neumann, schaut der oft bei Euch vorbei?«

Winter machte große Augen. »Euer Baumeister? Warum sollte er? Bin froh, wenn ich ihn nicht sehe. Würde nur den Preis noch mehr drücken wollen — wo bleibt der Wein?«

Aus der Küche eilte die Magd herbei und goss die Gläser voll. Winter wandte sich an seine Frau. »Dorothee, sag, wann war der Herr aus Amorbach das letzte Mal hier?«

»Weiß nicht.«

»Seht Ihr!«

Kaffee und Zigarre lehnte Abel ab. Er bedankte sich und stand auf. Hier würde er nichts erfahren, was ihm weiterhelfen könnte. Wenn er herausfinden wollte, ob der Steinbruchbesitzer mit dem Baumeister gemeinsame Sache zu Lasten der Abtei machte, musste er anders vorgehen. Doch wie?

»Ihr wollt schon gehen?«

»Ich muss. Es wartet viel Arbeit auf mich.«

Winter begleitete Abel in den Hof und winkte nach dem Stallburschen. Als dieser mit dem Wallach erschien, wurde Winter ins Haus gerufen.

»Entschuldigt, Pater. Die Arbeit! Ihr seht, mir geht es nicht anders als Euch.«

Abel gab ihm die Hand und stieg auf.

Nachdem der Steinbruchbesitzer im Haus verschwunden war, beugte sich Abel zu dem Stallburschen hinunter.

»Kennst du den Baumeister Neumann?«

Der Junge schwieg.

Abel schaute sich um. Niemand war zu sehen. Er holte einige Kreuzer hervor und hielt sie dem Jungen hin.

Ein unmerkliches Nicken.

»War er in letzter Zeit hier?«

Wieder ein Nicken.

»Danke!«, sagte Abel und nahm die Zügel in die Hand. »Noch etwas«, sagte er und suchte nach weiteren Kreuzern. »Dein Herr, war er am vergangenen Sonntag zu Hause?«

Der Junge überlegte kurz, dann schüttelte er den Kopf.

»Und?« Abel spielte mit den Kreuzern.

»Sonntags fährt er manchmal nach Miltenberg.«

»Miltenberg?«

»In den Riesen, soviel ich weiß.«

»Auch letzten Sonntag?«

Der Bursche nickte.

»Fang!« Abel warf ihm das Geld zu und ritt davon.

XIV

Am Rande des Steinbruchs blieb Abel stehen und hielt Ausschau nach dem Vorarbeiter Heinrich. Die Männer machten Pause. Die Frauen standen in Grüppchen hinter ihnen — und noch etwas abseits im Gelände sah Abel auch die Kinder! Heinrich hockte alleine auf einem Felsbrocken und löffelte Suppe. Als er Abel sah, stellte er den Blechnapf zur Seite und erhob sich. Abel stieg vom Pferd und ging auf Heinrich zu.

»Ihr seid hier der Vorarbeiter?«

»Was wollt Ihr, Pater?«

»Will mir nur die Männer ansehen, die für unsere Abtei die Steine brechen.«

Heinrich kramte in seiner Tasche, holte ein Stück Kautabak hervor und biss einen Fetzen ab.

»Schaut Euch nur um. Knochenarbeit, das sag ich Euch.«

»Winter, zahlt der gut?«

Heinrich schaute Abel an. Dann drehte er sich weg und spie auf den Boden.

»Zehn Stunden am Tag. Jetzt, im Sommer, zwölf und mehr. Und das an sechs Tagen in der Woche. Und trotzdem reicht's nicht. Ihre Frauen und die Kinder müssen mithelfen fürs Überleben. Nennt Ihr das gut bezahlt?« Erneut spie der Mann.

»Auch die Kinder?«

»Auch die Kinder! Kommen nach der Schule mit ihren Müttern hierher und schleppen Steine, bis es dunkel wird. Mit leeren Mägen fallen sie dann ins Bett und am nächsten

Morgen verprügelt sie der Lehrer, weil sie nichts gelernt haben.«

Abel schaute hinüber zu den Hütten. Hagere Gesichter blickten neugierig zu ihm her. »Die Gerber und Müllerburschen jedenfalls verdienen weniger«, sagte er.

»Wenn schon. Schaut sie Euch genau an, Pater. Das sind nicht alles nur Räumer und Staabümber. Da sind Stößer und richtige Steinmetze darunter. Es ist die härteste Arbeit überhaupt, mit dem Preller oder Scharriereisen einen Stein zu bearbeiten. Zwischen zweihundert und siebentausend Schlägen entfallen auf drei Quadratfuß Steinoberfläche. Wenn Feierabend ist, hat ein Steinmetz bis zu dreißigtausend Schläge in den Armen! Der braucht Fleisch, Pater. Jede Menge Fleisch, wenn er durchhalten will. Wisst Ihr, was Fleisch kostet?«

Abel wusste es. Erst vergangene Woche hatte er für zwanzig Pfund gesalzenes Rindfleisch vier Gulden und fünfundfünfzig Kreuzer bezahlen müssen!

»Stimmt das mit dem wilden Akkord?«, fragte Abel.

Heinrich trat nach einem Stein. »Hab schon zu viel gesagt, Pater. Aber diesen wilden Akkord, den hat der Teufel erfunden. Ihr entschuldigt, Pater. Muss zurück zu meinen Leuten.« Sprach's, drehte sich um und ließ Abel stehen.

»Und die Männer lassen sich das gefallen?« Abel hatte mit Absicht laut dem Vorarbeiter hinterhergerufen. Plötzlich war es still im Steinbruch. Abel wurde es warm. Der Vorarbeiter wandte sich Abel nochmals zu.

»Die Leute machen das, Pater, weil sie ihrem Brotgeber glauben, dass sie billiger sein müssen als die anderen. Hilft aber nichts, weil sich immer jemand findet, der noch billiger ist. Und Euch ist's doch recht so, oder?«

Abel blickte zu Boden.

»Und mit den Steinen, stimmt das, was Winter sagt?«

»Was soll stimmen?«

»Dass er uns nur gute Ware liefert.«

»Wenn der Winter das sagt.«

Dann drehte sich Heinrich endgültig um und stapfte davon.

Abel warf noch einmal einen Blick auf die Buben und die Mädchen, die barfuß zwischen dem Abraum standen und stumm herüberblickten.

»Komm Alter, lass uns verschwinden!« Abel gab dem Wallach einen Klaps auf die Hinterhand und lenkte ihn zwischen Felsbrocken und Geröll aus dem Steinbruch heraus.

»Psst, Pater!«

Abel fuhr zusammen. Ein Steinhauer trat hinter einer Brombeerhecke hervor und klopfte sich verlegen den Staub aus seinem geflickten Kittel.

»Was ist?«

Der Mann legte den Zeigefinger auf den Mund und trat vor das Pferd. »Der bescheißt Euch, Pater.«

Abel beugte sich zu dem Mann hinunter. »Wer betrügt uns?« Abel hörte, wie es in der Lunge des Mannes rasselte.

»Der Winter«, sagte der Mann und hüstelte. »Mir solle fürs Kloschter weecheres Maderial unnermische.«

»Weicheres Material?«

Der Mann wandte den Kopf, dann schaute er Abel an. »Staa von unne, Pater. Der Fels is unnerschiedlich. Wonn er von unne rausgholt werd, is er weech. Des dauert ewisch, bis der trocke is. Net gut für en Bau, wo mer wohne will.«

Abel strich sich mit der Hand über seine Tonsur. »Die Ladungen werden von uns kontrolliert.«

»Nur Schtischprobe, Pater.« Der Arbeiter zog die Schultern hoch.

»Aber die Maurer, die merken es doch, wenn sie den Stein in der Hand haben.«

»Die scho. Abber wenn mer defür sorscht, dass ses Maul halte …«

Der Steinhauer krümmte sich, schnappte nach Luft und

hustete, bis sich endlich ein Pfropfen löste. Er spuckte ihn in die Brombeerhecke. Rötlicher Schleim lief aus seinem Mund. Der Mann wischte sich mit dem Ärmel über seinen Bart und blickte Abel an. Ein Schleier lag über seinen Augen.

»Es geit dohi, Pater. De Schtaab. Do hilft aach der Bort nix. Bin souwiesou scho älter als die all im Bruch.«

»Wie heißt Ihr?«

Der Arbeiter tippte mit der Hand an seine Kappe und schlurfte in den Steinbruch zurück.

»He«, rief ihm Abel nach, »was ist ein Staabümber?«

Der Alte hustete und lachte. »Ein Steinhauer, Pater, wenn mers vornehm soche will.«

Den Rückweg nahm Abel im Galopp. Er hatte sich länger als geplant in Reistenhausen aufgehalten. Er würde auch Lothar nicht mehr besuchen, obwohl er seit dem Abschied heute Morgen ständig an Marie dachte. Nein, er würde am Main entlang weiterreiten und die Stadt linker Hand liegen lassen.

Doch er hatte die falsche Entscheidung getroffen. Am Mainufer in Miltenberg war kein Durchkommen. Auf dem schmalen Streifen zwischen Wasser und Stadt stapelten sich die Buchen- und Eichenstämme aus dem Odenwald. Nicht nur für die Leinreiter, auch für die Flößer war der Wasserstand zu niedrig. Er reichte gerade aus, die Kähne mit halber Last zu beladen und nach Frankfurt treiben zu lassen — und da hatte der Wein den Vorrang.

Auf Höhe des Kühtores lenkte Abel den Wallach dann doch in die Stadt. Auf der Hauptstraße würde er schneller vorankommen.

Im Wesentlichen bestand Miltenberg nur aus dieser Straße, die sich, von mehrstöckigen Fachwerkhäusern gesäumt, zwischen Fluss und Berg hinzog. Nur an zwei Stellen weitete die Straße sich etwas auf, beim Gasthaus Riesen und flussabwärts am Marktplatz. Dazwischen führten nur einzelne Gässchen hoch zum Berg oder hinab zum Main.

Abel war schon am Marktplatz vorbei, als er das Pferd parierte. Warum nicht, dachte er, ließ den Wallach wenden und ritt die Straße zurück.

Am Brunnen vor dem Gasthaus Riesen stieg er ab, ließ das Pferd saufen und übergab es dann dem Burschen, der aus den Stallungen kam. Kurz schaute Abel hoch zu dem Fachwerkgiebel des Hauses mit seinen aufwendig verzierten Eckständern, dann trat er in die Gaststube ein.

Abel war erstaunt, wie voll das Gasthaus war. Händler, Fuhrknechte, Schiffer und Häcker saßen an den Tischen, würfelten oder zankten sich. In einer Ecke fand er einen fast leeren Tisch. Nur ein älterer Mann saß dort. Er hatte seinen Kopf auf der Brust liegen und schnarchte. Abel scheuchte die Fliegen auf, die sich an einer Bierpfütze labten, und blickte sich um. Es war das erste Mal, dass er hier einkehrte. Zwei Tische weiter saß ein Zimmermann mit Frau und Kind beim Essen. Dem Bengel schien die Suppe nicht zu schmecken. Statt zu essen, schaute er immer wieder zu Abel und grinste. Abel grinste zurück und der Junge begann, Grimassen zu schneiden. Als der Vater dies sah, gab er seinem Sohn eine Ohrfeige. Vom Geheule des Buben schreckte der Mann an Abels Tisch auf. Abel schaute weg und wartete auf die Bedienung.

Endlich erschien ein altes, hutzeliges Weib und stellte ihm ungefragt einen Bierkrug hin. Als Abel in seine Innentasche greifen wollte, beugte sie sich über den Tisch. »Lassts stecke, Pater. Betet defür e *Vaterunser* für misch.«

»Vergelts Gott, Frau. Sagt Ihr mir auch Euren Namen, damit der liebe Gott weiß, für wen ich bete?«

Das Weib lächelte, sie hatte keine Zähne mehr. »Lisbeth. Alle sooche nur Lisbeth zu mir.«

»Seid Ihr die Wirtin?«

»Nee, Pater. Mei Sohn is der Wirt. Isch helf hier in der Gastschtubb nur aus.«

»Ein schönes Haus, auf dem Gottes Segen ruht. Habt Ihr immer so viele Gäste?«

Die Alte schaute sich um. »Meischtens.«

»Seid Ihr auch sonntags hier?«

»Jeden Daach. Von früh bis in die Nacht.«

»Und der Gottesdienst?« Abel drohte mit dem Zeigefinger.

»Um Gottes Wille, Pater. Wo denke Se hin. In mei Kerch geh ich freilich.«

»Und nach der Messe, sonntags, da kommt doch manchmal der Winter aus Reistenhausen?«

Die Alte kicherte. »Den Steinbaron meene se. Ja, der kümmt in letschter Zeit öfters.«

»Auch am vergangenen Sonntag?«

»Ei freilich.« Dann legte die Alte den Zeigefinger auf ihre Stirn. »Moment, Pater. Wenn se mich so frooche, also am Sunndaach, do is er schpeter kumme als sunscht.«

»Wieviel später?«

»Worüm froocht Ihr, Pater. Hot er was ogeschtellt?«

»Keine Bange, Lisbeth.« Dann senkte Abel den Kopf und winkte die Alte näher heran. »Hab mit ihm gewettet, dass er es nicht schafft, nach der Frühmesse in Reistenhausen aufzubrechen, rechtzeitig zum Gottesdienst bei uns in Amorbach zu sein und vor dem Zwölfuhrläuten wieder in Miltenberg.«

Die Alte legte die Hand auf den Mund. »Und isch hab gedenkt … Herrjemine, Pater, was saach ich do?«

»Ich verrate nichts!«

Die Alte schüttelte den Kopf. »Ich saach nix mehr, Pater.«

Jetzt musste Abel doch noch einmal bei Lothar vorbeischauen. Er traf den Freund im Kontor. Marie war in der Kirche beim Orgelspiel.

»So, so, der Winter kam später als sonst in den Riesen? Und du meinst, er könnte zuvor auf Wildenberg gewesen sein? Der Steinbaron, ein Mörder?«

»Warum nicht? Dumont ist dahintergekommen, dass er den Baumeister besticht. Winter weiß es von Neumann. Warum wohl hat er geleugnet, dass Neumann vor Kurzem in Reistenhausen war? Zudem scheint für Winter ein Menschenleben nicht viel zu gelten — oder …«, Abel schaute nachdenklich an Lothar vorbei, »… oder er hat ihn loswerden wollen, weil er die Steinlieferungen zu scharf kontrolliert hat.«

Lothar rieb sich das Kinn. »Von der Zeit her ist es möglich. Mit einem guten Pferd könnte er bis kurz nach Mittag schnell von Miltenberg zur Burg und zurück geritten sein.«

»Tust du mir einen Gefallen, Lothar, und hörst dich ein wenig um?«

Der Freund lächelte. »Mach ich, Abel. Und pass auf dich auf!«

»Das hat mir der Abt auch schon geraten.«

Abel ließ sich den Wallach bringen und ritt aus der Stadt in Richtung Amorbach.

Vor der Pforte der Abtei sah Abel einen Mann in Maurerkluft, der gleich auf ihn zukam.

»Ihr, Debald? Wartet Ihr auf mich?«

»Der Neumann wors, Pater!«

»Der Baumeister war was?«

»Er wors, der die Hütte vom Dumont durchsuchd hot.«

Jetzt erst erinnerte sich Abel an den Auftrag, den er Debald gegeben hatte.

»Das ging aber schnell. Ihr seid ein brauchbarer Bursche.«

Debald senkte den Kopf und hielt Abel die Hand hin. Abel kramte in der Innentasche seiner Kutte, fischte drei Kreuzer heraus und gab sie ihm.

»Wann?«

»Am Sunndoch, obends, während der Andacht. Karl, der Maurer, wor zu schpät un hot gesehe, wie der Baumeschter durch die Tür vom Dumont verschwunne is. Is ihm nur des-

weche uffgefalle, weil der Neumann sisch immer wieder um-
geguckt hot.«

»Vergelts Gott, Debald. Habt Ihr auch in Erfahrung bringen können, wann Dumont am Sonntag aufgebrochen ist?«

Debald schüttelte den Kopf.

»Hört Euch weiter um … und noch etwas!«

Der Arbeiter, schon im Gehen begriffen, wandte den Kopf.
Abel legte den Zeigefinger an seinen Mund. »Kein Wort! Zu
niemandem! Verstanden?«

Debald nickte und ging davon.

XV

Auf dem Weg durch das Kloster lief Abel Bruder Felix in die
Arme. Abel bekam ein schlechtes Gewissen. Er hätte Felix
von sich aus aufsuchen und ihn nach dem Rechten fragen
sollen. Wenn dieser ihn schon als Leiter des Klosters vertrat,
musste Abel wenigstens so tun, als hätte sich in seiner Ab-
wesenheit etwas Erwähnenswertes ereignen können.

»Ach Felix, da bist du ja. Und, alles in Ordnung?«

»Stell dir vor, Abel, sie reißen die Decke wieder ein!«

»Welche Decke?«

»Die vom Kapitelsaal!«

»Ach die! Ja, ich weiß.«

Felix stand der Mund offen. Ein Bruder erschien im Gang.
Abel beugte sich zu dem Bibliothekar hinunter und flüsterte
ihm ins Ohr. »Hab's selber angeordnet. Das Mauerwerk hat
nachgegeben.«

»Weiß es der Abt?«

Abel schüttelte den Kopf. »Noch keine Gelegenheit gehabt.«

»Die Arbeiter murren. Neumann macht Dumont dafür
verantwortlich.«

»Nichts als Ausreden. Ich lass ihm das nicht durchgehen.«

»Dumont hatte Streit mit Neumann, ständig.« Felix' Augen wurden noch größer als sonst.

»Ich weiß. Sie hatten oft unterschiedliche Meinungen.«

»Weißt du auch, warum?«

Abel zog die Schultern hoch. »Meinungsverschiedenheiten, wie sie häufig am Bau vorkommen. Sie haben versucht, sich nichts anmerken zu lassen.«

»Der Baumeister wollte nur schnell und möglichst billig bauen!«

»Wer sagt das?«

»Die Arbeiter. Habe mich ein wenig umgehört.«

»So war sein Auftrag.«

»Sie sagen, er hätte an allem gespart, über das Maß hinaus, was im Interesse eines jeden Bauherren ist. Neumann habe damit glänzen wollen, sagen sie, in Rekordzeit ein Bauwerk hochzuziehen und dabei noch Geld und Material zu sparen. Unser Konventbau, Abel, sollte eine Empfehlung sein für höhere Aufgaben. Der Bischof soll einen neuen Baumeister für seine vielen Bauvorhaben suchen!«

»Bis jetzt war ich zufrieden, einmal abgesehen von der Sache mit der Decke.« Abel dachte an Lothars Vermutung, Winter würde sich mit Bestechungsgeldern Aufträge verschaffen.

»Zufrieden!« Felix schaute sich um. Der Bruder war verschwunden. »Weil Dumont vieles ausgebügelt hat. Oft gegen den Willen Neumanns. Deswegen immer wieder der Ärger. Es ist richtig, der Streit wurde nicht offen ausgetragen. Neumann hatte kein Interesse daran und Dumont wollte seinen Baumeister nicht bloßstellen. Außerdem sind beide Freimaurerbrüder.«

»Das alles erzählen die Arbeiter?«, tat Abel erstaunt.

»Bestimmt haben sie mir nicht alles gesagt, aber genug, dass selbst ich, der ich wahrhaftig nichts von Steinen und Speis verstehe, begriffen habe, dass der Baumeister ein großes Risiko eingegangen ist.«

Abel legte seinen Arm um die Schulter des Bibliothekars. »Ich weiß, Felix. Die Sache mit dem Gewölbe war ein Fehler. Neumann lässt jetzt eine ganz normale Decke einziehen und alles wird gut. Übrigens auf seine Kosten.«

Felix schnaubte. »Wenn es nur das wäre. Unser Konventbau, Abel, wird aus Sandsteinquadern errichtet. Wie mir die
Maurer erklärten, müssen Läufer und Binder miteinander
wechseln, um einen stabilen Quaderverband zu erzielen. Mit
Läufern sind Steine gemeint, die der Länge nach in die Fassade eingebaut werden, während Binder quer in das Mauer-
innere eingreifen und es so verzahnen.«

Abel blickte hoch zur Decke.

»Die Läufer«, fuhr Felix fort, »müssen, so sagen die Maurer, dreimal so lang wie hoch sein, Binder dagegen zweimal so
breit. So verarbeitet, stellen sie das stabilste Mauerwerk dar,
das es gibt. Je größer ein Bauwerk, umso notwendiger ist es,
diese Regel einzuhalten.«

Wichtigtuer, dachte Abel.

»Neumann weiß das natürlich auch. Aber er ist der Meinung, für ein zweigeschossiges Bauwerk wie das unsere sei
dies ein unnötiger Aufwand. Den schlimmsten Fehler jedenfalls habe Dumont verhindern können.«

Abel blickte auf Felix. Erstaunlich war es schon, was dieser
an nur einem Tag alles herausgefunden hatte. Er sollte den
kleinen Bibliothekar ernster nehmen.

»Schlimmer Fehler?«, fragte er.

»Um Material zu sparen, greift man gerne zur Platten-
verblendung. Hierbei werden Steine in Plattenformat hoch-
kant eingebaut und die Querfugen nur angedeutet. Hinter-
mauert wird dann mit billigeren Bruchsteinen. Da hierbei die
Hintermauerung mehr Fugen hat als die Verblendung …«

Abel winkte ab. »Ach, das meinst du. Wir haben darüber
gesprochen und uns dagegen entschieden, weil die Gefahr be-
steht, dass sich dann das Mauerwerk ungleichmäßig senkt.«

Felix nickte. »Weil Dumont hartnäckig geblieben ist.«

Abel erinnerte sich an diese Auseinandersetzung. Wenn er
nicht dabeigestanden wäre, wären Jakob und der Baumeister
handgreiflich geworden.

»Was Neumann dann gemacht hat, ist aber auch nicht besser.«

Abel blickte sein Gegenüber fragend an.

»Er lässt in der Hauptsache nur die billigeren Läufer vermauern und verwendet nur hin und wieder einen Binder.«

»Ich frage mich, warum Jakob mir nie etwas davon gesagt hat.«

»Er war hin- und hergerissen. Er sah sich zur Loyalität verpflichtet, uns, aber auch dem Baumeister gegenüber. Außerdem wollte er, wie Neumann, sich mit unserem Bau einen Namen machen. Alena, du weißt schon.«

»Verstehe«, sagte Abel. »Hätte er sich im Streit von Neumann und der Baustelle getrennt, hätte ihm das nur geschadet. Felix, ich glaube, ich sollte mich häufiger von dir vertreten lassen. Ich frage mich langsam, warum ich so wenig von all dem mitbekommen habe.«

»Dumont hat sich selten anmerken lassen, was wirklich in ihm vorging.«

»Aber er hätte mich unterrichten müssen.«

»Er stand kurz davor, wenn es stimmt, was die Arbeiter sagen. Er hat auch über die immer schlechter werdenden Steine geklagt, die auf der Baustelle angeliefert wurden.«

»Davon weiß ich. Deswegen war ich heute in Reistenhausen.«

»Jedenfalls hat Dumont sich endgültig mit dem Baumeister überworfen, als dieser sich entschloss, unseren Kapitelsaal mit einer Gewölbedecke abzuschließen. Die Arbeiter haben mir das so erklärt …«

Felix stellte sich vor Abel auf. Er überlegte kurz, richtete das Zingulum seiner Kutte, hob dann beide Arme und deutete mit den Händen zwei senkrechte Linien nach unten an. »Eine herkömmliche Balkendecke leitet ihre Last senkrecht auf das Mauerwerk ab, auf dem sie liegt. Bei einer gewölbten Decke dagegen gehen die Kräfte auch nach außen. Daraus folgt …«

Mit einer Handbewegung unterbrach ihn Abel, »… man braucht ein stärkeres Mauerwerk, das in der Lage ist, diese Kräfte aufzunehmen.«

Felix nickte. »Sonst bricht es nach außen weg.« Der kleine Mönch riss seine Arme auseinander. »Vor allem, wenn es nicht so gemauert wurde, wie es nach den Vorstellungen Dumonts zu geschehen hatte. Aber jetzt ist er ja nicht mehr da. Also ist es leicht, ihm die Schuld für alles zu geben.«

Abel fasste Felix am Ärmel. »Du meinst …?«

»Wäre doch möglich, oder?«

Abel begann den Gang entlangzugehen. Felix folgte. »Angenommen, du hättest recht«, sagte Abel nach einer Weile, »weißt du, was das bedeutet? Für uns, die Abtei, für den Neubau, für alles?«

»Ich weiß«, sagte Felix leise.

Abel blieb stehen. »Ich muss jetzt zu Neumann.« Dann streckte er dem Bruder die Hand hin. »Danke, Felix. Gut gemacht. Sollte ich wieder einmal deine Hilfe brauchen …«

»Jederzeit«, sagte der Bibliothekar und reckte sich.

Vom Gangfenster aus konnte Abel hinüber zur Baustelle schauen. Wie oft schon hatte er von hier aus den Baufortschritt verfolgt? Jetzt waren die Arbeiter dabei, das Gewölbe des Kapitelsaals abzutragen. Die massige Gestalt des Baumeisters war nicht zu übersehen — und seine Stimme nicht zu überhören, selbst durch das geschlossene Fenster.

Ein harter Hund, sicherlich. Aber war Neumann tatsächlich so weit gegangen und hatte seinen besten Mann ermordet, nur um eigene Fehler zu vertuschen? Abel war unsicher. Schließlich spielte nicht nur Neumann falsch. Da war auch noch der Steinbaron Winter aus Reistenhausen. Selbst der Abt verhielt sich merkwürdig. Dessen überstürzte Abreise ins Kloster Bronnbach sah fast wie eine Flucht aus. Natürlich unterhielt man zu den Zisterziensern dort gute, beinahe freundschaftliche Beziehungen. Abel selbst reiste mehrmals im Jahr ins Tal der Tauber, um diesen Kontakt zu pflegen. Nicht umsonst hatte der Orden ihrer Abtei eine bedeutende Menge Geld für den Neubau geliehen. Dass aber Külsheimer ausgerechnet jetzt dorthin fahren musste, wo übermorgen der Prozess gegen den Kesselflicker anstand, machte Abel ratlos. Auch gegen den Baumeister konnte er ohne die Zustimmung Külsheimers nichts unternehmen, jedenfalls nicht mit den Hinweisen, die er bisher gefunden hatte.

Jetzt fühlte Abel es wieder, dieses Unbehagen, das er nicht deuten konnte, das ihn so oft drängte und unruhig werden ließ. Alles schien ihm dann immer so gewaltig und unüberschaubar. Immer häufiger wollte er einfach nur weg. Und Marie? Bald würde sie dreiundzwanzig. Alle ihre Freundinnen seien schon verheiratet, hatte sie unlängst verlauten lassen.

Abel vergrub sein Gesicht in den Händen. Warum konnte er nicht, wie die anderen Patres, einfach nur seine Arbeit tun, zu den Gebetsstunden in die Kirche gehen, zum Mittagessen einen Schoppen Wein trinken, hie und da eine angeregte Unterhaltung mit einer geistlichen Tochter führen und ansonsten mit dem Leben zufrieden sein? Nein, er musste von früh bis in die Nacht umhereilen, sich um Dinge kümmern, die eigentlich nicht seine Aufgabe waren und dafür auch noch den Tadel des Abtes kassieren. Er verwünschte den unsteten Geist in sich, der ihm einredete, dass die Zukunft der Abtei von ihm abhinge. Müde legte er die Hände auf die Fensterbank.

»Faules Pack! Muss ich euch Beine machen?« Das Geschrei schreckte ihn auf. Neumann stand auf dem Gerüst und gestikulierte mit den Armen.

»Lass mir nur die Arbeiter nicht büßen, was du verbockt hast«, murmelte Abel.

Abel nahm den direkten Weg dorthin auf die Baustelle, wo die Arbeiter das Gewölbe wieder abtrugen. Neumann stand noch immer auf dem Gerüst und schrie die Maurer an.

Erst als er Abel entdeckte, wurde er leiser. Abel bedeutete dem Baumeister, dass er mit ihm reden wollte.

Gemeinsam betraten sie Neumanns Arbeitszimmer. Neumann setzte sich an seinen Schreibtisch und bot Abel stumm an, sich ebenfalls zu setzen.

Abel angelte nach einem Stuhl und nahm dem Baumeister gegenüber Platz. »Was hattet Ihr in Dumonts Hütte zu suchen?«

Neumann lehnte sich zurück. »Ich bei Dumont? Verstehe nicht, Cellerar, Ihr wolltet doch mit mir dorthin!«

»Tut nicht so. Man hat Euch gesehen, wie Ihr später noch einmal dort eingedrungen seid.«

»Äh … ach so, das meint Ihr! Dafür gibt es eine einfache Erklärung, Pater. Ich war in Sorge um den Kapitelsaal, und Dumont war ja tot. Also hab ich seine Sachen durchsucht. War schließlich seine Schuld, das mit dem Mauerwerk. Ihr habt mich ja die Pläne nicht mitnehmen lassen. Ich wollte nur herausfinden, ob er nicht doch so etwas wie eine Formel oder Schablone aufbewahrt hat, die mir vielleicht die Arbeit erspart hätten, groß nachrechnen zu müssen …«

»Die Pläne liegen immer noch dort.«

Neumann sperrte den Mund auf. »Äh … ich habe natürlich nicht alles mitgenommen. Nur das, was mir wichtig schien.«

»Und?«

»Nichts. Absolut nichts. Entweder er hatte alles im Kopf, oder er ist ein Hochstapler … pardon, war.«

»Außer den Plänen habt Ihr also nichts mitgenommen?«

»Pater, sehe ich aus wie ein gemeiner Dieb?«

»Ihr habt nicht zufällig unters Bett geschaut und habt nicht zufällig dort ein Versteck im Bretterboden gefunden?«

Neumann wich Abels Blick aus.

»Wie gesagt, man hat Euch beobachtet.«

Wortlos stand Neumann auf. Er verschwand im hinteren

Teil des Raumes und kam mit einigen Papierrollen unterm Arm zurück. »Wollte in Ruhe zu Hause nachschauen. Dachte, ich fände etwas Brauchbares darunter«, sagte er kleinlaut und legte die Unterlagen auf dem Plantisch ab. Abel rollte die Blätter nacheinander auf. Es waren Grundrisse der Wildenberg, wie er unschwer erkennen konnte, eine Skizze vom Tor und vom Bergfried, eine Liste der Steinmetzzeichen, Längen- und Winkelmaße, Detailzeichnungen von Fenstern. Abel ließ die Arme sinken.

»Das ist alles? Kein Schriftstück, Brief oder etwas Ähnliches?«

Neumann schüttelte den Kopf. »Was sucht Ihr denn eigentlich?«

Abel überging die Frage. »Ich nehme es mit. Alles!« Er raffte die Rollen zusammen und klemmte sich diese unter den Arm.

»Wo wart Ihr eigentlich am Sonntag in der Frühe?«

»Ich? Ich war … Moment, Cellerarius. Was soll das? Soll das heißen, Ihr verdächtigt mich, den Steinmetz ermordet zu haben?«

»Wo wart Ihr?«

»Hier, verdammt noch mal. Hier, und draußen auf der Baustelle.«

»Kann das jemand bezeugen?«

»Jemand bezeugen? Pater, Ihr müsst mir glauben!«

»Muss ich? Ihr habt mich soeben zweimal belogen. Wer sagt mir, dass Ihr nicht auch jetzt lügt?«

»Pater!« Neumann griff nach Abels Arm. »Dumont war Freimaurer, wie ich. Wir waren Logenbrüder!«

»Auch Kain hat seinen Bruder Abel erschlagen.«

»Warum sollte ich ihn umbringen?«

Einen Augenblick war Abel versucht, Neumann mit dem Vorwurf der Bestechlichkeit zu konfrontieren. Doch dann ließ er es sein. Erst wollte er Beweise dafür haben. Er sagte lediglich. »Ihr habt Fehler gemacht, Neumann. Schwerwiegende Fehler. Nur einem toten Dumont lassen sich diese in die Schuhe schieben.«

»Deswegen bringe ich doch niemanden um!«

Abel schob Neumann weg und verließ grußlos den Raum.

Nach der *vesper* nahm sich Abel noch einmal sämtliche Rechnungen über die Steinlieferungen vor. Die ersten Steine für den Neubau stammten vom Steinbruch an der Mittelmühle nahe bei Amorbach. Sie waren für die Grundmauern verwendet worden. Für das Sichtmauerwerk waren sie nach Ansicht des Baumeisters nicht geeignet. Zudem hatte ein Miltenberger Steinbruchbesitzer ein kostengünstigeres Angebot unterbreitet. Daraufhin hatte sich Neumann weiter umgehört und mit dem Steinbaron Winter aus Reistenhausen einen nochmals günstigeren Lieferanten gefunden. Alles, was an der Fassade sichtbar war, stammte von dort. Nur das Füllmaterial wurde weiterhin aus Amorbacher Brüchen bezogen.

Abel begann, die Masse an gelieferten Steinen zu ermitteln. Im Prinzip war das recht einfach. Es gab nur vier verschiedene Steingrößen: die Sockelquader, die Läufer und Binder sowie die Steine, welche als Lisenen und Ecken verwendet wurden. Alle wurden grob vorbehauen geliefert und auf der Baustelle nachgearbeitet. Aber die Rechnerei kostete Zeit. Bisher hatte Abel vor dem Abzeichnen der Rechnungen die Lieferungen immer nur stichprobenartig überprüft. Zu mehr hatte ihm die Zeit gefehlt.

Abel stand auf und besorgte sich Kerzen. Dann setzte er sich wieder an seinen Schreibtisch. Erst kurz vor Mitternacht war er mit dem Rechnen fertig. Er schaute sich die Zahlen an. Enttäuscht warf er die Zettel auf den Tisch. Bis auf wenige Quadratfuß stimmten Steinlieferungen und Rechnungen überein. Winter hatte akzeptiert, was Dumont von den Lieferscheinen gestrichen hatte, und diesen Teil auch nicht berechnet. Die ganze Arbeit war umsonst. Abel stand auf und holte eine Flasche Wein hervor.

War am Ende auch der Steinmetz an dem Betrug beteiligt? Abel kam einfach nicht weiter. Am Samstag war der Prozess gegen den Kesselflicker und er hatte immer noch nichts Nennenswertes in der Hand, womit er dem Manne hätte helfen können.

»Schluss für heute«, sagte Abel und schob die Papierstöße zusammen. Dann stand er auf und stellte die Weinflasche zurück. Als er die Kerze ausblasen wollte, fiel sein Blick auf zwei nebeneinanderliegende Listen. Abel stutzte. Er schob sie näher zum Licht. Kein Zweifel, die Unterschrift des Steinmetzen auf den Blättern war nicht identisch. Die Signaturen waren ähnlich, aber nicht gleich. Das »A« fiel einmal leicht nach rechts, einmal stand es gerade. Beim »D« waren die Bögen verschieden groß, und das »J« schrieb Jakob viel zackiger. Abel kannte Jakobs Schrift. Ein anderer hatte die zweite Liste unterschrieben. Es gab nicht viele auf der Baustelle, die lesen und schreiben konnten. Und noch viel weniger, die mit diesen Listen in Berührung kamen. Neumann? Eigentlich kam nur er in Frage. Der Baumeister hat die Unterschrift gefälscht und ihm Lieferscheine für Steine untergeschoben, die nie auf der Baustelle angekommen sind. Eine andere Erklärung fiel Abel nicht ein. Es wäre der Beweis für dessen Betrug. Gab es noch mehr von diesen Listen?

Abel brannte zwei weitere Kerzen an. Dann schob er den Stapel auseinander. Er fand ein zweites gefälschtes Blatt. Weitere Seiten tauchten auf. Abel seufzte. Es würde eine lange Nacht werden.

XVI

Noch vor dem Weckruf stand Abel auf. Er hatte kaum geschlafen und war müde. Aber er musste sich Notizen machen. In dem ganzen Wirrwarr von Verdächtigungen verlor er den Überblick. Er durfte keine Möglichkeit außer Acht lassen!

Am Schreibtisch suchte er nach einem Blatt Papier, dann schnitt er eine Feder zurecht und begann zu schreiben.

Da war Neumann, der Baumeister. Für diesen stand viel auf dem Spiel. Er hatte einen hervorragenden Ruf zu verlieren und zog aus dem Tod des Steinmetzen den größten Nutzen. Jetzt konnte er diesen beschuldigen, die Baufehler begangen zu haben. Dazu kam noch der Betrug mit den Steinen. Mit dem Steinmetz wäre derjenige verschwunden, der ihm dabei am ehesten hätte gefährlich werden können. Wo war Neumann zur Tatzeit? Diese Frage war entscheidend. Für seine Aussage, er sei auf der Baustelle gewesen, hatte er keine Zeugen benennen können!

Der Steinbruchbesitzer Winter betrog die Abtei, zusammen mit Neumann. Abel würde alle weiteren Rechnungen vorerst nicht bezahlen, auch wenn dies für die Steinbrucharbeiter bitter wäre. Doch wer ausgezehrte Männer für einen Hungerlohn arbeiten lässt und auch vor Kinderarbeit nicht zurückschreckt, dem ist auch ein Mord zuzutrauen. Vielleicht hatte Winter ja auch mit Neumann paktiert? Im Riesen jedenfalls, wo sich Winter gewöhnlich sonntags gegen Mittag aufhielt, war er diesmal nicht gewesen.

Oder steckte doch Mainz dahinter? Man hat dort, entgegen den Vermutungen von Julius, von der Suche nach der Königsurkunde erfahren und ist tätig geworden. Der Feldschütz sagte, er habe den Toten entdeckt. Der Feldschütz konnte aber genauso gut den Steinmetz bei dessen Nachforschungen beobachtet und ihn, nachdem dieser fündig geworden war, ermordet haben. Das würde auch erklären, warum sich bei dem Toten nichts Schriftliches befunden hatte. Dann war die Urkunde schon in Mainz und alles Weitere wäre umsonst. Doch von wem stammten die fremden Hufspuren am Fuße der Wildenberg? Der Feldschütz war ohne Pferd unterwegs gewesen!

Wie das Gerichtsurteil gegen den Kesselflicker am morgigen Tag ausfallen würde, das wusste Abel bereits. Immerhin, nachdem der Abt weg war, würde er als dessen Stellvertreter den Schöffenplatz einnehmen. Er würde es dem Amtsrichter nicht leicht machen, den Kesselflicker zu verurteilen. Spätestens bis Montag früh müsste er, Abel, dann Beweise vorlegen, die den Richter zwängen, das Urteil nicht zu vollstrecken.

Abel sah, dass er planmäßiger vorgehen musste. Er schrieb an seinen Freund nach Miltenberg. Lothar sollte sich mit seinen Nachforschungen beeilen. Doch dann zerriss er das Papier. Er musste noch heute Klarheit haben und würde selbst nach Miltenberg reiten. Er ließ Felix rufen und bat diesen, sich zusammen mit dem Schmied zur Wildenberg aufzumachen. Dann ging er hinüber zu den Stallungen. Er fragte sich, warum er nicht schon früher daraufgekommen war.

»Der Baumeister? Sonntag früh?«, fragte Vinzenz, der Stallmeister, und kratzte sich im Bart. »Sonntag früh, da ist niemand ausgeritten.«

»Bist du dir da ganz sicher?«

»Ganz sicher, Pater Cellerar. Kein Pferd verlässt den Stall ohne mein Wissen.«

»Danke, Vinzenz. Trotzdem, wo sonst noch hätte er ein Pferd herbekommen können?«

»Ein Reitpferd? Sonntag früh?« Vinzenz kraulte sich weiter den Bart. »In der Poststation, vielleicht.«

»Vergelts Gott, Vinzenz. Mach den Wallach fertig.«

Als Abel in das Abteigebäude zurückging, fiel ihm ein, dass der Physikus erneut nach ihm gefragt hatte. Wegen der Kräuter konnte es nicht sein, da hätte er sich auch direkt an den Infirmarius wenden können. Abel blickte nach der Sonne. Er würde den Physikus schnell noch aufsuchen und dann nach Miltenberg reiten.

Abel umging die Grüppchen, die in der Löhrstraße beieinanderstanden. Er rief sein »In Ewigkeit Amen« zu den Grüßenden hinüber und eilte mit ausladenden Schritten auf Marquards Haus zu.

Die Haustür war verschlossen. Abel reckte den Hals und versuchte durch das Fenster ins Innere zu sehen.

»Der hat sich heute noch nicht gerührt.«

Abel fuhr herum. Eine ältere Frau war unbemerkt an ihn herangetreten.

»Vergelts Gott.« Abel wartete darauf, dass die Frau sich trollen würde. Endlich drehte sich die Alte um und verschwand im Nachbarhaus.

Er ging erneut zum Fenster neben der Tür. Die Klappläden standen offen. Abel drückte die Nase an der Scheibe platt. Er beschattete die Augen mit den Händen und sah, dass die Stube leer war. Abel ging zwei Fenster weiter, versuchte es erneut … und fuhr zurück. Hatte er richtig gesehen? Er hielt den Atem an, als er ein zweites Mal durch das Fenster schaute. Kein Zweifel, das war Marquard, der, den Rücken ihm zugewandt, am Küchentisch hockte — und sich nicht rührte. Dann sah Abel die Weinflaschen am Boden und musste lächeln. Er hatte schon geglaubt … Abel drehte sich um und ging. Sollte Marquard seinen Rausch ruhig ausschlafen. Er würde es heute Abend noch einmal probieren.

Am Johannisturm stieß er auf den Zimmermann Endres.

Endres war ein guter Handwerker, der schon öfters für die Abtei gearbeitet hatte. Seiner künstlerischen Begabung hatte Abel auch schon einmal Arbeiten an den Schnitzereien anvertraut. Erst neulich hatte er Endres einen Schaden an der Brüstung des Chorgestühls reparieren lassen.

Der Zimmermann nahm die Mütze vom Kopf und grüßte freundlich.

»Habe im Augenblick leider keine Arbeit für Euch, Meister«, sagte Abel und gab dem Mann die Hand.

»Habt andere Sorgen, ich weiß.« Der Zimmermann blickte kurz zu den Baugerüsten der Abtei.

»Fürwahr, Endres.«

»Wenigstens hat man den Mörder gefasst.«

»Mörder!« Abel packte den Mann an der Schulter. »Den Erstbesten, der sich nicht wehren konnte, hat man aufgegriffen und eingesperrt.« Doch dann biss sich Abel auf die Lippen. Er sollte die Obrigkeit nicht vor dem Volk bloßstellen.

»Der Kesselflicker soll nicht schuldig sein?« Der Zimmermann stellte seine Werkzeugkiste ab.

»Fahrendes Volk, Endres, ist immer verdächtig, ich weiß. Man glaubt, sie stehlen und morden, wie sie es brauchen. Dazu dieses Kauderwelsch von Sprache, das kein Christenmensch versteht. Endres …«, Abel schüttelte den Zimmermann, »Endres, Schuld ist keine Glaubensfrage, Schuld muss bewiesen werden!«

»Pater, Euer Anliegen in Ehren, aber ich habe meine eigene Erfahrung gemacht.«

»Erfahrung? Mit dem Kesselflicker?«

»Zigeuner.« Der Mann schaute auf. »Dreiundfünfzig oder Vierundfünfzig muss es gewesen sein. Ich war im Sächsischen unterwegs, als Handwerksbursche. Habe nicht gewusst, warum die Leute sich ängstigten und mir die Türe vor der Nase zuschlugen. Dann hab ich's erfahren. Es war ein abseits gelegener Hof. Den Mann haben sie in der Jauchegrube

ertränkt, die Frau und die Kinder an das Scheunentor gena-
gelt. Wie unseren Allerheiligsten, nur um ihn zu höhnen. Die
Leichen waren schon weg, als ich ankam, aber das Blut hab
ich gesehen, und seh's heute noch.«

»Zigeuner?«

»Sie wurden kurz danach aufgegriffen, eine ganze Sippe.
Natürlich haben sie's abgestritten. Aber es hat ihnen nicht
geholfen.« Der Zimmermann fuhr sich mit der Handkante
über die Kehle.

»Wer hat ihre Schuld festgestellt?«

»Schuld? Festgestellt? Es war kein Richter da, wenn Ihr
das meint, Pater. Und es war auch keiner nötig. Ein paar Mu-
tige, die herzhaft zupackten, haben gereicht.«

Abel blickte Endres an und schwieg.

»Muss an die Arbeit«, sagte der Zimmermann und bückte
sich nach seinem Werkzeugkasten. »Ist schon lange niemand
mehr gehenkt worden. Der Richter will sicher sein, dass der
Galgen hält.«

Abel blickte dem Zimmermann eine Weile nach. Dann
eilte er zurück in die Abtei. Der Wallach stand gesattelt im
Hof. Bodo sprang Abel an. Doch er stieß den Hund zurück,
schwang sich in den Sattel und trieb das Pferd durch das Tor.

Erst draußen vor der Stadt wurde er ruhiger. Der gleichmäßige Trab des Wallachs ließ ihn sogar ein wenig schläfrig
werden. Nur einmal schreckte er hoch, als er bei den Weinbergen am Berg Wolkmann vorbeikam. Hier hatte Abel
Weinstöcke pflanzen lassen. Im Herbst würde die Abtei eine
gute Ernte erwarten können.

Am Himmel waren Wolken aufgezogen — zum ersten
Mal seit Wochen. Abel genoss die kühle Brise. Seinetwegen
konnte es auch ein wenig regnen. Die Alte, die ihn angesprochen hatte, als er mit Marie zum Amorsbrunn hinausgegan-
gen war, hatte recht. Die Trockenrisse in den Böden wurden
immer breiter.

»Wollte heute noch einen Boten zu dir schicken.« Lothar gab Abel die Hand. Der Freund schien gut gelaunt zu sein.

»Und?«

»Nichts ›und‹. Den Winter kannst du vergessen!«

Abel zog die Augenbrauen hoch.

»Schau nicht so!« Lothar lachte und schlug Abel auf die Schulter. »Der Mann scheint eine Liebschaft zu haben.«

»Liebschaft?« Abel verstand nicht.

»Man hat seine Kutsche gesehen. In der Nähe der Fischergasse. Nicht weit davon wohnt die Witwe Knoll.«

»Wann hat man die Kutsche gesehen?«

»Am Sonntag. Während des Gottesdienstes. Abel, er kann es nicht gewesen sein! Hätte mich sowieso gewundert, wenn sich der feine Herr den Berg hinaufgequält hätte.« Lothar lachte erneut, als er das erstaunte Gesicht des Freundes sah. Er nahm ihn am Arm und führte ihn ins Haus. »Du fragst dich, woher ich weiß, wie steil der Aufstieg zur Burg ist, stimmt's?« Als Abel nickte, fuhr Lothar fort. »Anna, Gott hab sie selig, stammte aus Kirchzell. Ist ja nicht weit weg von der Burg. Wir haben uns in der Heidelbeerzeit kennengelernt und uns dort oben öfter getroffen … zum Beerensammeln, wenn du verstehst, was ich meine.«

Abel verzog den Mund.

»Musst nicht glauben, dass ich mir, so wie du, nichts aus Frauen gemacht habe. Und keusch war ich auch nicht.« Lothar gab Abel einen Knuff. »Schließlich ist Marie nicht vom Himmel gefallen.«

»Sondern?« Eine helle Stimme meldete sich hinter den beiden. Abel fuhr herum und merkte, dass er rot anlief. »Marie …«, sagte er, aber er kam nicht weiter.

»Also ein vom Himmel gefallener Engel bin ich nicht. Ist das auch in deinem Sinn?« Marie strahlte Abel an, drängte sich zwischen die beiden Männer und hakte sich bei ihnen unter. Vor der Tür zum Wohnzimmer wurde es eng. Abel spürte die Hüfte des Mädchens durch seine Kutte und wich zurück. Doch schon zwei Schritte später ärgerte er sich.

»Und wenn er einen Mörder gedungen hat?« Abel traute sich nicht, Marie anzuschauen. Trotzdem glaubte er, deren Enttäuschung zu spüren. Sie löste sich von ihm und verschwand in der Küche.

»Hm. Schon möglich. Doch das nachzuweisen ist schwer, Abel. Sehr schwer. Ich glaub's auch nicht. Vor was muss er sich fürchten, dass es ihm einen Mord wert ist? Wenn sich dein Baumeister kaufen lässt, muss dieser es verantworten.«

Abel wurde nachdenklich.

Marie kam aus der Küche und brachte Essen. »Es regnet.«

Abel schaute zum Fenster. Draußen wurde es düster.

»Ich glaube, du musst hier bleiben«, sagte Lothar.

Abel schaute auf Marie. Eigentlich hatte er umgehend zurückreiten wollen. Aber er wartete auch immer noch auf eine Gelegenheit, Marie das Geschenk zu überreichen.

Der Regen wurde stärker. Gegen Abend erschien Waldemar Wolf, der Schultheiß. Die drei Freunde kamen ins Reden und Abel beschloss endgültig, über Nacht zu bleiben. Einmal mehr versuchte der Schultheiß ihn zu überreden, die Steine für den Konventbau aus den Miltenberger Brüchen zu beziehen. »Wir Miltenberger haben noch niemanden betrogen«, sagte er. Lothar zog hinter dem Freund Grimassen.

Die ganze Zeit saß Marie abseits auf der Ofenbank. Ab und zu warf sie ein paar Worte in die Männerrunde oder ging auf Geheiß des Vaters einen neuen Krug holen. Denn auf die Temperatur des Weines legte Lothar besonderen Wert. »Der beste Wein schmeckt nur halb so gut, wenn er zu warm serviert wird«, pflegte er zu sagen. Während der Rotwein auch schon mal im Haus gelagert werden durfte, wollte er den Weißwein stets frisch aus dem Keller genießen.

Abel spürte, dass Marie ihn unentwegt ansah. Das machte ihn unsicher und fahrig. Waldemar musterte ihn schon zum wiederholten Mal. Abel gab sich einen Ruck und folgte wieder aufmerksamer der Unterhaltung.

»Wer nicht hören will, muss fühlen.« Waldemar versuchte erneut das Gespräch auf die Steinlieferungen zu bringen. »Günstig ist eben nicht preiswert!«

Abel winkte ab. Er hatte keine Lust mehr, über Neumann, die Steine oder den Betrug zu reden.

»Gute Nacht«, sagte Marie zur späten Stunde, hielt die Hand vor dem Mund und stand auf.

»Erst noch eine Flasche von dem Großheubacher. Der aus der unteren Etage!«, gebot der Vater.

»Im Ernst, Abel. Du solltest deine Steine wieder aus Miltenberg beziehen.« Die Hartnäckigkeit, die Abel sonst an Waldemar bewunderte, wurde ihm lästig. »Rede mit den Steinbruchbesitzern, ob sie dir nicht den gleichen Preis machen.«

»Mal sehen.« Abel griff zum Glas und leerte es in einem Zug. Wirklich eine gute Idee dieses Großheubacher Winzers, die Weine sortenrein auszubauen, dachte er. Zu Waldemar sagte er. »Du solltest das in deine Weinordnung aufnehmen!«

»Was?«

»Keinen gemischten Satz mehr. Nur noch sortenreine Weine.«

Der Schultheiß verzog den Mund. »Das hatten wir doch schon. Die Winzer würden mich steinigen.«

»Warum nur sind die Leute so uneinsichtig?«

»Wer reißt schon gerne seine Traubenstöcke heraus, nur um die Fläche einheitlich zu bepflanzen? Drei, vier Jahre lang keinen Ertrag, von den Kosten gar nicht zu reden. Das hält keine Winzerfamilie durch.«

»Nicht alles auf einmal, natürlich, das habe ich nicht gemeint. Aber so *peu à peu*.«

»Trotzdem. Zu aufwendig alles.«

»In Amorbach jedenfalls werden wir umstellen.«

Marie kam zur Tür herein. Sie ging rasch zum Tisch und schenkte ein. Als sie hinter Abel stand, streifte ihr Arm seinen Nacken. Abel war, als stächen tausend Nadeln in sein Fleisch. Steif saß er auf seinen Stuhl, unfähig, den Gute-Nacht-Gruß Maries zu erwidern. Nur der Blick, mit dem Waldemar ihr folgte, entging ihm nicht.

Die Unterhaltung schleppte sich dahin. Es schien, als hätte mit der jungen Frau auch die Lust am Gespräch den Raum verlassen. Abel drehte sein Glas in den Händen, Waldemar trank immer schneller und Lothar fing an zu gähnen. Es war der Schultheiß, der den Anfang machte.

»Also, Freunde, mir reicht's.« Er stand auf und gab Abel die Hand. »Überleg's dir.«

Abel nickte. »Mal sehen. Die Zeit läuft mir davon.«

Waldemar drohte mit dem Finger. »*Festina lente*, eile mit Weile! Du arbeitest zu viel, Abel. Solltest ein wenig langsamer treten und auch mal an dich selbst denken.«

»Werd's mir merken.« Abel versuchte ein Lachen und klopfte dem Schultheiß auf die Schulter.

»Ich meine es ernst, Abel. Das Leben ist kurz. Denke an den Steinmetz.«

Waldemar winkte den beiden zu und ging.

»Geht schon«, sagte Lothar, als Abel ihm aus dem Stuhl helfen wollte. Trotzdem begleitete er den Freund noch bis zur Treppe, die hoch zum Gästezimmer führte. Schwer schritt Abel die Stufen empor. Maria oder Marie? Wie würde sich Lothar verhalten, wenn er den Orden verließe und um Maries Hand anhielte? Er stützte sich an der Wand ab. Wachs tropfte von der Kerze auf seinen Daumen. Abel biss sich auf die Lippen und ging weiter. Er hatte zuviel Wein getrunken.

Vielleicht bildete er sich die Aufmerksamkeiten Maries nur ein. Sie war ja zu allen Menschen freundlich. Trotzdem, ob er einen Versuch wagen sollte? Er könnte doch zumindest erst einmal klären, ob er sich überhaupt Hoffnung machen konnte. Wenn er eine Abfuhr erhielt, müsste er sich nicht mehr entscheiden. Ob er die Mutter Gottes um Antwort bitten sollte? Immerhin, von ihrem Gnadenbild in der Abtei wurden wundersame Geschichten erzählt.

Am Montag war Mariä Himmelfahrt. Da wird ihr Patrozinium gefeiert. Es ist das Hauptpatrozinium der Abtei. Vielleicht würde die Mutter Gottes mit ihrem Rat helfen?

Abel blieb vor der Tür zum Gästezimmer stehen und schaute in das dunkle Treppenhaus zurück. Er wusste, wo Maries Zimmer lag. Ein andermal, entschied er und drückte entschlossen die Türklinke nach unten.

XVII

Marie schlief noch, als Abel sich auf den Weg machte. Der Richter war Frühaufsteher. Außerdem garantierten die Morgenstunden der Gerichtsverhandlung mehr Zuschauer.

Die Straße war vom Regen der Nacht aufgeweicht. Am Berg Wolkmann wollte der Wallach nicht mehr weiter. Abel schrak aus seinen Gedanken hoch und wurde bleich. Hier musste ein Unwetter getobt haben. Auf breiter Fläche war der Oberboden ins Tal abgeschwemmt. Die wenigen Weinstöcke, die nicht mitgerissen und unter dem Schlamm begraben waren, standen vollkommen entlaubt da. Hagel und Sturmregen hatten in wenigen Stunden die Aufbauarbeit von mehreren Jahren zunichte gemacht. Abel stiegen die Tränen in die Augen. Am Dienstag sollten vier Mastochsen aus Thüringen ankommen. Abel hatte sie beschaffen lassen, um mehr Mist zum Düngen zu haben. Auch das war jetzt umsonst.

Abel umritt die Schlammmassen. Er durfte nicht zu spät zur Verhandlung kommen. Den Ochsenmist würde er nächstes Jahr auf das Kartoffelfeld aufbringen lassen. Vielleicht lag die Zukunft sowieso in dieser Frucht und er sollte den Weinanbau den Winzern im Maintal überlassen.

Es war vor zwei Jahren in Frankfurt, als er dort auf dem Markt einen Korb voller seltsamer, brauner Knollen gesehen hatte. Sündhaft teuer. Die Marktfrau hatte ihm einen Vortrag über die Vorzüge dieser unscheinbaren Erdfrucht gehalten. Die Neugier hatte über das Misstrauen gesiegt und er hatte sich gleich mehrere Pfund einpacken lassen. Zuhause hatte er die Kartoffeln Pater Quirin, dem Infirmarius, gezeigt. Aber selbst diesem, in Kräutern bewanderten Heilkundigen war die Frucht unbekannt.

Mit spitzen Fingern hatte der Koch die Knollen ins Wasser fallen und kochen lassen, so wie es die Marktfrau Abel aufgetragen hatte. Die Schwärmerei der Verkäuferin über die Vorzüge dieser Erdfrucht hatte Abel für sich behalten, schließlich wollte er sich nicht vor dem Bruder Koch blamieren.

Doch als dieser die dampfende Schüssel auftrug, aus der ein angenehm erdiger Duft hervorquoll und ihnen in die Nase stieg, da war auch jener neugierig geworden. Vorsichtig hatten sie die Knollen geschält und mit der Gabel nach dem hellen Etwas gestochen, das jetzt, ohne Schale, weich und warm vor ihnen lag. Zögerlich hatten sie es unter ihre Nasen gehalten, daran herumgeschnüffelt und dann, immer noch argwöhnisch, hatte Abel als Erster die weiche Masse in den Mund geschoben und diese unter den misstrauischen Blicken des Kochs vorsichtig im Mund hin- und hergeschoben. Mehrmals musste er pfeifend kühlende Luft einsaugen. Und dann war er dagestanden, andächtig verklärt. Bald schmatzten sie alle beide um die Wette. Die Augen des Kochs hatten dabei geleuchtet, als wäre diesem der Heilige Geist erschienen.

Sobald in der Schüssel mit den Gabeln nichts mehr zu fassen war, da hatten sie wie hungrige Bettler mit den blanken Fingern zugegriffen und die Reste in den Mund gestopft. Nicht ein Krümelchen hatten sie zurückgelassen.

Satt und ungläubig waren sie danach in ihren Stühlen gehangen und konnten kaum glauben, was sie erlebt hatten: Aus dieser schmutzigen, kleinen Knolle ließ sich wahrhaftig ein herrliches Mahl bereiten.

Daraufhin hatte sich Abel nach den Anbaumethoden der Kartoffel erkundigt und noch mehr dieser Früchte aus Frankfurt besorgt. Fünfzig Knollen hatte er gepflanzt und über fünfhundert geerntet! Auch der Konvent war von der neuen Frucht begeistert. Nach der Gerichtsverhandlung müsste er sich das Feld anschauen, fiel Abel ein. Hoffentlich hatte dort das Unwetter nicht zu viel Schaden angerichtet.

Die Sonne stieg höher und in Amorbach erinnerten nur noch die Lachen auf der Straße an das Unwetter. Bläulich schimmerten sie im Morgenlicht. Der Regen in der Nacht hatte die Misthaufen vor den Häusern aufgeweicht. Braune Schlieren schlängelten sich über das Pflaster und vermischten sich mit dem Wasser der Pfützen. Abel raffte die Kutte und versuchte trockenen Fußes vorwärtszukommen.

Als er unter die Gerichtslinde trat, war der Marktplatz noch fast menschenleer. Nur ein Grüppchen stand um die Mariensäule herum. Abel kannte die Schrift auf dem Sockel: *S. Maria, succurre nobis*, Heilige Maria, komm uns zu Hilfe. Noch nie hatte er diese Hilfe nötiger. Die Leute unterhielten sich leise. Dreizehn Stühle waren im Halbkreis aufgestellt, einer davon mit einem roten Kissen belegt. Urslingen liebte es bequem. Daneben stand das Pult für den Schreiber.

Für Abel war es das erste Mal, dass er an einem Hochgericht teilnahm. Er hatte sich bei Felix erkundigt, welche Möglichkeit er als Schöffe hatte, dem Kesselflicker zu helfen. Die *Carolina*, die von Kaiser Karl V. erlassene Rechtsordnung, schrieb vor, dass mindestens zwei Zeugen schwören mussten, die Tat beobachtet zu haben, wenn der Angeklagte verurteilt werden sollte. Es sei denn, es lag ein Geständnis vor. Doch laut Felix hatte das, was einst den Angeklagten vor Willkür schützen sollte, sich schon bald ins Gegenteil verkehrt. Immer mehr waren die Gerichte dazu übergegangen, auf ein Geständnis zu setzen, da es in den meisten Fällen nicht möglich war, gleich zwei Zeugen für ein Verbrechen aufzubieten. In der Praxis hatte dies dazu geführt, dass meist mittels Folter dem Geständnis nachgeholfen wurde. Auch Urslingen hatte keine Zeugen und war so vorgegangen.

Die einzige Möglichkeit des Kesselflickers war, sein Geständnis zu widerrufen. Dazu musste wenigstens ein Schöffe aus gutem Grund an seiner Schuld zweifeln. Die erneute Folter konnte hier jedoch die Folge sein.

Abel schaute sich um. Der Platz füllte sich. Abel entdeckte einige Arbeiter von der Baustelle. Er warf ihnen einen bösen Blick zu. Wer hatte ihnen erlaubt, die Baustelle zu verlassen? Seine Arbeiter würden allesamt auf Seiten des Amtsrichters stehen.

Abel streckte sich. Aus der Kellereigasse näherte sich die Standarte des Richters. Lautstark schuf der Herold Platz. Hinter diesem, mit etwas Abstand, folgte der Richter, darauf die restlichen elf Schöffen: der Schultheiß, Bürger und Handwerker aus der Stadt. Abel kannte sie alle. Ihm sank der Mut. Wenn er noch den Hauch einer Hoffnung gehabt hatte, wenigstens den einen oder anderen Schöffen in der Verhandlung von der Unschuld des Angeklagten zu überzeugen, so sah er auch diesen jetzt schwinden. Es war eindeutig: Urslingen hatte die Schöffen zu sich bestellt und auf den Prozess eingeschworen.

Der Amtsrichter bot alles auf, um die Masse zu beeindrucken. Wie ein römischer Feldherr kam er daher. Das goldgefasste Rot seines Umhanges leuchtete wie Feuer über den Platz. Ein Schlachtenlenker mit Perücke! Wenn Urslingen nur wüsste, wie lächerlich er aussah. Gegürtet mit einem Schwert, den weißen Richterstab unter den rechten Arm geklemmt, stolzierte er auf seinen Stuhl zu. Wie auf einem Thron nahm er dort Platz. Der Amtsrichter entdeckte Abel. Er gab diesem ein Zeichen, sich neben ihn zu setzen. Dann beugte er sich zu Abel hin und fragte aufgeräumt. »Na, Pater, immer noch auf Seiten der Kreatur?«

»Sehe nichts, was man dem Kesselflicker vorwerfen kann.«

»Vergesst nicht, er hat gestanden!«

»Mal hören, was er heute sagt.«

Der Amtsrichter lächelte. »Ja, dann hören wir mal.«

Urslingen klatschte in die Hände und der Herold griff zur Posaune. Im Nu war Ruhe. Nun betraten zwei Soldaten den Platz, in ihrer Mitte der Kesselflicker. Die Menschentraube öffnete sich. Hände und Füße des Delinquenten waren mit Eisenschellen gefesselt, er konnte nur mühsam vorwärtstrippeln. Einem der Soldaten, jenem mit der Narbe, der Abel schon im Kellereihof über den Weg gelaufen war, dauerte dies zu lange. Er zog ruckartig an der Fußkette, die auch mit dem Halseisen verbunden war. Der Kesselflicker konnte nicht folgen. Er stolperte über seine Fußfessel, strauchelte, versuchte sich an der Kette festzuhalten und stürzte. Die Menge johlte. Einige klatschten Beifall. Der Richter streckte seinen Hals und sah wohlwollend auf die Menge.

Der zweite Soldat bückte sich und versuchte, den Kesselflicker wieder aufzurichten. Ein Bub sprang hervor und stellte schnell seinen Fuß auf die Hand des Delinquenten. Das Volk ringsum lachte. Der zweite Soldat stieß den Bengel weg, zog den Angeklagten hoch und schleppte diesen an der Kette hinter sich her. Hüpfend versuchte der Kesselflicker zu folgen. Abel sah auf dessen nackte Füße und drehte sich weg. Es waren nicht nur die Fesseln, die den Kesselflicker behinderten — an dessen blauroten Zehen fehlten die Nägel.

Der Soldat befahl dem Angeklagten, sich aufrecht hinzustellen. Schweißverklebtes Haar hing dem Kesselflicker ins Gesicht. Mit einem Schlag fegte der Soldat es zur Seite. Abel erschrak. Der Gefangene schien um Jahre gealtert. Er musste seit Tagen nicht mehr geschlafen haben. Der Henker hatte die Halsgabel eingesetzt. Vor die Brust gebunden, zwang die Gabel mit ihrer Spitze den Gequälten, Tag und Nacht den Kopf zu heben. So konnte der Gefolterte keinen Schlaf finden. Der Henker musste nur aufpassen, dass der Delinquent nicht versuchte, sich selbst zu töten.

Der Herold blies erneut die Posaune. Dann setzte er diese

mit ausladender Bewegung auf dem Oberschenkel ab und rief über die Menschenmenge hinweg. »Erschienen sind heute, am dreizehnten Tag im August anno domini 1785, der ehrenhafte Amtsrichter Christoph Freiherr von Urslingen und seine zwölf Schöffen. Als da sind: Pater Abel, Cellerarius des Benediktinerklosters dahier, in Vertretung seines Abtes, Hubertus Frey, Schultheiß dahier, Martin Mahler, Metzgermeister dahier, Adolf Heim … Abel ließ seinen Blick über die Menge schweifen. *Panem et circenses*, Brot und Spiele, dachte er. Es hatte sich nichts geändert seit den Tagen im alten Rom. Gladiatorenkämpfe, Wagenrennen oder, wie hier, ein Schauprozess. Das sind die wahren Vergnügungen des Volkes.

Der Schultheiß stieß Abel in die Seite. Abel sollte nach vorne treten und schwören. Ausgerechnet neben diesem Kerl musste er sitzen! Abel hatte noch gut die Schreierei mit dem Schultheiß in den Ohren, als er vor Kurzem die Stadt Amorbach aufgefordert hatte, der Vereinbarung aus einem Rechtsstreit vor sechs Jahren nachzukommen. Damals war die Stadt verpflichtet worden, dem Kloster jeden dritten Stamm aus der Waldabteilung Säubuch zu überlassen. Wenn es eines Tages an den Dachstuhl des Neubaues ging, brauchte die Abtei jeden Stecken Holz. Abel wollte die zugesprochenen Lieferungen frei von Hau- und Fuhrlohn, so wie es üblich war. Er wartete immer noch auf die Zustimmung des Rates.

Abel spürte, wie sich die Augen der Menge auf ihn richteten. Er stand auf und ging dem Herold ein Stück entgegen. Dieser hielt eine Bibel in der Hand. Er gab Abel ein Zeichen, die Hand daraufzulegen und ihm nachzusprechen: »Ich, Pater Abel, Cellerarius der Benediktinerabtei, schwöre bei Gott und allen Heiligen, bei der Heiligen Schrift und der Heiligen Katholischen Kirche, frei und ungezwungen das Amt des Schöffen auszuüben, zum Wohle der Gerechtigkeit. Möge, wer Strafe verdient, seine Strafe erhalten, und möge, wer unschuldig ist, frei und erhobenen Hauptes von dannen gehen. So wahr mir Gott helfe. Amen.«

Diese Prozedur wiederholte sich noch elf Mal. Abel blickte zum Himmel. Winter, den Steinbruchbesitzer, konnte er als Verdächtigen streichen. Aber da war ja noch der Baumeister. Dieser hatte Jakobs Hütte durchsucht, sicher um belastendes Material verschwinden zu lassen. Neumann betrog zusammen mit dem Steinbaron die Abtei. Eintausenddreihundert Gulden mindestens hatte die Abtei zuviel an Winter bezahlt. Die Hälfte davon dürfte Neumann erhalten haben. Ob ihn der Kesselflicker nicht doch zur Burg reiten sah? Abel nahm sich vor, diesen noch danach zu fragen.

»Wie lautet die Anklage?« Abel zuckte zusammen, als die Stimme des Richters über den Platz hallte.

»Mord!«, sagte der Herold. »Mord an dem Steinmetz und *magister lapidum* Jakob Dumont. Heimtückisch ausgeführt in den Vormittagsstunden des vergangenen Sonntags.«

»Zeugen?«

»Nein.«

»Beweise?«

»Der Mann hatte widerrechtlich an der Straße, welche zum Tatort führt, gelagert. Außerdem gehört er zu den landschädlichen Leuten, die, wie allgemein bekannt ist, dem Raub und Mord zugeneigt sind. Auch wurde bei ihm Geld gefunden, dessen Herkunft er nicht zu erklären vermag.«

»Ich hab's gewonnen«, sagte der Kesselflicker mit heiserer Stimme.

»Ihr gebt Antwort, wenn Ihr gefragt seid!«, bellte der Amtsrichter und gab dem Herold ein Zeichen, mit der Anklage fortzufahren.

»Auch kann er nicht nachweisen, wo er zur Tatzeit war.«

»Weil er betrunken in seinem Wagen lag«, sagte Abel halblaut. Urslingen warf ihm einen strafenden Blick zu.

»Weiter!«

»Der Tote hatte eine Kopfverletzung, die zu diesem Werkzeug passt.« Der Herold wandte sich dem Schreiber zu und ließ sich einen Gegenstand reichen. Er hob diesen hoch, zeigte ihn zuerst dem Gericht und dann der Menge. »Dies ist ein Treibhammer«, rief er über den Platz, »wie er gewöhnlich nur von Kupferschmieden ...«, der Herold hielt kurz inne und deutete mit dem Hammer auf den Angeklagten, »... und von Kesselflickern verwendet wird.«

»Schuster haben ähnliche Hämmer«, rief der Kesselflicker. Der Soldat mit der Narbe zog an der Kette und der Angeklagte schwieg wieder.

»Die eigentlich tödliche Wunde hat der Täter dem Opfer mit der Breitseite des Hammers zugefügt.«

»Wie kommt Er darauf?«, fragte der Richter.

Ein abgekartetes Spiel, dachte Abel. Der Herold vertritt die Anklage, Urslingen mimt den unvoreingenommenen Richter. Und beide wissen genau, was sie zu sagen haben.

»Durch den Physikus. Er hat den Leichnam untersucht.«

Abel starrte mit offenem Mund auf den Herold. Dann schaute er den Amtsrichter an. Marquard hatte doch nie so etwas behauptet! Dessen Erkenntnisse wurden hier nur für den gewünschten Zweck missbraucht. Abel fiel ein, dass er Marquard schon gestern Nachmittag hatte aufsuchen wollen. Er schaute sich um. Nein, Marquard war nicht der Mann, den solch ein Spektakel reizte.

Urslingen blickte geradeaus. »Gibt es wirklich keine Zeugen für die Tat?«

»Nein. Aber der Angeklagte hat gestanden.«

Das Seufzen des Kesselflickers ging in allgemeinem Gemurmel unter.

»Ruhe! Sonst lass ich den Platz räumen!« Urslingens Bellen schien Abel ein wenig übertrieben. Nie und nimmer würde dieser die Leute heimschicken.

»Habt Ihr das Geständnis hier?«

»Jawohl, Euer Gnaden.«

Abel zischte den Schultheiß neben ihm an. »Könnt Ihr damit aufhören!« Gleich zu Beginn der Verhandlung hatte der Schultheiß einen Golddukaten hervorgeholt. Seitdem ließ er die Münze unablässig von einer Hand in die andere wandern. Gelegentlich fiel sie ihm auf den Boden. Auch jetzt hatte er sich wieder ächzend nach ihr gebückt und dabei wegen seines ausladenden Wanstes die Beine weit auseinandergestellt, wobei er Abel erneut anstieß. Der Amtsrichter sah herüber und zog die Stirn in Falten. Auch der Herold schwieg und blickte auf. Der Schultheiß ließ das Goldstück liegen und setzte sich gerade.

»Unterschrieben?« Urslingen hatte sich wieder dem Herold zugewandt.

»Jawohl, Euer Gnaden. Drei Kreuze.«

Erstmals blickte Urslingen den Angeklagten an. »Ihr habt also gestanden?«

Der Soldat drückte dem Kesselflicker ein Knie in den Rücken und zog an der Kette. Dieser stöhnte auf.

»War das ein Ja?«

Wieder zog der Soldat die Kette. Der Kesselflicker röchelte. Urslingen lehnte sich zurück. Zufrieden ließ er seinen Blick schweifen.

»Noch Fragen?« Der Amtsrichter beugte sich nach vorne und schaute jeden Schöffen einzeln an. Der Metzger Mahler, der Müllermeister Heim, der Schultheiß, alle schüttelten den Kopf. Als der Amtsrichter Abel ansah, nickte dieser und stand auf. Urslingen zog die Augenbrauen zusammen.

»Ich hätte da noch etwas.«

Das Volk wurde unruhig. Selbst der Schreiber, der sich die ganze Zeit über sein Pult gebeugt hatte, sah auf. Abel wandte sich dem Angeklagten zu. Dieser schaute mit stumpfem Blick zu Boden.

»Am Abend, bevor der Mord geschah, wo wart Ihr da?«

Der Kesselflicker schniefte, hob die gefesselten Hände und wischte sich mit den Unterarmen den Schweiß von der Stirn.

»Am Abend zuvor?« Abel glaubte Hoffnung aus der Stimme des Mannes zu hören. »Gewürfelt habe ich da. Und getrunken.«

»Wo?«

»Was soll das?« Der Amtsrichter war aufgestanden. Abel hörte nicht hin.

Der Mann versuchte, sich am Kopf zu kratzen. »Weiß nicht, wie die Spelunke hieß.«

»Lauter!« Der Richter gab dem Soldaten ein Zeichen und setzte sich wieder. Dieser stieß dem Angeklagten in den Leib.

»Weiß nicht, wie sich das Gasthaus nannte.«

»War das in Buch, dort, wo Ihr auch übernachtet habt?«

Der Angeklagte nickte heftig.

Abel war nicht wohl in seiner Haut. Er war zum zweiten Mal dabei, das Versprechen, das er dem Wirt gegeben hatte, zu brechen und diesen in die Sache hineinzuziehen. Absichtlich hatte er darauf verzichtet, den Wirt als Zeugen vorladen zu lassen. Vielleicht konnte er damit erreichen, dass der Prozess vertagt wurde. So hätte er bei seiner Suche nach dem richtigen Mörder wenigstens etwas Zeit gewonnen.

»Gewürfelt habt Ihr also dort? Und getrunken?«

Wieder nickte der Mann. Abel sah, wie etwas Lebensmut in die Augen des Angeklagten zurückkehrte.

»Viel?«

»Sehr viel.«

Abel drehte sich dem Amtsrichter zu. »Wäre der Wirt hier, er könnte bestätigen, dass dieser Mann hier …«, Abel deutete auf den Kesselflicker, »… dass er erst weit nach Mitternacht das Gasthaus verlassen hat und dass dieser Mann so betrunken war, dass er nie und nimmer in den frühen Morgenstunden des darauffolgenden Tages hätte zur Burg gehen oder reiten können, um dort dem Steinmetz aufzulauern und diesen, der nicht nur größer, sondern auch dreimal stärker war als er selbst, niederzuschlagen.«

Die Menge murrte. Urslingen blieb ruhig.

»Wo ist der Wirt?«, fragte er.

Abel hob beide Hände. »Hätte ich ihn vorladen sollen?«

»Die Vorladung ist meine Sache. Ihr hättet mir Euren Einwand zuvor mitteilen sollen!«

»Das habe ich.«

Urslingen kratzte sich unter der Perücke. »Stimmt. Das habt Ihr. Und ich habe den Wirt befragen lassen. Er schwört Stein und Bein, dass er, wie immer, auch an jenem Abend seine Stube noch weit vor Mitternacht geschlossen hat. So wie es sich gehört.«

Abel starrte den Amtsrichter an.

»Noch jemand eine Frage?« Die Leute zogen den Kopf ein. Niemand rührte sich.

Abel hatte sich wieder gefasst und hob die Hand. »Ja, ich.«

»Was noch?«

»Ich will von dem Angeklagten wissen, ob er am Sonntag in der Frühe einen Mann zur Burg hat reiten sehen.«

Urslingen richtete sich auf. »Habt Ihr nicht soeben behauptet, der Kerl wäre betrunken in seinem Wagen gelegen?«

»Zu betrunken, einen Mann wie Dumont zu töten. Gesehen haben könnte er trotzdem etwas.«

»Warum die Frage?«

Abel streckte sich. »Ich habe Hufabdrücke gefunden.«

»Hufabdrücke? Wo?«

»Jemand hat sein Pferd im Wald versteckt, dort wo man zur Burg aufsteigt.«

»Der Kesselflicker. Sag ich doch.« Urslingen lehnte sich wieder zurück.

»Er kann es nicht gewesen sein. Sein Pferd trägt keine Eisen.«

Die Menge wurde unruhig. »Aufhören!«, riefen einige.

Urslingen gebot Ruhe. »Ein Pferd? Am Fuße der Burg? Irgendjemand? Pater, ich brauche einen Namen!« Der Amtsrichter sah Abel auffordernd an.

»Namen habe ich keinen. Aber die Spuren …«

»Aber wir haben einen Namen. Und ein Geständnis!«

Der Angeklagte rasselte mit den Ketten. Der Soldat mit der Narbe griff zum Halseisen und der Kesselflicker ging röchelnd in die Knie.

»Ein erzwungenes Geständnis«, sagte Abel.

»Verlangt Ihr ein Gottesurteil?«

Abel zuckte. Wenn der Kesselflicker dem Gottesurteil des heißen Eisens oder der Kesselprobe unterworfen wurde, liefe dies auf das Gleiche hinaus.

Abel sah ein, dass er nichts mehr ausrichten konnte und setzte sich. Der Amtsrichter schaute in die Runde. Vom Kloster her schlug es zwölf Uhr. Alle Köpfe drehten sich zum Turm der Abteikirche.

Dann schaute die Menge auf Abel. Dieser lief rot an. Es war doch bestenfalls neun Uhr. Vorgestern erst hatte er den Uhrmacher Leonhard Sachs abgewiesen. Dieser war ohne Auftrag von Rippberg nach Amorbach gekommen, um nach seiner Uhr zu sehen. Hätte er den Mann doch walten lassen.

Urslingen grinste, dann gab er dem Herold ein Zeichen. Dieser schlug die Hacken zusammen und marschierte mit fünf steifen Schritten nach vorne. Vor den Schöffen blieb er stehen. »Was spricht das Hohe Gericht?«, fragte er laut. Der erste Schöffe stand auf. Kurz warf er einen Blick auf den Richter. Dann wandte er sich dem Herold zu. »Schuldig!«

»Schuldig!« Der Metzgermeister, der Müller, der Schultheiß, alle standen sie auf und sprachen ihr »Schuldig«.

Die Reihe war an Abel. Abel ahnte, was kommen würde, und er wusste, was der Abt sagen würde, wenn er aus Bronnbach zurück wäre. Trotzdem, er konnte nicht anders. Langsam stand er auf. Er strich die Kutte glatt, trat einen Schritt nach vorne und holte Luft.

»Nicht schuldig!« Abels Stimme scholl über den Platz.

Ein paar Einwohner der Stadt waren die ersten, die aufschrien. Abels Arbeiter und alle anderen folgten. Ohrenbetäubender Lärm füllte den Platz. Genagelte Schuhe trampelten auf das Pflaster, Blechgeschirr schepperte und Stecken wurden an Hoftore geschlagen. Wo hatten die Leute plötzlich all diese Gerätschaften her?

Der Richter erhob sich langsam. Majestätisch schritt er nach vorne und blieb in der Mitte des Marktplatzes stehen. Dort streckte er die Rechte mit dem Stab aus und wartete. Allmählich verstummte die Menge. Nur der Angeklagte kniete vornübergebeugt am Boden und wimmerte.

»Im Namen der Dreifaltigkeit Gottes und des kurfürstlichen Bischofs Friedrich Karl Joseph von Erthal. Im Namen der Gerechtigkeit und des Hohen Gerichtes spreche ich, Christoph Freiherr von Urslingen, den Angeklagten Joseph Ödin Horash des Mordes an dem Steinmetz und *magister lapidum* Jakob Dumont für … schuldig!

Zum ersten Mal vernahm Abel den Namen des Angeklagten. Der Mann reckte die gefesselten Hände dem Richter entgegen. Sein Schreien ging im Getöse der Zuschauer unter. Urslingen nahm den Richterstab in beide Hände und brach diesen in der Mitte entzwei.

Abel zog die Kapuze über den Kopf und stürmte davon.

XVIII

Bruder Benno, der Pförtner, erschrak. So außer sich hatte er Abel noch nie gesehen. Er wagte nicht, nach dem Ausgang des Prozesses zu fragen. Abel verschwand in seiner Wohnung. Dort warf er sich aufs Bett und starrte zur Decke. Erst zum Mittagessen stand er wieder auf und ging ins *refectorium*.

Abel nahm auf dem Stuhl des Abtes Platz. Von hier aus hatte er Felix gut im Blick. Doch der Bibliothekar ließ sich nichts anmerken. Pater Idolphus las aus den Psalmen. Abel begann schneller zu essen, als könnte er damit die Prozedur verkürzen. Doch die *regula Benedicti* war nun einmal festgeschrieben und galt auch für die Mahlzeiten. Endlich war der Vorleser zu Ende und klappte das Buch zu. Abel hob die Tafel auf und sah zu, wie sich das *refectorium* leerte. Dann stand auch er auf. Vor der Tür wartete Felix auf ihn.

»Wir haben die Hufspuren untersucht«, sagte er.

»Und?«

»Es war eindeutig nur ein Pferd an der Stelle, die du uns beschrieben hast.« Felix griff in die Innentasche seiner Kutte und hielt Abel vier Blätter hin. »Hier sind die Hufeisen abgebildet. Das hier ...«, Felix zeigte auf das vierte Blatt, »... das ist der schönste Abdruck. Nicht zu verwechseln.«

»Du meinst, das Pferd ließe sich finden?«

»Der Schmied sagt Ja.«

»Wir können doch nicht alle Pferde in der Umgebung untersuchen!«

»Es war ein Reitpferd, eindeutig. Das grenzt die Anzahl ein. Es war doch deine Idee ...«

»Trotzdem, der Aufwand und der Aufruhr. Wenn der Amtsrichter davon erfährt ...«

»Soll ich mich darum kümmern?«

Abel blickte den Bibliothekar an. Dessen Augen glänzten.

»Wenn es Schwierigkeiten gibt, ich weiß von nichts«, sagte Abel.

»Einverstanden.« Ein Lächeln glitt über Felix' Gesicht.

»Fang am besten mit der Poststation an. Versuche auf jeden Fall herauszufinden, ob dort am Sonntag ein Pferd ausgeliehen wurde. Und von wem natürlich.«

Abel wurde zur Pforte gerufen. Mehrere Bauern hatten sich dort eingefunden und berichteten von Schäden auf den Feldern. Abel fiel ein, dass er nach dem Kartoffelfeld schauen wollte. Aber vorerst musste er in der Abtei bleiben, falls sich noch mehr Bauern mit schlechter Nachricht melden sollten.

Doch es blieb ruhig. Das Unwetter schien nur in einem schmalen Streifen über das Land gezogen zu sein. Gerade als Abel gehen wollte, erschien Felix unter der Tür.

»So schnell?« Abel nahm den Bibliothekar zur Seite. Bruder Benno musste nicht alles hören.

»Der Posthalter hat kein Pferd am Sonntag ausgeliehen. Und was bei ihm im Stall steht, passt auch nicht zu unseren Hufspuren.«

Abel ließ die Schultern sinken. Wieder nichts. Dann gab er sich einen Ruck. Er würde Neumann wegen der Betrügereien zur Rede stellen. Vielleicht konnte er ihn dabei so unter Druck setzen, dass er erfuhr, was dieser mit dem Mord zu tun hatte. Mit den Hufspuren würden sie nicht weiterkommen. Trotzdem sagte er zu Felix. »Wo stehen sonst noch Reitpferde?«

Der Bibliothekar zog einen Zettel aus der Tasche. »Hier in der Stadt sind noch drei Ställe, die ich aufsuchen muss.«

Abel nickte. »Beeil dich!«

Der Baumeister war nicht auf der Baustelle. Auch in dessen Arbeitszimmer fand Abel ihn nicht vor. Dann blieb nur noch das Gasthaus, der Hecht. Abel beschloss, Neumann dort aufzusuchen. Doch zuvor wollte er nach den Kartoffeln schauen. Das konnte er bequem zu Fuß erledigen. Er hatte für den Versuch mit den Kartoffeln bewusst ein Ackerstück gleich außerhalb der Stadtmauer gewählt.

Als Abel durchs Obere Tor schritt, begegnete ihm ein Reiter. Er hätte keine Notiz von diesem genommen, hätte dieser nicht den Gruß verweigert und sich weggedreht. Im Weitergehen grübelte Abel, wo er das Gesicht des Reiters schon einmal gesehen hatte. Er war schon ein gutes Stück weiter, als er innehielt. »Beim Steinbaron!«, flüsterte er. Das war doch der junge Bursche, den er in dessen Hof ausgefragt hatte! Abel war sich ziemlich sicher. Was wollte dieser in Amorbach?

Abel machte kehrt und eilte zurück. Ein Heuwagen versperrte ihm den Weg. Musste dieser ausgerechnet jetzt durch das Tor fahren? Er drängelte sich vorbei, stieß eine Frau zur Seite und hastete weiter. Er spähte die Pfarrgasse hinunter. Kein Reiter zu sehen. Also die andere Richtung. Aber auch in der Kellereigasse war kein Pferd zu sehen. Er fragte einen Jungen, der ein Schwein vor sich hertrieb. »Ein Reiter! Hast du einen Reiter gesehen?« Das Kind hob den Kopf und lächelte ihn an. Abel sah in ein von Rotz verschmiertes, rundes Gesicht. »Schwein! Schwein!«, sagte der Junge und hieb mit der Rute auf das Tier. Die Sau quietschte und rannte davon. Der Bub erschrak und eilte hinterher.

Abel blickte sich um. Wenn der Kerl nicht irgendwo in einem Hof verschwunden war, musste er doch hier entlang geritten sein. Am Ende der Straße sah er ein Mütterchen, das auf einen Stecken gestützt die Straße überquerte. Er eilte zu der Alten hin. »Ein Reiter! Habt Ihr einen Reiter vorbeikommen sehen?«

»Gelobt sei Jesus Christus, Pater.«

»In Ewigkeit Amen. Habt Ihr ihn gesehen?«

Die Alte nickte. »Ei freilich. En hübsche Kerl, gell?«

»Wohin?«

»Mein Bu, der Hans, des war aa so en Hübsche.« Die Frau bekreuzigte sich und wischte mit dem Ärmel über die Augen.

»Der Reiter, Mütterlein. Wo ist der hin?«

»Do!« Die Alte streckte den Arm aus und Abel erstarrte. Die Alte hatte auf das Gasthaus Hecht gezeigt.

»Seid Ihr sicher?«

Die Alte nickte. »Hebb den scho öfter do gsehe.«

»Vergelts Gott«, sagte Abel und eilte weiter zu dem Gasthaus, in dem Neumann wohnte. Als er einen Blick in den Hof warf, sah er, wie ein Pferd weggeführt wurde. Von dem jungen Burschen war nichts zu sehen. Abel betrat das Gasthaus. Er wusste, wo Neumanns Zimmer lag.

»Wer da?« Die tiefe Stimme Neumanns donnerte durch die Tür.

»Ich bin's, Pater Abel.«

»Moment!«

Abel hörte Schritte. Dann war Stille. Ohne abzuwarten trat Abel ein. Neumann beugte sich gerade zum Fenster hinaus. Er drehte sich um.

»Ja?« Der Baumeister hatte einen blutroten Kopf.

Abel ging auf ihn zu und schaute an ihm vorbei nach draußen. Der Bursche war verschwunden.

»Was wollt Ihr?« Neumann drängte Abel zurück und schloss das Fenster.

»Ihr hattet Besuch?«

»Wie kommt Ihr darauf?«

»Ich habe Winters Stallburschen in Eurem Zimmer verschwinden sehen.«

»Wen, was?« Neumann hatte sich wieder gefangen.

Abel ging zu dem zweiten Fenster, das sich zur Straßenseite hin öffnete. Er hatte richtig vermutet. Er winkte Neumann zu sich heran. »Schaut, wer da davonreitet!«

Neumann ließ sich Zeit. Als er schließlich zum Fenster hinausschaute, war der Bursche verschwunden. »Was meint Ihr?«, fragte er. Abel lächelte. »Schon gut. Ich krieg Euch auch so.«

»Was soll das, Cellerar?« Neumann baute sich vor Abel auf.

Abel griff in seine Tasche und holte zwei Schriftstücke heraus. Er ging damit zum Tisch und breitete sie aus. Zögerlich folgte ihm der Baumeister.

»Erkennt Ihr die Papiere?«, fragte Abel.

Neumann nahm sie in die Hand. »Lieferscheine«, sagte er. »Was ist damit?«

»Schaut sie Euch mal genauer an!«

Neumann hielt sich die Scheine vor das Gesicht. »Kann nichts Auffälliges erkennen«, sagte er nach einer Weile.

»Wirklich nicht?«

»Schluss damit!«, brüllte Neumann. »Ihr sagt auf der Stelle, was Ihr wollt, oder raus!« Er deutete zur Tür.

»Eines der beiden Papiere ist gefälscht.«

Neumann haute auf den Tisch. »Bin ich für alles verantwortlich?«

»Wieso verantwortlich? Ich habe Euch nicht beschuldigt. Noch nicht.«

Abel zog ein weiteres Schriftstück aus der Tasche. »Ein Brief von Euch an die Abtei«, sagte er und legte das Schreiben zu den beiden anderen Schriftstücken. »Ihr habt Lieferscheine gefälscht«, sagte er. »Geschickt, aber nicht gut genug. Wenn man die Schreiben vergleicht, fällt es auf.«

Neumann ließ sich auf einen Stuhl fallen. Er war bleich geworden.

Abel wartete.

»Was habt Ihr vor?«, fragte Neumann nach einer Weile.

Abel begann in der Stube umherzugehen.

»Wo wart Ihr am Sonntagvormittag?«

Neumann sperrte den Mund auf. »Was soll das jetzt?«

»Sagt mir einfach, wo Ihr wart.«

»Ist das ein Verhör?« Neumann stand auf.

»Ihr wart auf der Burg.«

»War ich nicht!« Neumann schrie wieder.

»Wo wart Ihr dann?«

Neumann machte einen Schritt nach vorn. Abel stieß an die Tischkante.

»Den Teufel werde ich tun, Cellerar. Darüber bin ich Euch keine Rechenschaft schuldig. Verstanden?«

»Dumont ist Euch auf die Schliche gekommen. Ihr habt das herausgefunden, seid ihm zur Burg gefolgt und …« Abel deutete einen Schlag auf den Kopf an.

»Ihr seid verrückt. Einfach verrückt. Ja, ich habe Euch betrogen. Aber ich habe niemanden ermordet. Ich war noch nie auf dieser Burg.«

»Ist nur eine Wegstunde weit weg. Man ist schnell dorthin geritten, und genauso schnell wieder zurück. Wo hattet Ihr das Pferd her?«

»Pferd? Geritten? Ihr seid wirklich verrückt. Ich bin seit einem Reitunfall vor fünf Jahren nicht mehr auf einem Pferd gesessen.«

Jetzt wurde Abel blass. Wie hatte er das übersehen können. Es stimmte, er hatte den Baumeister noch nie auf einem Pferd gesehen. Immer nur mit der Kutsche oder dem Zweispänner.

»Der Abt wird entscheiden, was mit Euch geschieht«, sagte Abel, drehte sich um und verschwand aus dem Zimmer.

»Ich Dummkopf«, schimpfte Abel. »Ich elender Dummkopf.« Er stapfte die Löhrstraße entlang. Erst als er Marquards Haus vor sich sah, bemerkte er, dass er in die falsche Richtung gelaufen war. Den Physikus hatte er ganz vergessen. Abel ging auf das Haus zu und klopfte an der Tür. Marquard würde ihm auch sagen können, ob es wirklich Verletzungen gab, die einen Mann zwar Kutsche fahren, aber nicht mehr reiten lassen.

Abel hörte es drinnen poltern, dann wurde die Tür geöffnet. Marquard hatte getrunken. Abel sah es sofort.

»Aha! Der Herr Cellerar!« Marquard riss die Haustüre ganz auf und verbeugte sich vor Abel.

»Ihr habt nach mir gefragt?«

Marquard kratzte sich am Hinterkopf. »Stimmt«, sagte er dann. »Muss Euch was zeigen.« Er langte nach seinem Hut, der an der Innenseite der Haustüre hing, und trat hinaus auf die Straße.

»Wohin?«, fragte Abel.

»Kommt einfach mit!«

Auf dem Weg hinunter zur Mud begegneten ihnen drei Frauen. In ihren Körben trugen sie Schafgarbe und Königskerzen. Sie sammeln für die Würzbörde, dachte Abel und erinnerte sich an den bevorstehenden Feiertag Mariä Himmelfahrt.

Die Frauen schauten Abel und dem Physikus verwundert nach.

»Ihm fehlt eine Frau«, sagte die eine und kicherte.

»Wenn die Kutte nicht wär, ich wüsste nicht …« Eine schien der anderen den Mund zuzuhalten.

Abel streckte sich und machte größere Schritte.

Marquard ging erstaunlich schnell. Sie überquerten den Bach. Dort, außerhalb der Stadt, befanden sich die Krautgärten. Marquard hetzte einen Pfad entlang, vorbei an Lattenzäunen und Bohnenstangen.

Plötzlich blieb er stehen. Als Abel ihn eingeholt hatte, sagte er. »Hier, mein Garten.«

Die Tür im Zaun quietschte. Marquard war kein fleißiger Gärtner, das sah Abel sofort. Erst bei näherem Hinschauen entdeckte er, dass zwischen den Gänsedisteln auch Rüben und Krautköpfe standen. Ein Trampelpfad führte zu einer Hütte. Abel sah, dass deren Tür offen stand. Er hob die Kutte und folgte dem Physikus. Vor der Hütte hielt dieser an. Abel schaute ihn fragend an. Doch Marquard deutete nur auf die halboffene Tür. Abel beugte sich nach vorne und lugte hinein. Es dauerte einen Augenblick, bis sich die Augen an die Düsternis gewöhnt hatten. Dann fuhr er zurück. Hatte er richtig gesehen? Er schaute Marquard an. Doch dieser nickte nur. Abel kam die Sache immer merkwürdiger vor. Wollte der Physikus ihn auf den Arm nehmen? Dann trat Abel ein.

Auf einem umgestülpten Bottich lag ein abgetragener Kittel. Darunter lugte der Kopf einer Sau hervor. Der Rüssel war schwarz vor Fliegen. Abel hielt sich die Nase zu. Mit spitzen Fingern hob er den Kittel hoch. Etwas fiel zu Boden. Ein Lederriemen oder Gürtel. Abel hob es auf. Eine Schleuder? Dann sah er die Flecken am Schweinekopf. Hatte sich Marquard einen Spaß gemacht und auf den Schweinekopf geschossen? Merkwürdiger Zeitvertreib.

Marquard trat neben ihn. »Bin drauf gekommen, als ich dieser Tage bei ihm war. Die Koliken! Da habe ich sie hängen gesehen, seine Sammlung von Steinschleudern. Eine schöner als die andere. Habe sie schon so oft gesehen, aber wirklich aufgefallen sind sie mir nie.«

Der Physikus sprach vom Amtsrichter. Abel wusste es sofort. Auch er hatte die Schleudern schon gesehen. Abel ging in die Hocke und vertrieb die Fliegen. Mein Gott, wie das Vieh stank. Abel betrachtete die Haut des Tierschädels. Sie war übersät mit kleinen, fast kreisrunden Flecken. Es war nicht ganz so deutlich wie bei dem Steinmetz, aber die Ähnlichkeit war nicht zu übersehen.

»Konnte schon mal besser mit so einer Waffe umgehen«, sagte Marquard. »Musste lange probieren, bis ich einigermaßen getroffen habe.«

»Warum zeigt Ihr mir das erst jetzt?«

»Ich war zweimal bei Euch. Immer wart Ihr unterwegs!«

»Und als ich bei Euch war, lagt Ihr betrunken in Eurer Küche.«

Marquard schnäuzte sich. »Ist nicht so einfach, einen Amtsrichter des Mordes zu bezichtigen!«

Abel nickte. Aber würde das, was er hier gesehen hatte, ausreichen, um Urslingen zu überführen? Dumont war beerdigt. Den Fleck an dessen Kopf hatten nur Marquard und er gesehen. Welcher Richter würde alleine auf diese Aussage hin einen Kollegen verurteilen? Er, Abel, hatte doch gerade erst erlebt, wie Prozesse geführt werden. Es gab nur eine Möglichkeit: Er brauchte Beweise, so eindeutig und so unwiderlegbar, dass selbst der Bischof nicht darüber hinwegsehen konnte. Abel schlug sich mit der flachen Hand an die Stirn. Die Hufspuren! Sie mussten vom Pferd des Amtsrichters stammen. Er musste mit Felix reden, sofort.

XIX

Warum sollte Urslingen einen jungen Mann umbringen, den er kaum kannte? Nur weil sich dieser in seine Tochter verliebt hatte? Abel fiel es immer noch schwer, das zu glauben. Als er die Abtei betrat, hatte er sich entschieden. Er würde heute Nacht in den Stall des Amtsrichters eindringen und dort die Hufe der Pferde untersuchen.

Kurz darauf saß Abel bei Felix und besprach mit diesem den Plan. Die Amtskellerei grenzte an die Friedhofsmauern der Abtei. Zehntscheuer, Stallungen, Gesindehaus und Garten umschlossen ein großflächiges Areal, in dessen Mitte das Haupthaus mit der Wohnung des Amtsrichters und den Kanzleiräumen stand. Es gab nur zwei Eingänge: das Hoftor und die Durchfahrt der Scheune. Beide waren mit schweren Eichentüren gesichert, die bei Einbruch der Dunkelheit geschlossen wurden. Abel und Felix waren sich einig: Der beste Weg wäre der über die Friedhofsmauer der Abtei, dann durch den Garten des Amtsrichters, dort über die Mauer, die den Garten vom Hof trennte, und weiter hinüber zum Stall. Um drei Uhr in der Nacht wollten sie aufbrechen, damit sie spätestens zur *laudes* wieder zurück wären. Kurz vor dem Einschlafen fiel Abel ein, dass er zur Abendandacht in Miltenberg hatte sein wollen, um Marie beim Orgelspiel zuzuhören.

Wie besprochen traf sich Abel mit Felix im Obstgarten. Beide trugen dunkle Hosen und Kittel.

»Hast du die Laterne?«, fragte Abel.

»Hier!«

»Komm!«

Sie holten aus dem Schuppen des Gärtners eine Leiter und gingen durch den Friedhof zur Mauer. Das spärliche Mondlicht war für ihr Vorhaben wie geschaffen. Weit entfernt in der Stadt jaulte ein Hund. Abel blieb stehen und hielt auch Felix zurück. Hatte Urslingen einen Wachhund? Bis auf den Jagdhund, der vermutlich im Haus schlief, hatte er dort noch keinen anderen gesehen. Trotzdem war Vorsicht geboten. Es konnte ja auch sein, dass die Soldaten Wache hielten.

Abel lehnte die Leiter an und stieg auf die Mauer. Felix folgte. Dann zogen sie die Leiter hoch und ließen diese auf der anderen Seite wieder ab. Gleich darauf standen sie im Garten des Amtsrichters. Sie schulterten die Leiter und gingen hinüber zu der Mauer, die den Garten vom Kellereihof trennte. Abel fiel ein, dass die Wege mit Sand belegt waren. »Wir werden auf dem Rückweg unsere Spuren verwischen müssen«, flüsterte er Felix zu.

Kurz darauf standen sie vor der Tür, durch welche Abel vor vier Tagen mit der Haushälterin Remedios gegangen war. Einige Vögel flatterten in ihren Käfigen. »Den Rest mach ich alleine«, flüsterte Abel, »verstanden?« Ohne die Antwort abzuwarten, stieg Abel hoch, setzte sich rittlings auf die Mauerkrone und zog die Leiter nach. Kurz lauschte er in die Nacht, bevor er die Leiter auf der anderen Seite abstellte und mit der Laterne hinunterstieg. Felix ließ er im Garten zurück.

Still lag der Hof vor Abel. Schemenhaft konnte er die Gebäude erkennen. Abel blieb eine Weile reglos stehen. Kein Hund schlug an, keine Wache drehte ihre Runde. Ein Pferd im Stall schnaubte. Aber auch so wusste Abel, wo der Stall war. Warme Luft schlug ihm entgegen, als er die Stalltür öffnete. Drinnen war es stockdunkel. Abel spürte, wie einige Tiere unruhig wurden. Er schloss die Tür und machte Licht in der Laterne. Wieder schnaubte ein Pferd. Wo war der Rappe des Amtsrichters? Abel ging die Reihe entlang. Acht Pferde standen hier im Stall, zwei davon waren Kaltblüter, eines gehörte dem Kesselflicker.

Abel fand den Rappen. Er zog die Zeichnungen von Felix aus der Tasche und begann, die Hufe des Tieres zu untersuchen. Fuß für Fuß hob er an, hielt die Laterne darüber und schaute auf das Papier. Beim dritten Fuß glaubte er zunächst, fündig geworden zu sein. Als er aber genauer hinschaute, sah er, dass er sich getäuscht hatte. Also suchte er weiter. Ich hätte an seiner Stelle auch ein anderes Pferd genommen, dachte Abel. Der Rappe war viel zu auffällig.

Es geschah beim vorletzten Pferd. Die Stute war die ganze Zeit über schon unruhig gewesen. Abel trat von hinten an sie heran und streichelte ihr über die Kruppe. Die Stute blähte die Nüstern und warf den Kopf durch die Luft. »Ruhig«, flüsterte Abel. »Braves Mädchen. Ich tu dir nichts.« Die Stute beruhigte sich wirklich, doch als Abel sich bückte und ihre Hinterhand anheben wollte, trat sie zu. Abel flog durch die Luft. Hart schlug sein Kopf an die Wand, dann wurde es dunkel um ihn.

Abel wusste nicht, wie lange er am Boden gelegen war. Wo war er? … Was war passiert? Gott, tat ihm der Bauch weh. Und der Schädel. Langsam hob er seine rechte Hand und führte diese zum Kopf. Er berührte seine Stirn, tastete die Wangen ab, suchte nach Kinn und Nase. Alles war noch da. Erst als er über den Nacken zum Hinterkopf hinauffuhr, spürte er etwas Warmes an seinen Fingern. Er zuckte zurück. Blut! Ruckartig richtete er sich auf. Er hätte es besser bleiben lassen. Ein Blitz sauste vom Hinterkopf zur Stirn und ließ ihn schwindlig werden. Zugleich wühlte es in seinen Eingeweiden. Er hatte das Gefühl, als hätte man ihm in den Magen getreten. Er krümmte sich. Um ihn herum begann sich alles zu drehen. Dann übergab er sich.

Abel würgte, bis nur noch Galle kam. Sein Atem ging

schwer. Vorsichtig bewegte er die Beine. Er spürte keinen Schmerz. Dann versuchte er sich aufzurichten. Er schob sich ein wenig zurück und lehnte sich an die Wand. »Die Laterne!«, schoss es ihm durch den Kopf. Er schaute sich um. Schatten bewegten sich. Das mussten die Pferde sein. Die Kerze war offensichtlich beim Sturz verlöscht. Gott sei Dank! Nicht auszudenken, wenn das Stroh Feuer gefangen hätte.

Plötzlich hörte er an der Stalltür ein Geräusch. Leise öffnete sich diese.

»Wo bist du?«, fragte eine tiefe Stimme. Frauengekicher antwortete.

»Verdammt, wo bist du?«

»Psst! Do!«

Abel hörte Kleider fallen, dann raschelte Stroh. Er rührte sich nicht. Leises Stöhnen vermischt mit weiterem Gekicher war zu vernehmen.

Abel hielt sich die Ohren zu. Als er die Hände wieder vom Kopf nahm, war es ruhig.

»Riechscht du des aa?«, fragte die Frauenstimme nach einiger Zeit.

»Was soll ich riechen?«

»Do stinkts, als hett eener gekotzt.«

»Ich riech nichts!«

»Ich muss fort!«

»Hm.«

»Hei! Loss mich!«

»Komm!«

»Pfode weg!«

»Was ist mit morgen?«

»Mol sehe.«

Die beiden zogen sich wieder an. Die Frau kicherte. »Woher hostn du gewusst, dess der Platz do frei is?«

»Der Schecke ist fort. Der Amtsrichter hat ihn gestern zum Abdecker bringen lassen.«

»Wor er malad?«

»Weiß nicht.«

»Schod. Scheener Gaul.«

»Wird schon seinen Grund haben.«

»Hei! Loss mich!« Abel hörte Schläge.

Der Mann fluchte und öffnete die Tür. »Also, morgen um die gleiche Zeit«, sagte er. Dann verschwanden beide in der Nacht.

Abel griff sich erneut an den Hinterkopf und fühlte nach seiner Wunde. Blut floss keines mehr, das konnte er feststellen. Er schob sich langsam an der Mauer hoch. Wieder schien sich der Stall zu drehen. Abel schluckte, um den bitteren Geschmack loszuwerden. Dann versuchte er frei zu stehen. »Es geht! Es geht!«, jubelte er innerlich und machte einen zaghaften Schritt. Der Rücken schmerzte sehr. Aber die Beine ließen sich bewegen. Er fühlte mit den Händen nach der Wand. Dann stieß er mit den Füßen gegen die Laterne und hob sie auf. Vorsichtig bewegte er sich Richtung Tür. Hier musste er nicht mehr weiter suchen. Er wusste, warum der Amtmann sein Pferd loshaben wollte.

Der Infirmarius schlug die Hände über dem Kopf zusammen. »Wer hat Euch denn so zugerichtet?«

»Ihr kriegt das wieder hin.«

»Ihr kriegt das wieder hin«, maulte Pater Quirin. »Überschätzt meine Fähigkeiten nicht, Cellerar.«

»Sind doch nur ein paar Kratzer.«

»Nur ein paar Kratzer! Ihr werdet einige Tage im Bett bleiben müssen.«

»*Müßiggang ist der Feind der Seele*, Ihr kennt doch die *regula* des heiligen Benedikt!«

»Gilt nicht für Kranke.«

Abel schwieg. Der Mann sollte seine Arbeit machen. Alles Weitere würde sich ergeben.

Auch Felix war verletzt. Er war bei dem Versuch, Abel

über die Mauer zu helfen, von der Leiter gestürzt und in das Rosenbeet des Amtsrichters gefallen. Plötzlich musste Felix lachen. »Entschuldigung«, sagte er, als ihn der Infirmarius vorwurfsvoll ansah. Dann prustete er erneut los. »Wie kleine Buben. Zum Glück hat uns niemand gesehen.« Abel wandte sich ab. Lachen hätte nur weh getan.

Pater Quirin hatte Abel das Knie dick mit Beinwellsalbe eingeschmiert und einen Verband angelegt. Auch Abels Kopf war umwickelt. Der Krankenpfleger und Bader war eine Kapazität, was das Herstellen von Tees und Salben anging. Die Heilkräuter, die in der östlichen Ecke des Klostergartens wuchsen, waren noch nie so kräftig und zahlreich gewesen wie in den letzten zweieinhalb Jahren, seit Bruder Quirin vom Kloster Lorsch nach Amorbach gekommen war.

Zur *prima* ließ sich Abel von Felix vertreten. Der Infirmarius hatte ihm einen Trank gegeben, der schläfrig machte. Aber zur dritten Stunde war Abel wieder auf den Beinen. Eine heiße Hühnersuppe mit rohen Eiern wirkte Wunder. Abels Magen hatte kurz rebelliert, sich dann aber gefügt. Auch die Kopfschmerzen waren erträglich. Den Weg, den Abel sich vorgenommen hatte, würde er bewältigen.

»Fleesch fürs Kloster? Nix mer do, Pater. Alles fort. Außerdem is heit Sunndach!«, sagte der Abdecker.

»Ich will kein Fleisch, ich will die Hufe vom Schecken des Amtsrichters«, entgegnete Abel.

Der Abdecker kratzte sich am Kinn. »Hufe?«, fragte er.

»Ja, die Hufe. Alle vier. Und fragt nicht wofür!«

Der Mann winkte Abel zu sich heran und senkte den Kopf. »Versteht mich net falsch, Pater, aber ich hebb den Ufftrach, alles zu verschaffe.«

Abel war vorbereitet. Er langte in seine Innentasche und holte ein Ledersäckchen hervor. »Hier, das ist genug!«, sagte er und drückte es dem Mann in die Hand. »In einer Stunde sind die Hufe bei mir, mitsamt den Eisen!«

»Ihr hebbt Glück, Pater.« Der Abdecker grinste. »Zufällig senn die Huf noch do. Unn Vergelts Gott. Für die Kerch mach ich doch alles.«

Vor der Amtskellerei blieb Abel kurz stehen. Sollte er noch warten, noch eine Nacht lang darüber schlafen? Morgen früh würde die Hinrichtung sein. Er hätte also noch etwas Zeit. Doch dann gab er sich einen Ruck und trat durch das Tor.

Noch immer stand der Wagen des Kesselflickers im Hof. Kein Bediensteter war zu sehen. Abel schritt auf das Haupthaus zu. Die Haustür war nur angelehnt. Er trat ein und horchte in das Treppenhaus. Kein Laut war zu vernehmen. Kurz zögerte er, dann ging er den Gang entlang und klopfte an die Tür der Amtsstube. Nichts rührte sich. Sonntag, dachte Abel und blickte durch das Treppenhaus nach oben. Über sich vernahm er Schritte. Er stieg die Stufen hoch. Hinter einer Tür hörte er den Amtsrichter blaffen. »Wie lange noch? Beeil Er sich!«

Abel straffte sich, klopfte, wartete kurz und trat ein. Der Amtsrichter wollte losbrüllen. Doch als er Abel sah, schluckte er und knurrte. »Ihr, Pater? Warum so eilig?« Doch dann stutzte er und lächelte. »Wie seht Ihr denn aus?«

Abel betrachtete den Amtsrichter. Dieser stand vor einem Spiegel und hinter ihm hantierte Oskar mit einer Schere. Umständlich versuchte der Diener, einen Faden vom Umhang des Richters zu entfernen. Urslingen probierte eine neue Robe.

»Was ist, Ihr seht doch, dass ich keine Zeit habe!«

»Ich muss mit Euch reden.«

»Kann das nicht bis morgen warten?«

Abel schüttelte den Kopf.

Der Amtsrichter gab dem Diener ein Zeichen zu verschwinden. Oskar legte die Schere auf den Tisch und ging zur Tür. Er schaute an Abel vorbei, als wäre dieser Luft.

»Also, was gibt's, Pater? Setzt Euch.«

Abel nahm Platz. Ihm schoss das Blut in den Kopf. Er hätte doch besser erst die Hufe untersuchen sollen.

Urslingen zog die Augenbrauen hoch. »Ich höre! Wenn es wieder um den Kesselflicker geht, dann kommt Ihr umsonst.«

»Ihr müsst ihn laufen lassen!«

Der Amtsrichter lächelte und ließ sich auf einem Stuhl nieder. »Ach Pater, hatten wir das nicht schon?«

»Ich weiß jetzt, von welchem Pferd die Hufabdrücke stammen.«

»Welche Hufabdrücke? Von was redet Ihr?«

»Ich meine die Hufspuren am Fuß der Burg.«

Der Amtsrichter hob die Hand. »Ich erinnere mich. Ihr habt bei der Gerichtsverhandlung davon gesprochen.«

»Sie stammen von Eurem Pferd!«

Urslingen reckte sich. »Von meinem Pferd? Ich habe mehrere.«

»Von Eurem Schecken, wenn Ihr es genau wissen wollt.«

Der Amtsrichter lächelte immer noch. »Ich habe keinen Schecken, Pater.«

»Nicht mehr. Ich weiß. Aber die Hufe sind noch da.«

Urslingen hob die Stimme. »Was soll das heißen?«

»Der Abdecker war mit seiner Arbeit noch nicht fertig. Er hat mir die Hufe von Eurem Pferd überlassen.«

Urslingen fuhr hoch. »Ich hab doch …«

Der Amtsrichter schloss den Mund und setzte sich wieder. »Was wollt Ihr damit beweisen? Dass ich dort in der Gegend war? Na und!«

»Ihr wart nicht nur dort, Ihr wart auch auf der Burg. Hiermit …« Abel zog die Schlinge aus Marquards Hütte hervor. »Mit einer solchen Schleuder habt Ihr den Steinmetz niedergestreckt und dann erschlagen.«

»Cellerar! Hütet Eure Zunge. Oder soll ich die Soldaten rufen?«

»Es wird Euch nichts nützen. Eine Mannschaft ist bereits auf der Burg, den Kieselstein suchen, der den Steinmetz getroffen hat.« Der Richter erbleichte.

Abel dankte der Mutter Gottes für diese Eingebung.

Der Amtsrichter erhob sich, nahm den Umhang von der Schulter, warf ihn über einen Stuhl und ging zum Fenster. Schweigend schaute er in den Hof hinunter.

Abel wartete.

»Und wenn's so wäre?«, sagte Urslingen nach einiger Zeit zum Fenster hinaus.

Abel war überrascht. Er hatte nicht geglaubt, dass der Amtsrichter es ihm so leicht machen würde.

Urslingen drehte sich um und schaute Abel an. »Aber Ihr kommt zu spät. Der Kesselflicker hat gestanden und wird gehängt.«

Abel stand da mit offenem Mund. Sollte der Amtsrichter tatsächlich so dreist sein, jetzt noch einen Unschuldigen hinzurichten?

Urslingen ging auf Abel zu. »Ich mache Euch einen Vorschlag, Pater.«

Abel schaute ihn wortlos an.

»Der Steinmetz hatte etwas bei sich, als er starb. Etwas, wonach Ihr sucht. Dessen Unterlagen gegen Euer Schweigen.«

Abels Gedanken rasten. Von was sprach der Amtsrichter? Meinte er Julius' Abschrift oder hatte er gar die Urkunde bei Jakob gefunden?

»Unterlagen? Welche Unterlagen meint Ihr?«

»Ach, wisst Ihr, Pater, tut nicht so!« Urslingen angelte nach einem Stuhl, setzte sich und schlug die Beine übereinander. »Meint Ihr, ich wüsste nicht, was der Steinmetz in Wahrheit dort auf der Burg gesucht hat? Von wegen, Fenster für die Abtei! Auch dieser Dumont hatte geglaubt, er könnte mich an der Nase herumführen. Dabei habe ich es meiner

Tochter vom ersten Tag an angesehen, dass etwas nicht stimmt.«

»Ich bin nicht käuflich!«

Der Amtsrichter lachte. »*Manus manum lavat*, Pater. Eine Hand wäscht die andere.«

»Es geht um den Tod eines Unschuldigen!«

»Ein Landstreicher, dem niemand eine Träne nachweint.«

»Trotzdem.«

»Ach kommt, Pater, Ihr kennt doch auch dieses Gesindel! Außerdem brauchen wir einen Schuldigen.« Der Amtsrichter grinste und streckte Abel die Hand hin.

Abel rührte sich nicht. Tausend Dinge auf einmal gingen ihm durch den Kopf. Besaß Urslingen tatsächlich das Dokument, nach welchem die Abtei so lange geforscht hatte? Hatte dieser den Beweis, der das Kloster auf einen Schlag aller Geldsorgen entledigte?

Abel flehte zur Mutter Gottes. Die Königsurkunde, das einzige Dokument, das lückenlos aufzählte, was zum ursprünglichen Besitz des Klosters gehörte — zum Greifen nah. Wie viele Bibliothekare hatten sich die Finger danach wund geblättert, wie viele Reisen wurden deswegen schon unternommen, um auch in den entferntesten Bibliotheken danach zu suchen — nichts. Nie hat irgendjemand auch nur andeutungsweise etwas von dem Verbleib der Urkunde erfahren. Erst der Steinmetz Jakob Dumont war dahintergekommen, wo sie versteckt sein könnte.

Nun stand die Urkunde gegen das Leben des Kesselflickers. Und er, Abel, sollte diese Entscheidung treffen.

Du sollst nicht töten. Gottes Gebot war eindeutig. Aber er selbst würde den Mann ja gar nicht töten. Urslingen wäre es, der den Verurteilten zum Richtplatz führen würde. Könnte Gott ihn, Abel, dafür strafen? Keiner hatte doch so sehr um den Kesselflicker gekämpft wie er. Es ging doch nicht um seine Person, sondern um das Kloster und es könnte doch

Gott nur recht sein, wenn die Abtei weiter wachsen würde, wenn noch mehr junge Männer für ein gottgefälliges Leben gewonnen werden könnten, wenn man noch mehr Menschen die frohe Botschaft verkündete. Das alles würde diese Urkunde ermöglichen. Und hatte es nicht schon immer Menschen gegeben, die für den Glauben sterben mussten? Nicht alle, die dafür heilig gesprochen wurden, haben ihr Leben freiwillig hingegeben.

Vielleicht sollte er mit dem Kesselflicker reden, ihm Trost spenden und ihm die Beichte anbieten. Wenn er ihm versprechen würde, dass all seine Sünden vergeben wären …

»Also, was ist, Cellerar?«

Abel schreckte hoch. »Die Unterlagen«, sagte er, »ich will sie sehen.«

Der Amtsrichter schlug sich mit beiden Händen auf die Schenkel und stand auf. »Na also«, sagte er, holte einen Schlüssel aus seiner Tasche und ging auf die Tür zu, die in den Nebenraum führte. Als er sie öffnete, stand seine Tochter vor ihm.

»Alena, du? … Was machst du …?«

Die Tochter starrte den Vater an. »Vater«, flüsterte sie, »sag, dass das nicht wahr ist.«

»Kind!« Urslingen versuchte seine Tochter an sich zu drücken. Doch Alena wehrte ab und schlug ihm ihre Fäuste auf die Brust. »Du warst das. Du hast ihn getötet. Du, du«, schrie das Mädchen. Urslingen nahm die Schläge hin.

Plötzlich flog die Tür zur Stube auf und Remedios stand im Raum. Hinter ihr sah Abel auch den Diener.

»Er war's, er war's«, schrie das Mädchen, drängte sich an ihrem Vater vorbei und warf sich der Haushälterin in die Arme. »Er war's, der Jakob umgebracht hat.«

»Gütiger Gott, das ist nicht wahr?«

»Hör, Remedios. Lass es mich erklären. Das Kind ist verwirrt.«

»Ich hab doch alles gehört. Alles!« Das Mädchen sank schluchzend in die Knie und vergrub ihr Gesicht in den Händen.

»Kind, so lass es mich doch erklären …«

»Ist es wahr, was Alena sagt?« Remedios machte einen Schritt auf Urslingen zu.

»Remedios! Das Kind, glaub mir, es hat sich verhört! Bald gehen wir wieder nach Mainz und dann …«

Die Frau ging weiter auf Urslingen zu.

»Remedios, so hör doch!«

Remedios stand jetzt unmittelbar vor Urslingen. Sie blickte zu diesem herab und sagte ruhig. »Was hast du gemacht — mit dem Leben unserer Tochter?«

Urslingen blieb zunächst reglos. Dann begann er leicht zu zittern und wich einen Schritt zurück. Kurz schaute er an Remedios vorbei zur Tür, wo Oskar stand.

Doch gleich darauf, noch bevor Abel begriff, rannte der Richter zum Fenster. Krachend flogen die Flügel auf. Das Glas splitterte. Der Richter sprang. Einen Augenblick verharrte Abel. Dann eilte er zum Fenster und blickte in den Hof. Arme und Beine ausgebreitet, lag der Amtsrichter mit dem Gesicht auf dem Pflaster. Um seinen Kopf begann sich eine Lache zu bilden. Glasscherben lagen herum, verstreut wie Blumen bei der Fronleichnamsprozession. Abel machte kehrt und rannte die Treppe hinunter.

XX

Lothar Gutekunst empfing Abel, der am Abend des gleichen Tages noch nach Miltenberg geritten war, mit ernstem Gesicht. »Hättest gestern kommen sollen«, sagte er. »Sie hat bis zur letzten Minute darauf gewartet.«

»Entschuldigung, Lothar. Schau mich an. Ich konnte wirklich nicht.« Abel deutete auf seinen Kopf. Erst jetzt schien Lothar den Verband zu sehen.

»Komm herein!«

»Wo ist Marie?«

»Irgendwo im Haus.«

»Hier. Das ist für Sie.« Abel übergab Lothar einen Umschlag.

Der Freund schaute ihn an. »Eine Einladung?« Lothar rief die Hausmagd und trug ihr auf, Marie den Brief zu bringen.

»Wie war's in der Klosterkirche?«

Lothar strahlte. »Phantastisch. Erst haben die Leute gar nicht bemerkt, dass jemand anders die Orgel spielte. Aber als Pater Superior vor Beginn der Predigt darauf hingewiesen hatte, da flogen die Köpfe herum und ein Raunen ging durch das Kirchenschiff. Natürlich muss sie noch üben, das sagt auch ihr Lehrer. Den Pedalgebrauch zum Beispiel, weil sie zuvor ja nur Cembalo gespielt hat. Auch beim Begleiten der Choräle und des Gemeindegesangs müsste sie abwechslungsreicher harmonisieren, sagt ihr Lehrer. Aber er ist zuversichtlich. Mein Gott, haben sich die Leute die Mäuler zerrissen, als sie nach dem Gottesdienst noch beieinanderstanden.«

Ein Jauchzer zerriss die Luft. Kurz darauf flog die Tür auf. Marie stürmte herein und warf sich Abel an den Hals. Dieser stöhnte auf. Erschrocken fuhr Marie zurück und hielt die Hand vor den Mund. »Tut mir leid«, flüsterte sie und starrte auf Abels Kopf.

Abel war gerührt und versuchte ein Lächeln. »Geht schon wieder«, sagte er und richtete den Verband.

Marie war beruhigt und wandte sich an den Vater. »Papa, er hat mich eingeladen. Ich darf auf seiner Orgel spielen.«

»... der Orgel der Abtei!«, verbesserte Abel.

Jetzt war es an Lothar, der feuchte Augen bekam. »Das darf sie wirklich?«

Abel nickte.

»Eine Flasche Wein!«, rief der Freund in die Küche. »Von dem Großheubacher!« Doch sogleich korrigierte er sich wieder. »Ach was, ab in den Keller. Marie, sag der Magd, sie soll den Schultheiß holen.«

Lothar zapfte bereits das dritte Fass an. Ein dünner roter Faden ergoss sich in Abels Glas. Er roch, nahm einen Schluck, ließ den Wein im Mund kreisen. Aus den Augenwinkeln betrachtete er Marie. Im Schein der Kerzen sah sie zauberhaft aus.

»Etwas ungestüm noch«, meinte Waldemar. »Muss noch eine Weile liegen.« Lothar stimmte zu. »Aber die Harmonie klingt schon durch. Wird ein guter Wein.«

»Wir könnten den noch probieren«, sagte Lothar und ging zum nächsten Fass. Ein Königreich für ein Stück Käse, dachte Abel. Wann hatte er eigentlich das letzte Mal etwas gegessen? Aber er schwieg. Er wollte nicht, dass Marie den Keller verließ. Er lehnte sich an ein Fass und schwenkte den Wein in seinem Glas.

»Jetzt kannst du in Ruhe erzählen«, sagte Lothar.

Nachdem Abel mit dem Tod des Amtsrichters geendet hatte, trat Stille ein.

»Schlimme Sache«, sagte Waldemar nach einer Weile.

»Alena tut mir leid.« Marie strich sich eine Strähne aus ihrem Gesicht.

»Und die Urkunde?«, fragte Lothar. »Suchst du weiter?«

Abel schüttelte den Kopf.

»Nicht? Warum nicht?« Waldemar griff sich an den Kopf. »Soll ich dir helfen?«

»Es gibt keine Urkunde. Nicht mehr.«

»Nicht mehr?«

Abel löste sich vom Fass und bat Lothar nachzuschenken. Dann berichtete er, dass er in einer Truhe im Nebenzimmer des Amtsrichters tatsächlich die Briefabschrift von Julius Dumont gefunden hatte.

»Und?«, fragten alle drei gleichzeitig.

»Der Text für die Urkunde war wirklich verschlüsselt«, begann Abel, »er lautete, ›Wenn zur frühen Stund die Sonne durch die Fenster scheint, zeigt sie dorthin, wo König Ludwig liegt. Auch der Gekreuzigte schaut auf das Versteck hernieder‹, oder so ähnlich.«

»Ja, und weiter«, forderte Marie.

»Natürlich bin ich sofort zur Burg geritten, zusammen mit Felix, unserem Bibliothekar. Die Fenster von Jakobs Zeichnungen passten nicht zu denen des Palas, an die ich zuerst dachte. Das war uns sofort klar. Aber es mussten Fenster auf der Ostseite der Burg sein, wegen des Hinweises auf die Morgensonne in dem Text. Doch wir haben nichts gefunden. Teile der Burg sind ja abgetragen oder eingestürzt.«

»Also, kein Fenster, keine Urkunde.« Waldemar fuhr mit der Hand durch die Luft.

»Nicht ganz«, sagte Abel. »Es gibt da Reste einer Kapelle. Felix ist daraufgekommen, wegen des Hinweises auf den Gekreuzigten. Die Stelle ist schwer zugänglich. Dort haben wir eine Tasche mit Werkzeug gefunden.«

»Werkzeug?« Lothar schaute Abel an.

»Hammer und Meißel. Den Initialen nach eindeutig von Jakob Dumont. Er hatte alles vorbereitet, die Urkunde zu bergen. Die Stelle am Boden war auch schon gekennzeichnet. Es war nicht schwer, die Steinplatte zu heben.«

Abel seufzte. »Das Päckchen lag vor uns. Verschnürt und etwas gräulich, aber heil. Nur, als Felix es anfasste, ist es zerfallen. Wie Moder, einfach auseinandergefallen. Nicht ein einziger Buchstaben war mehr zu entziffern!«

Abels Zuhörer schwiegen betreten.

»Hätte mich auch gewundert, nach so langer Zeit«, sagte Lothar endlich.

Marie zündete eine neue Kerze an und stellte diese auf einem Fassriegel ab. »Ich verstehe den Amtsrichter nicht«, sagte sie. »Warum hat er den Steinmetz ermordet?«

»*Improbe amor, quid non mortalia pectora cogis?* Unersättliche Liebe, wozu treibst du nicht die sterblichen Herzen?«, gab Abel zur Antwort.

Marie sah ihn mit großen Augen an. »Römischer Dichter«, sagte Abel. Es war neben den liturgischen Formeln nicht viel, was er sich an Latein bewahrt hatte.

»Also, alles umsonst«, sagte Waldemar. »Zwei Tote, der geschundene Kesselflicker und dein malträtierter Kopf.«

»Immerhin, der Betrug an der Abtei hört auf.«

»Aber die Urkunde ist dahin.«

»Nicht aber mein Wein«, sagte Lothar und hielt Abel den Krug hin. »Du bleibst doch heute Nacht hier?«

Abel schaute auf Marie. Er dachte an die Seife in seiner Satteltasche. Beste Qualität, mit feinem Sandelduft und nicht gerade billig. Marie trat einen Schritt zurück, damit der Vater sie nicht sehen konnte. Sie nickte leise.

»Wenn ich darf«, sagte Abel und lächelte.

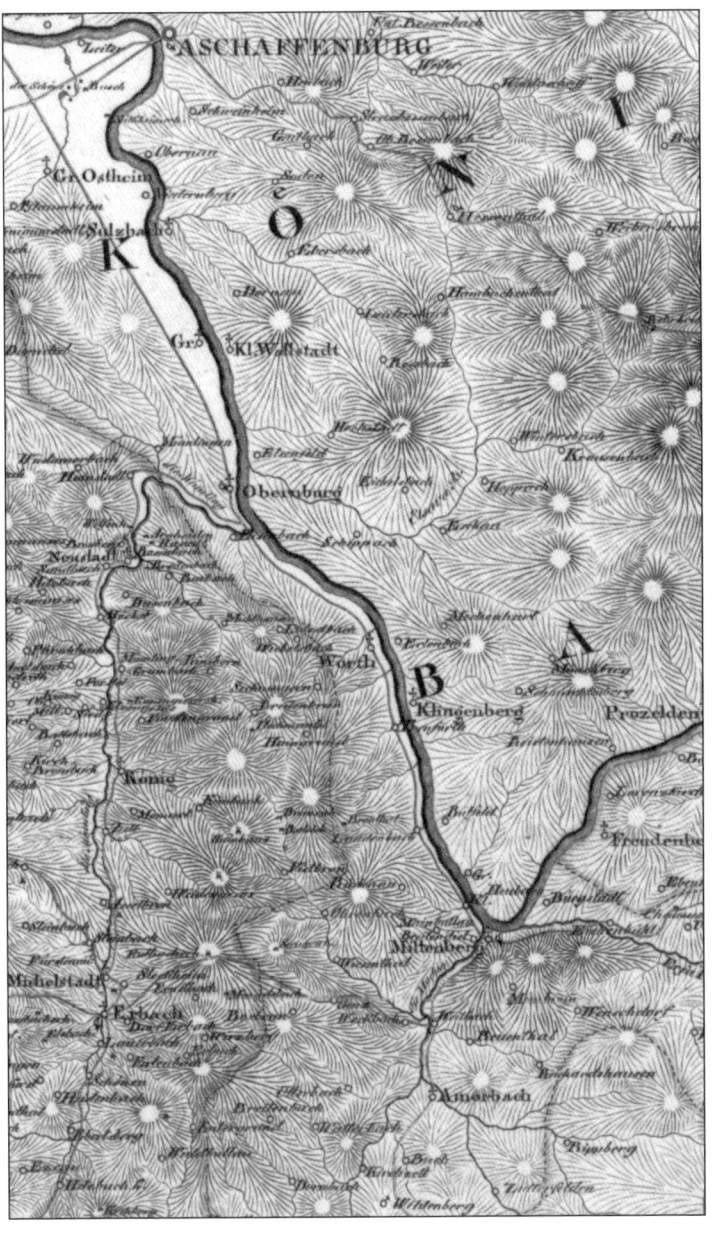

Roter Stein ist der zweite Band in Roman Kempfs Reihe von historischen Kriminalromanen um den Amorbacher Benediktinerpater Abel.

Abel ermittelt Ende des 18. Jahrhunderts spannende Kriminalfälle im Gebiet von Rhein, Main und Neckar. Nach dem fünften Band *Mainzer Rad* verlässt er das Kloster und ist in Miltenberg als Kaufmann tätig.

Der Band zu Pater Abels erstem Kriminalfall, *Schöner Wein*, erhielt im Jahr 2008 den Siegerpreis der Kategorie »Beste Wein-Literatur in Deutschland«, der im Rahmen des internationalen *Gourmand World Cookbook Awards* verliehen wird.

Der Band *Frankfurter Messe. Pater Abels dritter Criminalfall* wurde im Jahr 2011 in die *Literarische Kollektion* der Buchmesse Frankfurt aufgenommen und auf Messen und Ausstellungen rund um die Welt präsentiert.

Roman Kempf, geboren 1953, ist diplomierter Gärtner und lebt in Großheubach am Main.

Auf der Vorseite:
Die Region zwischen Aschaffenburg und der Burg Wildenberg im Odenwald, Kartenausschnitt nach: Gottfried Meister, *Chorographische Karte des Großherzogtums Hessen*, um 1819.

Impressum

Bibliografische Information Der Deutschen Nationalbibliothek — Die Deutsche Nationalbibliothek verzeichnet
diese Publikation in der Deutschen Nationalbibliografie;
detaillierte bibliografische Daten sind im Internet
über http://dnb.ddb.de abrufbar.

ISBN 978-3-939462-09-5
Erste Auflage 2009; Dritte Auflage 2020
Fünftes Tausend
Alle Rechte vorbehalten
© LOGO VERLAG Eric Erfurth, Obernburg am Main 2009
Rosenstraße 6, D-63785 Obernburg am Main
Telefon (06022) 71988, Fax (06022) 206941
E-Mail: info@lvee.de, Website: www.lvee.de
Facebook/Instagram

Cover-Vorderseite: Gemälde Fenster, Burg Wildenberg
© Christoph Haußner, München,
Ch.Haussner@muenchen-mail.de
Cover-Rückseite: Steinmetzzeichen, Burg Wildenberg,
aus: Walter Hotz, *Burg Wildenberg im Odenwald*,
Amorbach 1963, © Verlag Hermann Emig, Amorbach,
mit freundlicher Genehmigung von Ursula Emig-Völker

Druck: AZ Druck und Datentechnik, Kempten
Printed in Germany

Roman Kempf
Schöner Wein
Pater Abels
erster Criminalfall

Broschur, 208 Seiten, 7. Auflage
Hörbuch, mit Arne Dechow, 4 CD, 279 Minuten

Abel, der junge Cellerar der Benediktinerabtei Amorbach, ermittelt nach einem rätselhaften Ritualmord an einem Winzer in Miltenberg auf eigene Faust. Ausgezeichnet mit dem Preis für die »Beste Deutsche Weinliteratur«.

»… unterhaltsamer Kriminalroman …« BAYERISCHER RUNDFUNK
»Eine sehr bekömmliche Lektüre.« RHEIN-NECKAR-ZEITUNG
»… ein spannendes Buch …« FRANKFURTER ALLGEMEINE

Roman Kempf
Frankfurter Messe
Pater Abels
dritter Criminalfall

Broschur, 208 Seiten, 2. Auflage

Mit dem Mainschiffer Gottfried Wolter lässt Pater Abel ein Frachtschiff zimmern, das ihm die Teilnahme an der lukrativen Frankfurter Messe ermöglichen soll. Doch auf der Fahrt zur Herbstmesse 1786 wird Abels Kompagnon tödliches Opfer eines Überfalls. Im Frankfurter Messetreiben sucht Abel nach den Tätern.

»Roman Kempf bleibt seinem Stil treu.« MAIN-ECHO
»Ein Volltreffer …« BAYERISCHER RUNDFUNK
»… mitten hinein in einen packenden Kriminalfall.« MAIN-POST

Roman Kempf
Mönchspfeffer
Pater Abels
vierter Criminalfall

Broschur, 208 Seiten, 2. Auflage

Die Natur kennt kein Gut und Böse. Allein die Zwecke des Menschen machen Pflanzen zum Heilmittel oder Gift. Diese Wahrheit erfährt Pater Abel, als er im Jahr 1787 den Wirtschaftsbetrieb in der Abtei Seligenstadt untersucht. Die klösterliche Abgeschiedenheit wird für Abel zur Falle.

»… spannender Roman.« Offenbach-Post
»Reiz durch regionalen Bezug.« Odenwälder Echo
»Man kann süchtig danach werden.« Kartoffelsupp

Roman Kempf
Mainzer Rad
Pater Abels
fünfter Criminalfall

Broschur, 208 Seiten

Mönchskutte oder Marie? Pater Abel hat sich für die Liebe entschieden. Im Jahr 1788 will er beim Erzbischof in Mainz um seine Entlassung aus dem Kloster bitten. Doch ein Mord im Aschaffenburger Schloss durchkreuzt Abels Vorhaben. Er ermittelt in den Residenzen an Rhein und Main.

»… wenn Roman Kempf eindrucksvoll die Gassen des alten Aschaffenburg schildert.« Aschaffenburger Stadtmagazin
»… mitten im prallen Leben.« Offenbach-Post

Roman Kempf
Im Spessart
Abels sechster Criminalfall

Broschur, 208 Seiten

Liebe und Freiheit haben ihren Preis. Dies spürt Abel im Jahr 1790, nachdem er das Klosterleben beendet und seine Geliebte Marie geheiratet hat. In Miltenberg übernimmt Abel das Handelshaus von Maries Vater. Er plant den Einstieg in den Salzhandel in Orb im Spessart. Auf dem Weg dorthin fällt er mit seinem Begleiter unter die Räuber.

»Unter Räubern.« MAIN-ECHO
»… beliebte Krimireihe um Pater Abel.« KARTOFFELSUPP

Roman Kempf
Kaiserkrönung
Abels siebter Criminalfall

Broschur, 208 Seiten

Vivat Rex! Hoch lebe der Kaiser! Im Juli 1792 soll in Frankfurt Kaiser Franz II. gekrönt werden. Die alte Reichsstadt steht Kopf. Die Fürsten des Landes reisen an den Main. Abel, nun ein Miltenberger Kaufmann, möchte mit dem Trubel um die Krönung Geschäfte machen.

»Roman Kempf … inzwischen eine Berühmtheit.« OFFENBACH-POST
»Krimi mit großer Kulisse.« MAIN-ECHO
»Krimi … dessen Stärke die Authentizität ist.« DARMSTÄDTER ECHO